Élisabeth de Chimay

LA PRINCESSE DES CHIMÈRES

PLON
76, rue Bonaparte
PARIS

ISBN 2.259.02646-X

INTRODUCTION

Élie, mon mari, est parti pêcher dans le parc. Les belles journées sont rares dans notre pays, et l'occasion de passer un moment au bord de la rivière, à guetter les truites dans le calme, est précieuse.

Nous sommes arrivés à Chimay depuis huit jours, profitant de l'été pour remettre le château en ordre.

Voilà huit ans déjà, le 18 décembre 1947, que, unissant nos destinées, nous avons accepté d'un commun accord la lourde et délicate mission de rendre Chimay à la vie.

Un incendie, suivi de l'Occupation, a fait du bastion familial un grand navire à la dérive. Les salons déserts, le théâtre en ruine en font foi. Tout destinait cette vaste demeure à l'oubli ; en un mot, elle se mourait. Et pourtant, c'est ici que, depuis plus de cinq siècles, la famille qui est devenue la mienne rit, aime, souffre, lutte. Il était inconcevable d'abandonner ce musée des souvenirs. Confiant notre bonheur tout neuf à ces murs, nous avons entrepris notre tâche de restauration, risquant ainsi la grande aventure. Ici un meuble épargné par le feu, là un tableau éventré, mille objets désuets, négligés par les pillards, me donnèrent l'envie de mieux connaître ceux qui nous précédèrent en ces lieux. La découverte des archives fut la récompense de nos efforts.

Elles sont toutes là, toutes depuis 1200, entassées dans la chapelle : des tonnes de papier, de parchemins, portant encore la cicatrice laissée par l'incendie.

Quel enchantement! Mais par où commencer? Par les lettres, peut-être... Ces correspondances échangées entre un frère, une sœur, des époux, sont le reflet d'une époque. Petits détails de la vie quotidienne, joies, peines, soucis révélés sans masque, sans truquage.

Une fine couche de moisissure blanche recouvre les enveloppes nouées de faveurs pâlies. Le soleil va les délivrer de ce linceul et le vent léger m'aidera bien vite à soulever ce nuage.

Monseigneur le Prince de Caraman Chimay
en son hôtel quai Malaquais à Paris.

Voici la première lettre! A l'envers on peut voir un cachet de cire aux armes de la famille. Délicatement, je décachète le pli : l'écriture aux lettres parfaitement modelées a été tracée par une plume d'oie taillée avec soin, guidée par une main qui sait écrire. Elle rend à la vie celui ou celle qui depuis longtemps déjà repose dans le caveau familial. En quelques secondes, le souci du prince m'apparaît : inquiet d'être sans nouvelles de son fils il en réclame avec tendresse, s'enquiert de sa santé, de sa carrière.

Je passe rapidement à la signature, ceci n'est qu'un prologue. La suivante contient des nouvelles plus intéressantes : Chimay, la politique locale, l'équipage, les travaux du domaine.

Trier, ranger des centaines, des milliers de lettres sans même prendre le temps de les parcourir, voilà ce qui m'attend.

Écrasée par l'immensité de la tâche, je regarde cet océan de documents.

Fermant la porte qui grince je m'assieds sur les marches du perron et savoure un instant la douceur du jour finissant.

Quarante années ont passé; le travail est en bonne voie. Les archives remontant d'un étage sont à l'abri dans mon bureau. Des tiroirs renferment le précieux dépôt. Chacun d'entre eux est le dépositaire des secrets les plus intimes, des joies, des peines. Bien sûr, la tentation fut grande au cours du tri de lire les lettres entrevues; hélas! le temps manquait. La vie dévore; les tâches quotidiennes exigent le sacrifice de l'adorable superflu au tyrannique nécessaire. Les enfants sont devenus adultes; les yeux d'Élie sont clos à tout jamais depuis douze ans. Seuls les souvenirs demeurent dans cette salle voûtée où il fait bon vivre. Le donjon est debout, il a résisté à la tempête, au feu, à la guerre. Quel meilleur gardien pourrait-on trouver à ces archives, âme de la maison? J'y suis installée, au milieu des miens, *le Besogné* datant du XVIIe siècle désigne ce bureau comme étant « la chambre fumante ». Au XIXe siècle, elle abrita la chapelle, aujourd'hui transférée au rez-de-chaussée. Les murs épais de deux mètres laissent filtrer la lumière par des meurtrières agrandies, les voûtes surbaissées encadrent harmonieusement mes bibliothèques coffres-forts. Un tapis épais couvre le sol et parfait l'impression de chaleur et d'intimité de cette pièce austère. Le lit de repos XVIIIe, les fauteuils confortables invitent à la détente, à la conversation. C'est le lieu de ralliement. Mes dossiers pêle-mêle sur le bureau indiquent seuls qu'on y travaille. Les chaises d'enfant sont occupées par d'énormes animaux en peluche. Il y a Teddy, l'ours de Philippe emporté par mon fils au collège quand il avait sept ans. Il n'a plus d'yeux, mais c'est le compagnon, le confident, l'ami du petit garçon qu'il était alors; celui de son fils Charles est plus beau, plus gros, moins émouvant. Une table basse en verre a vu les patiences se succéder; ma fille Alexandra les adore, sa sœur Gilone préfère regarder la télévision en compagnie de Polux, le gros labrador. Une autre table, ronde celle-ci, couverte d'un velours rouge, dissimule la « boîte magique ». Y reposent mes objets préférés, les cachets, les miniatures, les cassolettes. Il était convenu que personne n'aurait accès à ce bureau. Je l'avais annoncé fermement, et la porte blindée destinée à arrêter un feu éventuel devait, avant tout, empêcher l'intrusion des miens. Ce lieu leur sert de rendez-vous.

Ainsi va la vie... Tout autour de la salle, des murailles de tiroirs encadrés de boiseries. La couleur en indique le contenu. Les grandes archives aux tons clairs renferment la correspondance de la duchesse de Parme, de Charles Quint, de Philippe II. Les roses évoquent le XVIIIe siècle, les gris contiennent les lettres des artistes, des souverains. Les beiges sont consacrés à la correspondance familiale. Ce soir, je suis seule ; dans l'autre partie du château, une activité fébrile règne, le théâtre est une fourmilière, on s'y prépare à accueillir les candidats au concours de musique. Déjà ont eu lieu les éliminatoires, demain ce sera la finale. Réfugiée dans ma tour, je retrouve le calme et la paix...

Ils sont tous beaucoup trop occupés à préparer leur fête pour venir troubler ma solitude. J'hésite ; un sentiment de pudeur retient ma main prête à ouvrir le tiroir numéro un. Les lettres sont là, bien classées. Les secrets d'une vie vont m'être révélés.

Dans quelle intimité vais-je m'immiscer ?

Certes, les lettres des hommes sont importantes, il y est question d'affaires, de politique. Celles des femmes traitent de sujets plus personnels : par elles, on peut découvrir les caractères, les buts, les aspirations. A qui vais-je m'adresser ? A Dorothée de Croy, pour laquelle Charles son mari rédigea *le Besogné* en 1606 ? Il y décrit le palais de ses rêves. A Charlotte de Rouvroy, fille de Saint-Simon ?

Pauvre petite princesse de Chimay qu'il dépeint sans tendresse dans ses Mémoires. Ou bien encore à Madeleine Le Peletier de Saint-Fargeau, dame d'honneur de Madame Victoire, tante de l'affreux régicide, l'enfant par elle tant aimé dont les restes furent portés au Panthéon alors qu'elle-même finissait sur l'échafaud ?

J'hésite entre Laure de Fitz-James, dame de la reine Marie-Antoinette et Theresia de Cabarrus. C'est la belle Espagnole qui l'emporte une fois encore.

N'est-elle pas la plus séduisante, la Merveilleuse, la reine du Directoire ?

On a tant écrit à son sujet, et pas toujours en bien. Que sait-on d'elle en vérité ?

Les trente années passées entre Chimay, Bruxelles et Paris demeurent encore dans l'ombre. Pour les uns, elle fut une divinité bienfaisante, pour les autres une courtisane vénale. Les portraits du salon nous montrent une superbe créature dans tout l'éclat de la trentaine, une belle douloureuse, prostrée dans sa prison, tenant à la main les boucles coupées par le bourreau, ou mieux encore cette majestueuse femme de cinquante ans que la maladie et les ans ont renoncé à enlaidir. La taille est empâtée mais les admirables yeux noirs séduisent toujours par la vivacité de leur regard et leur expression de bonté. Cette belle femme qui inspira tant de passions va-t-elle se confier à moi ?

Parmi les papiers la concernant, un carnet noir attire mon attention. Deux « C » en lettres d'or ornent sa couverture, ses pages sont couvertes d'une écriture fine et serrée. Ne serait-ce pas mieux qu'une lettre, un véritable cadeau, des souvenirs de sa propre main ?

Mon propos sera d'évoquer une partie ignorée de sa vie pour mieux faire comprendre la générosité qui est le propre de son caractère et les épreuves de l'enfance et de la jeunesse qui ont tellement influencé son comportement. Les centaines de lettres écrites à la fin de sa vie m'ont prouvé combien elle avait souffert de la sévérité de ses contemporains à son endroit et je m'étonne qu'aucun de ses biographes, à part Maurice Ferrus ou Arsène Houssaye, ne se soit penché sur les mobiles qui la poussèrent à vivre comme elle le fit.

1

Je suis née un soir de bal, le 31 juillet 1773. Ma mère, Marie-Anne Galabert, était âgée de seize ans. Son visage pointu, ses yeux noirs, malicieux, sa peau très blanche faisaient d'elle une adorable et séduisante créature. Son enfance heureuse s'était écoulée auprès de tendres parents, désireux de faire de leur fille un être épanoui.

C'est à Valence qu'elle atteignit ses quinze ans dans une atmosphère aussi détendue que laborieuse.

Mon grand-père Galabert dirigeait une entreprise importante dans cette ville, ce qui lui avait valu une fortune qui, pour ne pas être colossale, lui permettait toutefois de mener un train confortable. Il vouait à sa fille Marie-Anne des sentiments paternels comme seuls peuvent le faire des êtres de qualité. Tout en la gâtant, il exigeait d'elle une éducation stricte, de vastes connaissances littéraires, artistiques et musicales, des façons irréprochables.

En somme, il voulait faire de sa fille une jeune personne selon l'idéal de son époque.

Ma mère était frivole. Elle adorait se parer des robes les plus élégantes, des bijoux les plus précieux qui convenaient toutefois à une jeune fille de son monde. Elle refusait de travailler. La littérature l'ennuyait, seuls les romans d'amour qu'elle lisait en cachette chez ses amies de pension avaient pour elle un attrait particulier. Le clavecin lui paraissait un instrument sinistre ; en revanche, la harpe avait ses faveurs, car elle lui permettait de faire admirer des bras fort beaux, des doigts menus, et un pied fin que découvrait plus qu'il n'était convenable une robe de damas.

Elle rêvait du prince charmant qui viendrait l'arracher aux griffes de quelque dragon verdâtre, l'enlèverait sur un cheval fougueux pour lui révéler les secrets merveilleux d'un amour partagé.

Mon grand-père ne se doutait pas du chemin parcouru par son imagination fébrile et se contentait de soupirer devant une paresse qu'il qualifiait avec indulgence de mélancolie poétique.

Lorsque ma mère eut atteint ses quinze ans, un événement d'importance vint bouleverser cette existence paisible et quelque peu monotone.

Son père la pria de descendre dans son bureau :

« Marie-Anne, nous allons avoir une visite.

– Vraiment, père ?

– Mon ami Cabarrus me prie d'accueillir dans mon affaire son fils Francisco ; c'est un garçon bien élevé, si j'en crois sa réputation, il a dix-huit ans, son père me l'envoie afin qu'il perfectionne sa connaissance de la langue espagnole. Tu vas lui faire rencontrer des jeunes gens de son âge, car il faudra en dehors des heures passées au travail lui assurer des distractions.

« Nous donnerons une réception, tu y inviteras tes amis et les garçons de Valence, fils des familles aisées des environs. Je compte sur toi, mon enfant, pour lui rendre le séjour agréable; je connais les Cabarrus depuis de nombreuses années, ce sont des négociants français. Ils habitent Bayonne à présent. Leurs ancêtres basques se sont installés au Capbreton en 1607 non loin de cette ville où ils ont fait souche. Les mauvaises langues les accusent de piraterie. Armateurs fort habiles en affaires, ceci ne semble pas les contrarier, bien au contraire. Ils en rient, je dirais même qu'ils s'en flattent. Leurs exploits leur ont valu d'acquérir une belle fortune et je les crois très estimés dans ce pays. Je n'ai eu qu'à me louer de nos échanges commerciaux, aussi est-ce avec plaisir que je recevrai ce garçon et lui faciliterai son travail en Espagne. »

Ma mère ne répondit rien, déjà son esprit vagabondait...

Un garçon à demeure! Comment serait-il? Aurait-il un beau visage? Une silhouette élégante? Il arrivait de France, serait-il galant? La regarderait-il?

Toutes questions impossibles à poser à un père. Francisco était basque; elle avait lu dans les romans combien cette race était belle et courageuse. Leurs voix étaient célèbres! Allait-il lui chanter quelque romance la main sur le cœur? Viendrait-il comme Roméo pincer la corde d'une guitare sous son balcon ? Bien sûr, il serait moins brusque et sauvage que ses amis de Valence. Tous ces garçons de quinze ans ne rêvaient que de courses de taureaux où ils pourraient plus tard montrer leur valeur. Ils s'entraînaient chaque dimanche et se voyaient déjà brillant de tous leurs ors dans les arènes, rivalisant avec les plus grands toréadors. Ils étaient plus désireux de montrer leur vaillance et leur adresse que de perdre leur temps à courtiser les jolies petites Espagnoles.

Celles-ci faisaient bruire leurs jupes et aller leur éventail en vain.

Marie-Anne se promit de séduire ce héros tombé du ciel, elle allait mettre tout en œuvre pour le charmer : déjà, devant la glace, elle s'exerçait à faire des mines qui ne pourraient laisser le jeune Cabarrus indifférent. Le lundi suivant, jour fixé pour l'arrivée de Francisco Cabarrus à Valence, la maison parut à ma mère animée d'une agitation insolite : la vieille Maria s'affairait, un pot de cire d'abeille à la main, indice de grands nettoyages, réprimandant la bonne Pilar qui ne frottait pas le parquet avec assez d'énergie. Juan astiquait rageusement les braseros de cuivre sortis pour la circonstance et une agréable odeur d'encaustique embaumait la cage du grand escalier. Ma mère laissa retomber le rideau qu'elle avait soulevé pour assister au départ de la voiture. Monsieur Galabert allait au-devant du jeune François Cabarrus.

Combien elle eût aimé pouvoir accompagner son père ! Mais une jeune fille espagnole ne devait pas se donner en spectacle, à moins d'aller à la rencontre de son *novio*, ce qui n'était pas le cas. Elle trompa son impatience en se parant plus soigneusement qu'à l'ordinaire, choisit son jupon rouge à volants et plaça dans son chignon le peigne offert l'année précédente par son père à l'occasion de sa fête. Un nuage de poudre de riz – à peine car cela ne se faisait pas –, elle écrasa sur sa bouche des pétales de géranium et, pour parfaire la beauté de son visage, se pinça les joues qui prirent un ton rosé. Le miroir lui renvoya l'agréable spectacle d'une très jolie jeune fille au teint clair, à l'œil brillant, sur le sentier de la guerre, résolue à conquérir le cœur le plus endurci.

Soudain, la lourde porte se ferma en grondant et des voix d'hommes se firent entendre. Ma mère se pencha au-dessus de la rampe de l'escalier pour découvrir son père escorté d'un grand garçon, aux traits épais, sanglé dans un élégant costume vert. Sa perruque était nouée d'un ruban de velours noir selon l'usage avant la Révolution. Il posa son chapeau et ses gants sur un petit guéridon. A ce moment précis, ma mère laissa tomber son éventail qui s'abattit aux pieds du visiteur avec un bruit sec. Francisco Cabarrus leva la tête, aperçut la délicieuse fillette de quinze ans. Son regard froid et gris croisa l'œillade de la diablesse qui le toisait du haut de son perchoir. Le destin venait de jouer un tour à ces deux personnages, auteurs de mes jours.

« Que fais-tu là, Marie-Anne, dans l'escalier ? Reste dans ta chambre, jusqu'à ce que je t'envoie chercher. »

Mon grand-père avait pris un ton sévère, que démentait trop clairement son regard attendri. La coquine fit une révérence et s'enfuit en riant.

L'heure du dîner sonna enfin ; Pilar vint délivrer ma mère, en lui annonçant que le repas était servi.

Un dernier coup d'œil au miroir. Le corsage épousant le buste découvrait plutôt qu'il ne l'habillait le décolleté charmant, orné d'un collier de corail. Tout allait bien... Ma mère descendit d'un pas alerte les marches et franchit les quelques mètres qui la séparaient du salon.

« Voici monsieur Cabarrus, ma fille, j'espère qu'il se plaira chez nous. »

Ma mère ne l'écoutait pas, elle se posait des questions : comment me trouve-t-il ? Il est bien mis, ses yeux me plaisent, son nez est peut-être un peu fort, mais la bouche est jolie, et l'ensemble n'est pas désagréable.

De son côte, mon père examinait cette petite mouche de quinze ans.

« Diable, elle est gentille et séduisante, le séjour promet d'être plaisant. »

L'avenir devait lui donner raison. Réceptions, repas sur l'herbe se succédèrent. On joua à colin-maillard. Mon père s'éloigna un peu de la jeune assemblée, ma mère vint le retrouver. Plus entreprenant que les autres garçons, il lui prit la taille, ce qu'elle trouva charmant, et lui conta fleurette.

L'affaire, si bien engagée, fut suivie d'autres rencontres, jusqu'au jour où un baiser fut échangé. Mon père triomphait... la coquette de même.

Malencontreusement, ce libertinage fut bien vite rapporté à mon grand-père qui, trouvant ces enfants trop jeunes, se fâcha, interdit toute nouvelle escapade et fit surveiller sa fille de près. Stimulée par cet obstacle, la frivole enfant trouva le moyen de provoquer une rencontre dans l'orangerie. Cette fois, le baiser fut plus sérieux. Tout ému de sa facile conquête, mon père proposa à ma mère de s'enfuir avec lui. L'idée l'enchanta par son côté romanesque. Ils partirent donc ensemble. Grâce à la complicité de don Felix Navarro, vicaire à l'église paroissiale Saint-Pierre-et-Saint-Nicolas de Valence, la cérémonie nuptiale eut lieu le 2 octobre 1772. Quand mon grand-père les surprit un beau matin dans l'auberge qui abritait leurs amours, mon père lui présenta leur acte de mariage et réclama sa bénédiction. Il ne restait plus à mon grand-père qu'à la leur donner, ce qu'il fit à contrecœur et beaucoup plus tard. Mes deux frères, nés en 1774 et 1776, et moi-même fûmes le fruit de ces amours mouvementées.

Une si belle histoire ne se vécut cependant pas dans la joie.

Mon père était extrêmement égoïste et jaloux, il considérait sa femme comme un objet agréable dont il se lassa bien vite; objet qui ne devait en aucun cas entraver une carrière de don Juan facilitée par sa belle fortune. Il s'installa près de Madrid pour ses affaires, acheta le château de Saint-Pierre de Carabanchel de Arriba, où, tyrannique, il enferma ma mère, lui interdisant d'en sortir sans son autorisation. Cette résidence conçue dans l'esprit du XVIIIe classique ressemble un peu aux villas paladiennes. Construite au milieu d'un grand parc au centre du plateau castillan, elle est entourée de giboyeuses forêts. La proximité de la capitale la rendait extrêmement pratique. L'achat de cette superbe construction plaçait mon père sur le même pied que les grands d'Espagne possesseurs de maisons de campagne proches de Madrid et lui permettait de recevoir, pour élargir le cercle de ses relations, ceux et celles qui gravitaient autour du souverain.

Pendant ce temps, il créa les fameux billets royaux. La banque Saint-Charles était sur le point de naître. Son ami, le peintre Goya, fit de lui un fort beau portrait en pied. Il lui devait cet hommage, car c'est grâce à lui s'il fut présenté au roi d'Espagne. Oui, le jeune Francisco Cabarrus réussit bien en affaires et devint rapidement favori du roi Charles III et de son Premier ministre le comte de Florida Blanca qui avaient su favoriser autour d'eux le groupe appelé « de l'Illustration » – équivalent du groupe des « Lumières » en France – composé de mécènes philanthropes, d'hommes de science et de littérateurs, encourageant les débuts du jeune Goya et autres artistes de talent. Par la suite, il eut de graves problèmes, connut même la prison pour avoir fréquenté la cour du roi Joseph, ce qui lui valut d'être accusé d'être un « Afrancisado ». Mais il rentra en grâces avec le roi Ferdinand VII et sa fortune lui fut restituée au centuple. Au cours du mois de juillet 1773, mon père, retenu au loin pour ses affaires, avait interdit à ma mère de quitter Carabanchel. Celle-ci, grosse de sept mois, éprouvait un immense ennui dans cette cage dorée où son extrême jeunesse ne se satisfaisait point à l'idée d'une prochaine naissance. Je n'étais pas désirée par cette mère-enfant ; elle, si frivole, eût bien préféré l'amusement de la danse à la joie de bercer un nouveau-né.

Ce soir-là, il y avait un bal à l'ambassade de France. La tentation fut la plus forte, elle fit venir le fidèle Juan qui l'avait suivie à Carabanchel après son mariage et lui donna l'ordre de faire atteler.

« Mais, doña Maria, monsieur Cabarrus a bien recommandé de tenir la maison fermée en son absence, il m'a redit en partant : “ Madame ne doit pas bouger avant la naissance de l'enfant, dans son état il est indécent de se montrer et je ne veux pas qu'elle quitte le château. ” »

Ma mère frappa le sol de son petit pied.

« Juan, tu es un *burro*, je vais aller au bal de l'ambassade, que cela te plaise ou non. Personne ne verra, grâce à mes paniers, que je suis grosse. »

Maria vint sur ces entrefaites lacer son corsage. Elle serra si bien que ma mère pensa étouffer, mais, se contemplant dans son miroir, elle put constater avec satisfaction que rien n'était visible, sinon une taille un peu moins fine qu'à l'ordinaire. L'équipage se mit en route, et les premières mesures d'un menuet saluèrent l'entrée très remarquée de madame Francisco Cabarrus dans le salon de l'ambassadeur. Son état lui donnait cette transparence propre aux femmes sur le point d'accoucher et une extraordinaire excitation l'animait. Ainsi, elle avait eu le courage de désobéir et, ma foi, s'il s'ensuivait des représailles, elle se serait toujours bien amusée. Le salon de l'ambassadeur, éclairé de mille chandelles, était d'une beauté admirable et servait d'écrin à ces jeunes femmes parées de leurs plus beaux bijoux, à ces diplomates aux uniformes chamarrés, à tout ce qui enfin apporte grâce et élégance à une réception de ce genre.

Assise sur une chaise à haut dossier, ma mère étouffait de plus en plus ; le corset si bien serré l'empêchait de respirer mais, Dieu merci, l'éventail agité fébrilement lui permettait de reprendre un peu son souffle. Elle ne resta pas longtemps assise : un brillant cavalier, suivi de plusieurs autres, s'offrit à la faire danser. Elle accepta, heureuse de faire quelques pas. Une, deux, trois danses... c'était exquis, elle vivait à nouveau. Les regards de ses admirateurs lui laissaient entendre combien elle était jolie. Monsieur Cabarrus n'était pas là pour la rappeler à ses devoirs. Soudain, elle fut saisie d'une douleur fulgurante, mon Dieu, que se passe-t-il ? Une seconde, puis une troisième...

Mécontente d'être ainsi comprimée, j'annonçais avec force mon désir de me dégager de cet étau. Ma mère pâlit, elle avait compris. Que dirait Francisco quand il apprendrait la nouvelle ?

Soudain prise de panique, elle salua son danseur de sa plus belle révérence. Titubant sous le poids de la douleur, elle se fraya un chemin parmi les invités, réclamant sa voiture à grands cris.

Je ne sus jamais exactement à quel moment et à quel endroit se fit mon arrivée en ce monde. Ma mère évitait d'en parler. Quant à mon père, il eût été furieux si j'avais osé lui poser la question. Peut-être suis-je née dans sa voiture – je ne pense pas que l'événement survint au bal – ou plus simplement qu'elle eut le temps d'arriver chez elle ? Ce que je puis affirmer, c'est que l'on me déclara en ces termes : « Née à Carabanchel de Arriba, le 31 juillet 1773, fille de Francisco Cabarrus, né à Bayonne, et de Marie-Anne Galabert, née à Valence. »

Je sus plus tard, par les récits de Maria, que j'étais toute petite lors de ma naissance, si menue, si pâle, si chétive que l'on pensa me perdre. Ma mère n'avait point de lait. Du reste, il était d'usage de mettre les enfants en nourrice. Deux nouveau-nés sur trois mouraient alors faute de soins suffisants. Mes parents me confièrent à une excellente paysanne ; elle avait assez de lait pour nourrir à la fois le minuscule être que j'étais et son propre fils. Ma mère me mit dans un berceau de vannerie, on me conduisit à la campagne, et l'on s'empressa de m'y oublier. Mes souvenirs les plus lointains remontent à l'époque de mes trois ans ; ma mère nourricière était une brave femme, brune, à la figure ronde, à la peau basanée, qui me prodigua autant d'amour qu'à son propre enfant. Ceci se traduisait par des cris sonores, rarement par un baiser.

Nous vivions dans un village accroché à une montagne de la Sierra ; les maisons blanches au toit de tuiles oranges abritaient une colonie d'enfants qui poussaient comme la mauvaise herbe ; tous ensemble nous jouions dans la rue avec les animaux élevés par nos parents ou nos nourrices. Je n'oublierai jamais Tita, la chèvre, qui m'avait prise en amitié. Je me promenais avec elle toute la journée, et je me revois tirant sur ses mamelles pour en extraire les gouttes de lait qui me servaient d'aliment. Elle me donnait parfois un coup de tête qui m'envoyait rouler sur le dos, mais toujours avec douceur, comme si elle craignait de me faire mal. Chère Tita, par elle j'ai connu un peu de la tendresse réclamée par un petit enfant. Ses yeux me surveillaient avec bonté et, lorsque je m'éloignais trop, elle me poussait pour me ramener dans des limites sans danger. A cinq ans, j'étais une parfaite sauvageonne. Je courais pieds nus dans la campagne, vêtue d'une petite robe de toile rugueuse qui m'écorchait un peu ; elle me protégeait malgré tout contre les épines et les pousses de blé. Je parlais un jargon des plus douteux, et ma pauvre nourrice eût été bien incapable de m'apprendre à lire, science qui lui était étrangère. Un jour, je vis arriver un vieil homme vêtu d'un bon habit de drap. Il s'assit, parlementa : je m'étais cachée derrière une amphore remplie d'huile d'olive, où l'on eut vite fait de me dénicher.

« Viens ici, Theresia, ton grand-père est venu te chercher.

– Je ne veux pas partir, et je ne veux pas quitter Tita.

– Allons, Theresia, il faut être raisonnable, tu

vas aller à l'école, là on t'apprendra à te comporter comme une demoiselle. »

J'observai l'ennemi. Son bon regard était fixé sur moi avec un mélange de tendresse et d'épouvante.

Ainsi, c'était là sa petite-fille. Il m'avait réclamée lors d'une visite à ma mère : devant son insistance, mes parents durent avouer qu'ils m'avaient oubliée chez ma nourrice. Le pauvre homme en conçut une indignation telle qu'il décida sur-le-champ d'aller me chercher. C'est ainsi que je le vis arriver sans crier gare.

Son inspection lui fit rapidement comprendre à quel point mon éducation avait été négligée. Mes cheveux emmêlés ne connaissaient pas le peigne. Mes pieds nus lui parurent déformés, les cailloux de la route les avaient nantis d'un cal qui me tenait lieu de chaussure, mes mains étaient aussi peu soignées que le reste de ma personne.

« Partons, j'emmène cette enfant immédiatement. »

Sans tenir compte des protestations de ma nourrice, des bêlements de la chèvre, des aboiements des chiens, il me prit par la main et me hissa sur une mule qui partit au trot. Mes genoux dépassant de ma jupe trouée, mes cheveux tombant dans mes yeux, je me sentais à la fois heureuse et malheureuse. Je venais de quitter mes seuls amis pour partir vers l'inconnu. Malgré mon courage, j'éclatai en sanglots. Mon pauvre grand-père sortit de sa poche un immense mouchoir fleurant la lavande. J'enfouis mon visage dans ce linge parfumé en pleurant de plus belle, jusqu'à ce que le sommeil eût raison de mes larmes. Combien de temps dura ce repos providentiel ? Je l'ignore. Je m'éveillai dans ses bras. Il me déposa alors doucement dans un lit confortable, me recouvrit d'une couverture moelleuse, et je repris mon rêve interrompu. Pendant ce temps, mes parents tenaient conseil. Qu'allait-on faire de cette sauvageonne ? Il serait impossible de l'élever à Carabanchel. Un couvent espagnol n'accepterait pas une enfant aussi arriérée. L'on décida de me conduire en France, où je pourrais apprendre en sus de ma langue maternelle le français si nécessaire. Le lendemain, Maria me donna mon premier bain. Jamais je n'oublierai l'exquise sensation de l'eau tiède coulant le long de mon corps. Je me remémore le parfum du savon qu'elle employa et mon étonnement en constatant, au sortir du bain, combien ma peau avait changé de couleur. Je criai beaucoup lorsqu'elle s'avisa de démêler mes cheveux. L'on dut les couper par endroits, mais ma toison était abondante et ceci ne lui porta pas préjudice. Ma blouse blanche, la jupe qui l'accompagnait me plurent, bien que je les trouvasse un peu encombrantes, mais lorsqu'il fut question de me chausser, je m'y opposai formellement. Rien n'y fit, ni les encouragements, ni les larmes, ni les menaces. Jamais je ne porterais ces petites boîtes dures qui entravaient ma démarche et m'empêcheraient de sauter et de courir. Je pris la fuite en hurlant et me réfugiai dans les bras de mon grand-père accouru en entendant le vacarme. Je faisais brusquement l'apprentissage de la civilisation et cela ne me plaisait guère. Si j'avais pu imaginer ce qui m'attendait, je n'aurais pu retenir mes larmes. Mes parents, désireux de se débarrasser de moi, abrégèrent mon séjour chez eux. Je les quittai le lendemain sans regret avec la seule personne qui m'eût témoigné un peu d'intérêt. J'appris plus tard qu'ils m'avaient trouvée fort laide. Ma vie au grand air m'avait valu une robuste santé. De chétive, j'étais devenue toute ronde. Ma figure, comme une pomme, était éclairée par de grands yeux noirs qui ne correspondaient pas à la mode ni au goût de l'époque. Je partais pour le bagne! Les couvents au XVIIIe siècle ne ressemblaient en rien à ce qu'ils devinrent après la Révolution française. Une règle sévère y régnait. On y enfermait les filles de la noblesse. Dès le berceau, leur destin était tracé. Elles étaient religieuses si quelque beau parti ne se présentait pas. Si la fortune de leur famille le permettait, elles deviendraient avec un peu de chance mère abbesse, fondatrice d'un ordre. Dans le cas contraire, elles occcuperaient au couvent un poste subalterne. Quant aux garçons, il en allait de même, l'aîné porterait le titre et les armes, il se rendrait à la Cour; les cadets iraient à l'armée, achèteraient un régiment; les plus défavorisés seraient religieux. Tous devraient prier pour la gloire des leurs.

Pour la plupart, les filles étaient douces et résignées, donc faciles à modeler. Pourtant, parfois, l'une d'entre elles se rebellait contre son sort ; c'est alors que l'éducation se chargeait de les briser.

Je fus de celles-là. Mon sang espagnol se révoltait à l'idée d'obéir. La docilité n'a jamais été mon fort, et mes premières années vécues dans la plus totale indépendance ne m'avaient guère préparée à une vie de ce genre. Je franchis la porte du couvent de la Présentation, rue des Postes, et pénétrai dans le cloître. Cette cour me plut, elle était entourée d'une colonnade au centre de laquelle il y avait de l'herbe, quelques fleurs bien raides, disposées en ordre entre des buis taillés. Tout ceci me sembla intéressant. Tita me manquait, elle eût certainement adoré courir dans ce jardin, mâchonner ces fleurs affreuses, et nous aurions pu nous rouler ensemble sur le gazon bien vert, si différent de notre terre aride.

Grand-père me conduisit par la main chez la supérieure ; devant moi marchait une sœur voilée de blanc, une novice probablement. J'entends encore le claquement de ses sandales de bois sur la pierre du promenoir. Décidément, quelle drôle d'idée avaient ces gens d'affubler leurs pieds de ces ridicules choses. La porte s'ouvrit, l'on me fit entrer dans une petite pièce obscure : derrière une table de bois bien cirée se tenait une femme âgée. Son voile était noir, son regard l'était aussi, elle me fit signe de m'asseoir à côté de mon grand-père. Le dialogue s'engagea. J'en profitai pour examiner cette salle. Pas une fleur, pas un objet, rien qu'un grand crucifix et un tableau accroché au mur représentant une religieuse agenouillée, inondée d'un rayon de soleil.

Une voix sévère interrompit ma rêverie :

« Quel âge avez-vous, Theresia ? »

Je sortis de ma contemplation. Mon grand-père traduisit ; à ma grande honte, j'étais incapable de répondre, ne sachant pas compter. Pour ne pas rester coite, je répondis bien vite :

« Quinze ans. »

J'avais entendu à Carabanchel la petite servante de cuisine répondre ainsi à mon grand-père qui lui posait la même question. Ce dernier éclata de rire, la religieuse fronça le sourcil.

« C'est très vilain de mentir, mademoiselle, vous en avez tout au plus cinq ou six. »

Je la détestai. Puisqu'elle connaissait la réponse, alors pourquoi me poser la question ? Je n'avais pas voulu mentir, mais seulement répondre poliment comme ma nourrice me l'avait appris.

« C'est bon, nous vous apprendrons les bonnes façons. Pour le moment, sœur Elisa vous conduira au dortoir où vous pourrez ranger vos affaires et rencontrer vos compagnes. »

Je serrai très fort la main de mon grand-père et l'interrogeai du regard. Allait-il m'abandonner lui aussi ? J'aurais voulu ne jamais le quitter. Il me sourit tristement et me fit signe de suivre la sœur. La porte se referma sur moi avec un bruit sinistre : j'étais en prison pour la première fois. Les petites filles m'accueillirent gentiment, elles aussi avaient souffert de quitter leur famille. Elles parlaient de leur mère, de ses caresses, de ses baisers. Je n'avais rien connu de tout cela mais j'avais dû quitter la liberté, le bonheur de sentir le vent dans mes cheveux, la pluie sur mon visage, les animaux qui plus que les humains avaient réchauffé mon cœur de leur amour, mon corps aussi qui s'était réfugié contre le leur quand en hiver j'avais froid la nuit. Bien sûr, nos souvenirs ne se ressemblaient guère, mais cet apprentissage de la vie que j'avais fait enfant me donna la force de me révolter et m'empêcha de tomber dans le moule cher aux religieuses.

J'appris très vite à faire des bâtons, puis des lettres, à me servir d'une plume, à dessiner des fleurs sur mes livres, ce qui était absolument interdit. La religieuse qui enseignait aux petites m'avait prise en affection. Elle aimait mes rédactions, bien simples, ma foi, mais où je pouvais évoquer sans me faire gronder les souvenirs de ma campagne espagnole. Je décrivais la terre rouge, sous le soleil torride, les soirées sur la place du village, les garçons assis aux tables des estaminets, les filles qui dansaient autour des feux, des fandangos, des séguedilles, tapant le sol de leurs petits pieds cambrés, jetant la tête en arrière, faisant claquer leurs castagnettes à un rythme que, toute petite, j'avais appris à connaître. J'évoquais les dimanches où, après la messe, la jeunesse partait à dos de mulet faire des promenades dans la montagne, les sacs en jute qui sentaient si bon, les rires joyeux. Ces descriptions me valaient des bons points que cette excellente femme me donnait en remerciement de ce parfum de fête que je lui apportais. Mais désobéissante, révoltée, indisciplinée, je l'étais et je le restai.

La supérieure me convoquait souvent pour me faire la morale; les sœurs me grondaient, me punissaient. Cela devint une habitude. Toutes les sottises commises au couvent me furent attribuées d'office et mes protestations aggravaient mon cas. J'appris à connaître l'injustice et compris très vite que le silence est la meilleure défense contre les imbéciles, me promettant que plus tard, lorsque je sortirais de cet enfer, cette expérience me serait fort utile. Chaque soir, je pleurais dans mon lit. La nuit seulement je permettais à mes larmes de déborder car, pour rien au monde, je n'aurais voulu montrer à ces méchantes que j'avais de la peine. Question d'honneur et de fierté. Les années passèrent sans joie, j'atteignis mes dix ans. En dépit de mon caractère indocile, j'avais appris à lire, à écrire et parler correctement. J'étais grande pour mon âge, la plus grande de l'école, ce qui me valait le respect des autres élèves. Mon apparence extérieure dissimulait parfaitement mes révoltes intérieures.

Lorsqu'on m'appela au parloir pour m'annoncer que deux semaines plus tard j'aurais quitté le couvent, pas un muscle de mon visage ne trahit ma joie. J'avais, au cours des dernières années, rencontré parmi mes camarades de gentilles personnes dont je me fis des amies. Parmi celles-ci figurait Dondon Picot qui plus tard devint madame Charles de Lameth.

Les quitter m'affligeait mais je leur promis de conserver leur souvenir précieusement et de ne jamais les oublier.

J'aimais surtout les petites, celles qui comme moi avaient été confiées aux religieuses par des familles indifférentes; je prenais leur parti et elles me considéraient comme leur protectrice. Plusieurs pleurèrent lorsque je leur dis adieu; malgré mon serrement de cœur à la vue de leur chagrin, je quittai avec bonheur ce lieu où j'avais été si malheureuse. De cette époque, une chose précieuse demeure, les religieuses m'apprirent à connaître Dieu, à Lui faire confiance et, quoi que le monde ait pu par la suite penser de ma conduite, je compris que ce qui importait d'abord étaient la générosité et la charité. Lorsque le sort fut cruel à mon endroit, je me tournai vers la prière, y puisant la force et l'énergie nécessaires à ma survie.

Monsieur et madame Le Coulteux du Mollay, amis de ma famille, jouèrent un rôle important dans ma vie, aussi ma pensée va vers eux avec reconnaissance. Je compris plus tard combien ils s'étaient penchés attentivement sur mon éducation. Mon grand-père professait une très vive admiration pour madame Le Coulteux et un véritable respect pour son mari. Mariée à Jean Barthélemy Le Coulteux, membre du Conseil des Anciens, homme de beaucoup son aîné, elle éprouvait pour sa personne un amour profond et sincère; il le lui rendait bien. Celui qui arrivait pour la première fois dans leur maison d'Auteuil était frappé par une impression de bonheur, de calme et de paix.

Le luxe qui régnait dans l'imposante bâtisse entourée d'un jardin où s'ébattaient leurs deux enfants était discret. Point de meubles rutilants et chargés, point d'objets destinés à impressionner les regards. Seuls signes extérieurs de richesse, d'exquises tabatières, des boîtes précieuses, des miniatures – bibelots disposés dans un savant désordre sur des tables habillées de soie brochée – laissaient entendre au visiteur combien le goût des maîtres de maison était raffiné.

J'étais fort jeune encore, mais je fus émerveillée. De ces visites, j'ai conservé le goût de la collection de petits objets précieux.

La maîtresse des lieux était jolie, à n'en point douter. Ses traits réguliers, la douceur de ses manières m'inspiraient à la fois de l'affection et du respect car tout en elle respirait la dignité.

Elle avait présidé au choix du fameux couvent, elle désigna la pension qui lui succéda. Il était alors d'usage de confier les jeunes personnes destinées au monde à des institutions tenues par des dames de qualité. Elles accueillaient les fillettes formées par les religieuses, afin de parachever leur éducation.

La pension de madame Leprince Beaumont figurait parmi les plus réputées. Là, tout était mis en œuvre pour parfaire le travail des sœurs; l'on m'y apprit à faire la révérence, à marcher la tête droite, à faire de l'aquarelle, de la dentelle, de la tapisserie, à jouer de tous les instruments de musique. Le chant tenait une place importante dans ce programme.

Dans la société de l'Ancien Régime, une grande

partie des loisirs était consacrée à des représentations théâtrales ou musicales. Les petits opéras tel *Bastien et Bastienne* de Mozart prévalaient. Ils évoquaient la vie campagnarde, les amours enfantines.

Ces bergeries permettaient aux dames de faire entendre leur voix, de briller sur la scène, sans être traitées de saltimbanques. La reine Marie-Antoinette elle-même s'était produite au théâtre de Trianon et les courtisans avaient rivalisé d'efforts afin de lui donner la réplique. Jouer la comédie m'amusait à la folie, ma voix de mezzo me permettait de tenir des rôles intéressants. Je me fis alors de véritables amies, Sophie de la Valette entre autres. Plus tard, elle épousa monsieur Gay, et sa fille Delphine devint madame de Girardin.

Je repris la route de l'Espagne afin d'y retrouver mes parents. Il faisait très froid le jour de ma sortie de pension.

2

Les chevaux robustes glissaient par moments sur les pavés inégaux et la traversée de la France me parut interminable. Il me tardait de retrouver le soleil de mon pays natal.

J'arrivai à Carabanchel exténuée. La berline avait roulé bon train, mais les étapes aux relais, dans les auberges d'un inconfort absolu, me laissaient un souvenir cuisant. Non seulement je constatais la présence d'animaux indésirables dans les matelas, mais la vieille duègne espagnole chargée de me chaperonner ronflait le soir avec une telle énergie que je ne pouvais fermer l'œil de la nuit. Heureusement, la jeunesse qui s'accommode de toute situation inconfortable me permit de trouver un peu de repos dans la voiture qui cahotait le long des routes empierrées.

Après ce voyage fatigant, nous parvînmes à bon port. Ma mère se montra fort surprise à ma vue :

« Theresita, comme tu es changée ! Mais quel âge as-tu donc ?

– J'ai douze ans, madame.

– C'est vrai, hurla mon petit frère Paco, elle est plus jeune que Domingo. »

Ma mère ne parut pas trop satisfaite. En me voyant, elle se sentit vieillie. Toutefois, elle cacha bien vite ce petit mouvement de jalousie et me fit fête.

Mon père, toujours absent, retenu par les obligations de sa charge de banquier, avait fait l'effort de venir à ma rencontre. Il parut également fort surpris et prit son beau-frère Galabert à témoin de ma métamorphose.

« Eh bien, que penses-tu de ma fille Theresia ? Il me semble revoir Marie-Anne à quinze ans, celle-ci en a à peine douze. »

Mon oncle sourit.

« La chenille est devenue papillon, Francisco. »

Je rougis, flattée de ce compliment dans la bouche du frère de ma mère alors âgé d'une trentaine d'années. En effet, je n'étais plus la sauvageonne. Les regards des hommes croisés au cours de notre voyage m'avaient révélé une nouveauté.

J'étais jolie. Ces regards s'adressaient à présent à la femme et non plus à l'enfant. Ma féminité l'avait compris et cette découverte m'émerveillait.

La vie en Espagne s'organisa agréablement, les garçons des environs venus aux nouvelles m'apprirent les danses à la mode, et ma mère, heureuse de voir régner chez elle l'animation la plus grande, s'empressa d'organiser fêtes et sorties.

Mon oncle Galabert qui venait d'arriver de Bayonne décida de prolonger son séjour. Il découvrait en même temps que moi les ressources de la région ; ma mère, rassurée de me savoir sous la protection de son frère, nous permit de nombreuses escapades dans la campagne avoisinante. Un beau jour, au cours d'une promenade, il me prit la main.

« Je vais devoir repartir pour Bayonne, Theresia, pourquoi ne viendrais-tu pas avec moi ?

– Mais mon oncle, cela n'est pas possible, mon père ne le voudra jamais.

– Et si je t'épousais ?

– Mais vous rêvez, vous savez bien que j'ai seulement douze ans. »

Je le vis alors très agité, il rentra à grands pas vers la maison et, sans crier gare, s'engouffra dans le bureau où mon père travaillait.

« Francisco, je veux épouser ta fille. »

Je n'entendis pas la réponse de mon père mais seulement cette phrase, et m'enfuis éperdue vers ma chambre, redoutant la réaction paternelle.

Celle-ci ne se fit pas attendre. Le lendemain, l'on me signifia que mon oncle était parti. Ma mère très affairée prépara ses bagages. Elle m'accompagnait à Paris pour y parfaire mon éducation et pourvoir à mon établissement. Si le voyage pour moi manqua d'agréments, ma mère, en revanche, eut l'impression de vivre une aventure merveilleuse. Cloîtrée par mon père, tyran égoïste s'il en fut, la pauvre femme vivait depuis son mariage dans la terreur de lui déplaire. Ce départ pour l'étranger lui apportait enfin un air de liberté auquel elle aspirait depuis son romanesque mariage. En arrivant à Paris, nous devions descendre chez la veuve d'un ami de mon père, monsieur de Boisgeloup, conseiller du roi en son Parlement. Ce dernier venait de mourir. Seule la lenteur des postes avait empêché la pauvre dame de prévenir mes parents.

Mes yeux encore émerveillés par la beauté de la ville, vite traversée, furent surpris par l'aspect de la demeure des Boisgeloup. Tout disparaissait sous des draperies sombres : portraits et sièges ; les rideaux eux-mêmes qui devaient être en damas avaient été remplacés par de longues tentures grisâtres.

Perdue dans ma contemplation, j'entendis à peine le majordome, tout de noir vêtu, nous inviter à passer dans un vestibule, au centre duquel trônait un escalier à double révolution. Ce dernier, doté d'une belle rampe en fer forgé (laquelle avait dû à la couleur de sa peinture d'échapper aux draperies), permettait d'accéder à une galerie sur laquelle s'ouvraient six portes.

Au haut des marches nous attendait notre hôtesse. Cette majestueuse personne drapée dans des crêpes tenait à la main un mouchoir bordé de dentelle dont elle se servait fréquemment pour essuyer les larmes imaginaires qui auraient dû perler sous ses paupières.

Son accueil fut chaleureux.

« Madame Cabarrus, quel affreux malheur ! Vous voici parvenue après un long voyage dans une maison morte. Monsieur de Boisgeloup nous a quittés, soudainement. Je n'ai pu vous en avertir à temps. Je vous en prie, soyez les bienvenues dans ma modeste demeure, vous et votre fille. »

Nous prîmes un rafraîchissement dans une salle obscure, assises sur des chaises raides. Après les condoléances d'usage, nous fûmes heureuses d'aller nous reposer dans nos chambres tendues de violet.

La tristesse de cette maison entièrement voilée de crêpe, les larmes de la malheureuse ne rendirent guère notre séjour plaisant.

Toutefois, ma mère était tellement heureuse de se sentir indépendante que ceci compensa cela.

Le lendemain, nous parcourions Paris.

Le palais du Louvre, celui des Tuileries avaient été délaissés par la famille royale au profit de Versailles. Le vieux château s'en ressentait : des peintres, des artisans s'y étaient installés. En revanche, les jardins superbement entretenus enchantaient les regards.

L'architecture du Palais-Royal, domaine du duc d'Orléans, me plut tout particulièrement. L'hôtel de Condé faisant face au pont Louis-XVI avait vue au-delà de la Seine sur la belle place Louis-XV créée par Gabriel.

Cette place formait un octogone bordé d'un grand fossé, entouré d'une balustrade de pierre. Huit petits pavillons placés aux angles permettaient, grâce à un escalier, de descendre dans les fossés décorés de fleurs, garnis de parterres de verdure.

Au centre de la place se trouvait la statue équestre du roi Louis XV par Bouchardon. Tout autour, des compartiments, ornés de gazon, entourés de barrières peintes.

L'ami de madame de Boisgeloup qui accompagnait notre promenade nous raconta l'événement affreux qui s'était produit au moment du mariage du dauphin et de l'archiduchesse Marie-Antoinette. Pour fêter la jeune dauphine, un feu d'artifice fut tiré; il provoqua un incendie où un grand nombre de personnes trouvèrent la mort. Funeste présage!

Nous longeâmes les bords de Seine, désireuses de connaître la cathédrale Notre-Dame, puis rentrâmes exténuées autant que ravies nous plonger dans l'atmosphère morbide de l'hôtel de Boisgeloup.

Ma mère décida alors de rendre quelques visites aux amis de son mari.

Le deuil de madame de Boisgeloup rendant chez elle des fêtes impensables, madame Le Coulteux proposa à ma mère de lui faire rencontrer le monde de la finance qui était le sien. L'éducation soignée reçue en pension me permettait d'affronter sans crainte la société de mon temps. Bien entendu, il ne pouvait être question pour moi de paraître à la cour de France, mais le marquis de Laborde, qui nous invita bientôt à ses fêtes, occupait une situation de premier plan par son intelligence, sa réussite dans les affaires et le faste avec lequel il recevait ses amis.

Cet homme éminent s'était lié avec mon père lors de négociations bancaires ; il avait comme ce dernier acquis une superbe fortune et recevait somptueusement en son château de Méréville.

Heureuse à la pensée de se distraire loin de Carabanchel et de son mari, ma mère accepta la première invitation qui lui fut adressée par le maître de céans. Elle me conduisit chez le coiffeur de la reine, Léonard, chez madame Bertin, où l'on me choisit d'adorables robes de jour en mousseline, le satin broché étant réservé pour les soirées.

En vérité, je ne me reconnaissais plus. La pensionnaire avait fait place à une élégante jeune fille. De la sauvageonne, il n'était plus question.

Ma taille était serrée dans un corset qui en accentuait la finesse, mes jambes gainées de bas fins retenus par d'exquises jarretières garnies de roses. Mes pieds, enfin, chaussés de minuscules escarpins de satin qui complétaient une tenue d'une élégance parfaite.

Mon cœur battait bien fort lorsque pour la première fois notre voiture franchit les grilles de Méréville. J'avais tellement rêvé à ma première sortie dans le monde. J'allais enfin connaître la réalité.

Les chevaux parcoururent d'un bon pas la longue avenue qui menait au château pour venir nous déposer au pied du perron. Un homme âgé, entouré de beaux jeunes gens, tendit la main à ma mère pour l'aider à descendre. Son fils aîné en fit de même pour moi. Je dois à la justice de reconnaître que, ce jour-là, ma mère était ravissante. La trentaine l'avait épanouie. Elle portait avec grâce une capeline en paille et le décolleté de sa robe laissait deviner sa jolie poitrine, mise en valeur par les ruchés blancs et roses de son fichu. Je me trouvais bien laide à côté d'elle, seuls mon teint très blanc, mes yeux noirs hérités de ma grand-mère Galabert faisaient pardonner un nez un peu trop long, retroussé du bout, et une allure de grand poulain.

Les trois frères Laborde m'invitèrent à visiter les jardins pendant que leur père conduisait ma mère auprès de quelques personnes âgées assises à l'ombre des grands hêtres.

Rien ne peut se comparer à la beauté d'un parc en automne. Les arbres parés de feuilles rousses, jaunes, brunes sont un spectacle merveilleux et la splendeur de cette saison finissante met en valeur grottes, fontaines et bosquets subtilement disposés, formant un cadre parfait à l'architecture à la fois sobre et somptueuse du château. La rigueur des jardins à la française de Le Nôtre ne pouvait rivaliser avec la grâce naturelle du parc à l'anglaise dessiné par Hubert Robert et Joseph Vernet, propice par son caractère poétique aux rencontres et promenades sentimentales. Cet environnement avait été mis à la mode en France par le marquis de Caraman, auteur du plan de Trianon. Celui-ci lui avait été demandé par la reine Marie-Antoinette. Le projet avait remporté un vif succès à la Cour, et l'on s'en inspira par la suite pour le plan définitif de ce parc.

Je parcourus, accompagnée des trois jeunes gens, les allées sinueuses du parc de Méréville, écoutant avec délice les propos aimables qu'ils me tenaient, me souvenant de l'époque récente où l'on me faisait marcher un livre sur la tête pour donner de l'élégance à mon port. Je me tenais bien droite, les yeux baissés, souriant discrètement. Soudain, la nature reprit le dessus. Un lapin surgi d'une haie bondit dans l'allée. Oubliant mes leçons de maintien, je retroussai ma jupe jusqu'aux genoux et courus à toutes jambes, laissant derrière moi mes cavaliers ébahis. La glace était rompue, ils me firent chacun la cour, me parlèrent avec nostalgie de La Ferté-Vidame, que leur père avait dû céder au duc de Bourbon. Méréville était l'aîné, peut-être le plus beau, Marcheville et Boutervilliers qui se destinaient à la Royale avaient du charme, mais ils me plaisaient moins.

Nous rentrâmes enchantés de notre promenade et décidâmes de nous retrouver souvent. Quelques jours plus tard, ce fut à un bal que nous fûmes conviées. Je pensais souvent à ce beau garçon, à sa démarche aisée, à la façon très spéciale qu'il avait de se pencher vers moi. Aussi fut-ce avec une excitation extrême, un soin tout particulier, que je choisis une robe destinée à cette fête. Léonard, le coiffeur de ma mère, lui avait proposé de me composer une tête à la mode. C'était un savant échafaudage de plumes, de perles, le tout surmonté d'un oiseau.

En digne Espagnole, elle se récria, indignée par un tel projet. Elle consentit toutefois à ce qu'il ornât ma toison noire et soyeuse d'un bouquet de myosotis. Ma robe était simple, blanche, ornée d'une large ceinture en satin bleu, rappelant les fleurs de la coiffure. Mon miroir me révéla que je n'étais pas trop laide. Ma mère, désireuse de me parer pour la fête, m'attacha au cou un rang de grosses perles qui restera mon bijou préféré. Méréville ne me quitta pas de la soirée. Je lus dans ses yeux son admiration ; il perçut dans mon regard un sentiment partagé. Il m'apporta une boisson fraîche, après la troisième danse, et me dit :

« Theresia, venez vous promener dans le jardin. »

J'acceptai sans hésiter, mon cœur battait à grands coups.

« Vous êtes ravissante, Theresia, vous me plaisez infiniment. »

J'étais émue ; il me prit alors le bras, se pencha vers moi de si près que ses lèvres effleurèrent ma bouche.

« Theresia ! »

La voix de ma mère me fit sursauter.

Détachant les bras de mon cavalier noués autour de ma taille, je courus vers elle. J'étais éperdue, mesurant brusquement le danger encouru.

« Voyons, Theresia, tu n'es pas raisonnable, tu ne dois pas te promener seule.

– Je n'étais pas seule, maman, monsieur de Méréville m'accompagnait. »

Ma mère leva les yeux au ciel, poussa une exclamation. Quelle inconvenance ! De retour à la maison, je dus subir un sermon où il était question de la folie des jeunes gens, auquel vint se mêler un questionnaire en règle. Le lendemain, mon père fut avisé par lettre des événements de la soirée. Sa réponse, contrairement à ce que j'avais imaginé, ne fut pas courroucée. En revanche, monsieur de Laborde, mis au courant de notre incartade, se montra furieux...

Une alliance avec mademoiselle Cabarrus était pour lui une catastrophe.

Son ambition sans borne lui avait valu la faveur du roi, une fortune immense, son titre de marquis. Il pouvait prétendre pour ses fils à des unions avec les plus illustres familles. Méréville, l'aîné, se devait au premier chef d'épouser une jeune fille fortunée, portant avant tout un des plus grands noms de France. Theresia Cabarrus, pour n'être dépourvue ni de beauté ni de bien, ne répondait pas à ce critère. Il laissa entendre à mon père qu'un mariage entre nous ne lui conviendrait pas. Sa fille Pauline était fiancée au baron des Cars, le futur duc; Mathilde épouserait plus tard Arthur de Noailles, futur duc de Mouchy. Je ressentis l'affront autant que le chagrin. Les fêtes de Méréville n'étaient plus pour moi. D'autres garçons me firent alors la cour. Alexandre de la Mothe, Félix Le Peletier de Saint-Fargeau, le prince de Listenay, mais mon premier amour avait vécu; j'en conçus une grande amertume. Tous les jeunes gens me parurent fades et sans intérêt.

Je ne suis jamais retournée à Méréville, mais j'eus l'occasion en 1807 de me rendre à la Ferté-Vidame près de Verneuil où l'homme que j'aimais avait vu s'écouler son enfance.

La terre était superbe, la demeure dans laquelle monsieur de Laborde avait englouti des millions pouvait alors rivaliser avec le château de Vaux-le-Vicomte. J'imaginais le petit garçon courant à perdre haleine dans les allées interminables. La perspective s'étendant à l'infini donnait au remarquable édifice des allures féeriques que ne démentait point son aspect vu de près. Hélas, tout comme mon premier amour, ce paradis avait disparu, dévoré par les flammes d'un incendie allumé par les révolutionnaires, les parterres admirablement entretenus avaient cédé la place aux friches. Point de fleurs, point de bosquets, de statues nulle trace, dans le lointain tel un grand oiseau de proie survolant un champ calciné les ruines du château.

On y respirait ce relent de haine qui engendre destructions et misère et j'ai pleuré sur mes illusions perdues.

3

J'avais appris à jouer de la harpe et j'aimais m'en accompagner lorsque je chantais, ce qui me valait de me produire dans les salons. Ma mère était fière de me conduire chez des amis parmi lesquels le comte Bertin chez qui je rencontrai le comte de Paroy pour la première fois. Il devint par la suite un ami fidèle. En 1787, je fis la connaissance, chez madame de Boisgeloup, de monsieur Devin de Fontenay. Il était conseiller au Parlement, possédait du bien. Il parut à ma mère un parti convenable. J'avais alors quatorze ans, il en avait vingt-cinq. Il me tint des discours enflammés ; amusée, je vis en lui un compagnon de soirée distrayant. Et le temps s'écoula...

Nos familles s'entretinrent d'un projet de mariage. Lui-même se montra pressant. Je n'éprouvais pas à son égard un sentiment semblable à celui que m'avait inspiré monsieur de Méréville. Pas une seconde, je ne pensai à l'épouser. Toutefois, lorsque mes parents me signifièrent qu'il avait demandé ma main, j'hésitai. Après tout, pourquoi pas ? L'idée de me marier me convenait, car mon échec était demeuré un souvenir cuisant.

J'annonçai mes fiançailles le sourire aux lèvres. Monsieur de Fontenay n'était pas beau. Petit, roux, le visage chafouin, il n'avait rien de ce qu'il faut pour séduire une enfant qui rêvait d'un prince charmant. Pour ma part, j'étais d'une taille au-dessus de la moyenne, mon cou était long, aussi avais-je tendance à porter ma tête penchée de côté, ce qui, aux dires de mes admirateurs, me donnait du charme. J'étais belle et je le savais. J'avais de jolies jambes, des attaches fines, de petits pieds, de petites mains.

J'avais le désir de charmer. Ma voix un peu rauque plaisait aux hommes et je m'en amusais.

Nos bans furent publiés à Saint-Eustache, ma paroisse, et à Saint-Louis-en-l'Isle, paroisse de mon futur mari. Au cours des semaines qui avaient précédé cet événement, je m'étais préparée dans la fièvre ; non point mue par une passion dévorante et le désir de voir arriver le jour tant attendu, mais par le plaisir frivole de choisir mon trousseau. Mon père n'était guère enthousiaste, trouvant ce prétendant un médiocre parti pour sa fille. Trop occupé de ses propres affaires, il ne s'opposa pas catégoriquement à ce projet mais ne se dérangea même pas pour la signature du contrat. Ma mère, en revanche, se montra ravie. Son séjour à Paris l'enchantait et les préparatifs de la cérémonie allaient lui permettre de le prolonger. Il convenait de prouver à la famille de monsieur de Fontenay que les Cabarrus savaient vivre. Elle s'était petit à petit habituée aux usages parisiens, connaissait les noms de marchands de mode en renom. J'éprouvais une véritable délectation à courir à ses côtés les lingères, les fourreurs, les joailliers. Parmi tant d'autres, je me souviens d'une très jolie tenue en velours bleu, bordée de zibeline, assortie d'un petit chapeau qui me fit m'exclamer de plaisir. Celle-ci fut accompagnée de quantité de toilettes du jour et du soir. La lingerie me plaisait. Les jeunes filles espagnoles, élevées plus sévèrement que les françaises, ne portaient pas autant de fanfreluches. Les volants, les ruchés, les petits plis sur les chemises en linon étaient d'un goût exquis. Nous eûmes de grandes discussions avant de sélectionner la chemise que je porterais pour ma nuit de noces ; parmi les douzaines élues, le choix était délicat, et je voulais plaire à mon futur mari. Je me décidai pour une chemise de nuit en batiste fine, brodée, accompagnée d'une liseuse nouée de rubans roses. Ma mère opta pour une autre garnie de dentelles. Je ne dis rien, me réservant le soin de changer d'avis à la dernière seconde.

J'avais le choix entre les dizaines de jupons, matinées, pantalons brodés, les innombrables paires de bas, les jarretières, les fichus – mode lancée par la reine Marie-Antoinette. Les corsets lacés qui mettaient en valeur la poitrine et la finesse de la taille me semblaient le comble de l'élégance, bien que ce carcan me parût parfois bien gênant.

Je dus m'habituer à évoluer sur de hauts talons, en m'appuyant sur les grandes cannes à la mode.

Le temps s'écoulait à une vitesse vertigineuse; déjà ma belle-famille avait présenté à mes parents la corbeille qui, selon l'usage, contenait dentelles, diamants et pierres précieuses, montés à la mode du jour.

L'affaire se terminait : notre mariage était en réalité un arrangement familial, alors que j'avais rêvé d'un amour éternel avec un homme aimé. Le 21 février 1788, dans la chapelle privée du duc de Penthièvre, eut lieu la cérémonie. La messe fut célébrée par le curé de Saint-Eustache en présence d'une assemblée élégante et nombreuse. Je portais à cette occasion une belle robe en point de Venise posée sur une jupe de dauphine blanche. Superbe soie, brodée de fleurs. Le repas de noces eut lieu rue Saint-Louis-en-l'Isle; selon l'usage, nos parents présidaient chacun une table. Un concert suivit, interprété par les meilleurs artistes de Paris.

Le soir même, nous arrivions à Fontenay-aux-Roses. C'était une gentilhommière plutôt qu'un château. Mon beau-père en avait fait l'acquisition et en avait pris le nom.

Ma chambre était au premier étage. Une cheminée où brillait un feu de bois éclairait un décor raffiné de boiserie au milieu duquel trônait un immense lit à baldaquin. Cette chambre s'ouvrait sur un boudoir attenant. Je me souviens d'y avoir admiré, pendant que ma femme de chambre rangeait mes vêtements, de jolis panneaux décorés de chinoiseries datant du règne du roi Louis XV.

Un petit salon meublé au goût du jour faisait suite à ce boudoir; on y avait dressé une table portant deux couverts – dont les assiettes étaient en porcelaine de Chine. Les verres de cristal taillé – et une bouteille de vin de Champagne destinée à notre premier souper. Un bouquet de roses de Noël égayait ce décor de fête. Je m'empressai d'échanger ma robe de voyage contre une toilette plus élégante et veillai à ce que l'on préparât dans mon cabinet de toilette la merveilleuse chemise qui me plaisait tant. Monsieur de Fontenay entra dans le salon d'un pas rapide. Son œil brillait plus qu'à l'ordinaire. Il me sembla fort nerveux. Il s'approcha de moi et, sans même jeter un regard vers la jolie table, il me saisit à pleins bras et m'embrassa avec une violence qui me remplit d'étonnement. J'esquissai un mouvement de recul. Alors que sa bouche s'écrasait sur la mienne, mon odorat surprit un fumet d'alcool qui m'éclaira sur son comportement. J'avais découvert la douceur d'un baiser avec monsieur de Méréville, celui-ci me parut d'une humiliante brutalité. Comme je me défendais contre cet assaut, je perdis l'équilibre et tombai à la renverse. Profitant de mon impuissance il se jeta littéralement sur moi et déchira mon corsage. Je sentis alors des mains qui me parurent énormes me pétrir au point que je criai de douleur.

Je me retrouvai étendue sur mon lit. Combien de temps s'était écoulé, je n'en sais rien. Une souffrance persistante occupait seule ma pensée. Mon corps douloureux m'obsédait; j'essayai de me retourner pour rencontrer sur l'oreiller voisin l'affreux visage de mon mari. Mon destin était tracé. Je compris avec désespoir l'erreur irréparable que je venais de commettre. La vie à deux commençait. Monsieur Devin m'inspirait une terreur que son comportement brutal de la veille avait provoquée. Les journées qui suivirent ne vinrent en rien atténuer cette appréhension. Du matin au soir, je sentais son regard fixé sur ma personne, guettant l'occasion propice à satisfaire ses débordements. Malgré mes larmes et mes refus, il m'obligeait à longueur de journées et de nuits, par la force, à céder à ses désirs. Je ne trouvais de repos qu'en m'enfermant dans mon boudoir. Le retour à Paris se fit dans le silence. Les quelques jours passés à Fontenay avaient flétri à jamais ma jeunesse, mes illusions. Mais à quoi bon gémir; mariée, je l'étais, et cela pour la vie. Je décidai de me laisser emporter dans un tourbillon mondain.

Pour commencer, il fallait me soumettre à un usage : les jeunes mariés se devaient d'aller rendre visite aux dames occupant une place importante dans la société du Marais.

Je n'oublierai jamais notre arrivée chez madame de La Briche. Dans son salon se retrouvaient les membres influents de la magistrature et de la finance. Monsieur de Fontenay détestait ces visites; il estimait que l'on faisait peu de cas de sa personne et manifestait son mécontentement en fronçant les sourcils, ce qui ne l'avantageait guère, mais de cela je ne me souciais pas le moins du monde. Par la porte entrebâillée du vestibule, j'aperçus mademoiselle Beltz qui épousa plus tard la première basse de l'opéra Cheron. Elle préludait à la harpe accompagnée par le compositeur Viotti. La princesse de Poix, assise dans une vaste bergère, accompagnait le comte et la comtesse de Noailles, son fils et sa belle-fille. Ainsi, mon amie la fille du marquis de Laborde accomplissait-elle aussi les rituelles visites de noces : exquise, fine, blonde dans sa robe rose, elle attirait tous les regards ; j'éprouvai soudain un pincement au cœur en voyant l'air extasié avec lequel monsieur de Noailles la contemplait.

La porte s'ouvrit à deux battants, j'entendis annoncer :

« Monsieur et madame de Fontenay, née Cabarrus. »

La musique se tut un instant, je m'avançai vers la maîtresse de maison qui m'accueillit avec grâce et me conduisit tout autour du salon.

Je pris place sur un cabriolet auprès de mon amie sans oser lui demander des nouvelles de ses frères ; elle me prit la main amicalement, la serrant du bout des doigts. Elle avait deviné ma tristesse.

Le lendemain me parvint un billet, il était signé :

« Un ami de Charles de Noailles. »

« Hélas, puisqu'il faut le dire, la charmante comtesse de Noailles, la délicieuse Française aux cheveux blonds, fut à l'instant détrônée par la divine Andalouse à la superbe chevelure de jais. »

Je relus en riant le billet mais, je dois l'avouer, il me comblait d'aise en dépit des termes très exagérés que mon correspondant s'était cru autorisé à utiliser. Et, bien que je ne fusse pas vaniteuse, j'éprouvai un réel plaisir à le conserver dans le petit tiroir de mon secrétaire où j'avais pris l'habitude d'enfermer lettres et fleurs séchées, souvenirs de moments heureux.

Après les visites de noces obligatoires, monsieur Devin, agacé par les témoignages d'admiration dont j'étais l'objet, décida de partir avec moi pour l'Espagne afin d'y rencontrer sa belle-famille. Nous prîmes alors la berline préparée à l'intention de ce voyage. Elle contenait les innombrables bagages nécessaires à notre séjour. Lors de notre première étape au relais de poste où nous devions changer de chevaux, monsieur Devin me signifia qu'il allait descendre afin de parler au postillon et me pria de l'attendre. Le mouvement qu'il fit pour quitter la voiture permit à un petit livre de glisser de la poche de son habit. Je me penchai afin de le lui tendre, il était déjà loin. Machinalement, je regardai la première page, une liste de noms de femmes s'y trouvait, suivis de leur adresse. Ceci correspondait aux étapes de notre voyage. Ainsi, non seulement le jeune marié me martyrisait, mais il collectionnait des conquêtes de libertin.

La pudeur m'empêcha de raconter ce qui précède à ma mère, pas plus qu'à aucun autre membre de ma famille. Mon père ne m'eût pas écoutée, choqué de telles confidences, ma mère, habituée par son mari à ce genre de traitement, m'eût prêché la patience.

Je gardai pour moi ce douloureux secret, espérant que le temps et la naissance d'un enfant parviendraient à l'atténuer. On me fit un accueil chaleureux dans mon pays natal ; je réussis à oublier mon triste sort, grâce à l'amitié témoignée à cette occasion par mes amis de jeunesse et la gaieté des soirées de Carabanchel où je retrouvai avec bonheur les danses autour des feux de joie.

Une semaine après notre arrivée, une invitation nous parvint du Palais royal. Le roi Charles IV nous priait à un souper qui serait suivi d'un bal.

Je m'y préparai, heureuse d'étrenner mes élégances françaises devant les dames de la Cour et de prouver aux grandes d'Espagne que nul n'était besoin de somptueux bijoux pour être à la pointe de la mode.

Après les révérences d'usage et le défilé devant les souverains, j'allai retrouver un groupe de jeunes femmes de mon âge.

Les commentaires fusaient derrière les éventails.

Un homme vint bientôt se joindre à nous, il portait l'uniforme des gardes du corps, son visage n'était point déplaisant, et les jeunes personnes qui l'entouraient manifestaient visiblement l'intérêt qu'elles éprouvaient pour lui.

Il ne sembla pas y prêter attention et nous quitta rapidement pour parler à des diplomates étrangers de passage.

« Qui est-ce ? demandai-je.

– Mais voyons, c'est Godoy. Il est tout-puissant aujourd'hui et vous fait un grand honneur en rendant hommage à votre beauté, mais soyez prudente car la reine pourrait en prendre ombrage. »

Et les mauvaises langues de s'éloigner en riant.

Mon père avait évoqué devant moi ce personnage, lui accordant autant d'ambition que d'intelligence. Puis l'heure sonna de passer à table, et j'éprouvai un sentiment de regret en constatant que le protocole nous tenait fort éloignés l'un de l'autre.

Le cavalier qui m'était destiné s'avéra un agréable compagnon. Il me parla de la France et des événements qui s'y préparaient.

« Vous devriez, madame, revenir en Espagne. Je redoute pour la monarchie l'agitation qui fermente en ce pays. Voyez comme il fait bon vivre parmi nous. »

Je me récriai.

« Le roi va convoquer les états généraux : il sait mieux que personne combien des réformes sont nécessaires. Cette décision apaisera les mécontents et calmera l'agitation dans les provinces. Sa Majesté prouve par là son désir de voir appliquer des lois plus généreuses.

– Vous êtes bien jeune, madame, je redoute pour vous une déception cruelle. »

Il n'eut pas le temps de développer sa pensée car chacun se levait.

Les souverains se dirigèrent vers un immense salon, nous les suivîmes en cortège.

Le roi ouvrit le bal, les couples se formèrent aussitôt et j'éprouvai une réelle volupté à glisser au bras de mon cavalier sur les parquets brillants.

Monsieur de Fontenay, sans plus s'occuper de moi, s'était retiré dans un petit salon avec un groupe de gentilshommes.

Godoy s'approcha de moi entre deux danses et m'invita à prendre un rafraîchissement.

« Je n'ai guère eu le temps de m'entretenir avec vous ce soir, madame, mais je désirerais vous revoir bientôt.

– Hélas, monsieur, notre séjour touche à sa fin, nous rentrons en France demain.

– Qu'importe, j'irai vous voir à Paris! »

Je ris de la boutade, mais je compris qu'il était sérieux.

Voici un homme qui sait ce qu'il veut. Qui sait ? Peut-être un jour aurai-je recours à lui.

La fête touchait à sa fin, monsieur de Fontenay s'approcha de moi.

« La voiture vous attend. »

Je regagnai seule la maison de ma mère : mon mari prolongeait la soirée en ville avec ses amis.

Nous repartîmes pour la France : monsieur de Fontenay, ayant épuisé les ressources des bouges de Madrid, était désireux de retrouver ses camarades de débauche à Paris.

Je m'aperçus alors que j'étais grosse. Cette nouvelle me causa une grande émotion. Bien sûr, je pleurai de ne point porter l'enfant de monsieur de Méréville, mais qu'importe, ce petit être serait le mien et me consolerait de tant de larmes versées. Nous prîmes la route dans une berline de louage. J'embrassai mes jeunes frères avec émotion et partis, emportant avec moi ce merveilleux secret.

Les routes d'Espagne étaient alors semées d'embûches. Notre cocher et le postillon étaient tous deux armés d'un pistolet : ils surveillaient attentivement les moindres indices susceptibles de signaler la présence de quelques bandits. Nous roulâmes ainsi vers le Nord dans un silence pesant. Je rêvais à l'enfant que je portais dans mon sein; quant à monsieur de Fontenay, il évoquait sans doute le souvenir de ses fredaines. En arrivant à Saint-Sébastien, j'étais exténuée. Cette expédition hâtivement menée dans une voiture sans confort, des étapes écourtées m'avaient fatiguée d'autant plus que des nausées fréquentes m'incommodaient. En descendant de voiture, je perdis l'équilibre. Je sentis alors une grande faiblesse m'envahir et m'évanouis. A mon réveil, je réalisai que j'avais perdu mon enfant. Je pleurai à nouveau, mais ma robuste constitution me permit quelques jours plus tard de rejoindre monsieur de Fontenay qui avait pris les devants comme si de rien n'était.

L'hôtel de l'île Saint-Louis dans lequel vivaient mes beaux-parents avait été construit pour l'intendant Chenizot. Une porte cochère surmontée d'un balcon en fer forgé du temps du roi Louis XIV signale aux passants le domicile d'un personnage d'importance.

Pour la première fois depuis mes noces, je franchissais le seuil de la demeure qui allait devenir mienne.

La cour rectangulaire, garnie de caissons contenant des orangers, précédait le bâtiment d'habitation. Là, une voûte surmontée d'un fronton décoré d'une coquille me parut élégante. Un laquais nous fit pénétrer par une grande porte en bois donnant accès à une antichambre entièrement décorée de tapisseries anciennes relatant les travaux d'Hercule. Par un escalier monumental doté d'une rampe en fer forgé, nous parvînmes à un palier sur lequel s'ouvraient les portes des salons. En passant, je remarquai le dragon ailé terminant la rampe. Son visage grimaçant me causa, je ne sais pourquoi, une impression désagréable. Le jour de mes noces, ces détails m'avaient échappé, j'étais trop absorbée par l'événement du jour pour me consacrer à l'examen du décor. Ce matin-là, je pris le temps de tout observer.

L'hôtel était vraiment beau, mais il y régnait je ne sais quel parfum de tristesse. Émanait-il de ses occupants ?

En vérité, j'en comprenais la raison, à présent je faisais partie de la maison et partageais l'inquiétude de mes beaux-parents eu égard au comportement de leur fils.

Sur la dernière marche de l'escalier, le père de monsieur de Fontenay m'accueillit avec cette extrême gentillesse qu'il me témoigna sa vie durant.

Ma belle-mère, accourue, me serra sur son cœur avec tendresse et me conduisit dans les appartements qui m'étaient destinés. Une grande et belle chambre donnant sur la cour intérieure, dotée de deux fenêtres, un boudoir attenant et une délicieuse pièce ronde en boiseries, destinée à recevoir une baignoire, luxe suprême, que des laquais viendraient alimenter en eau chaude, à l'aide de brocs fleuris. Ma chambre me plut. Les murs étaient tendus de toile de Jouy rose à l'ancienne, un baldaquin protégeait le lit à la polonaise et la jolie commode en marqueterie s'harmonisait avec le mobilier moderne garni du même tissu rose.

Tout avait été préparé par ce couple aimable pour recevoir la fille tant désirée, digne compagne d'un fils chéri.

Je soupirai en imaginant le bonheur qui eût pu être le nôtre.

Ma rêverie fut interrompue par l'arrivée d'une accorte femme de chambre dépêchée par ma bellemère :

« Je viens, madame, ouvrir les malles et préparer la couverture et les vêtements de nuit. »

Je lui souris :

« Comment vous nommez-vous ?

– Frenelle, madame la marquise.

– Eh bien, Frenelle, agissez à votre guise, je vais descendre car mes hôtes m'attendent. »

En courant, je rejoignis ma nouvelle famille dans le salon aux boiseries bleues. J'éprouvai un véritable bonheur de sentir leur affection pour moi et, monsieur de Fontenay étant absent, j'appréciai la chaleur de leur accueil.

Au cours du repas partagé dans une minuscule salle ronde, nous évoquâmes les événements du jour. Monsieur Devin était sombre.

« Tout cela finira mal », soupirait-il.

Mais mon extrême jeunesse et mon enthousiasme me portaient à penser différemment.

Les idées sont généreuses, et le roi veut le bien

de son pays, aussi cette agitation ambiante devrait-elle être positive.

L'avenir ne semblait pas devoir me donner raison. Les événements politiques se précipitaient. Je m'y intéressai de plus en plus.

Ma belle-famille fréquentait le milieu parlementaire.

Tous ces messieurs discutaient à perdre haleine, les avis étaient partagés mais aucun ne restait indifférent devant la montée d'une agitation nuisible au bon équilibre du pays. Pour ma part, je ne voyais dans ces propos que le refus de personnes âgées désireuses de préserver un ordre établi, favorable à leurs intérêts.

J'avais quinze ans, aussi m'arrivait-il de m'échapper de cette atmosphère feutrée pour jouir des charmes de la campagne. Je m'y rendais le plus souvent possible, préférant à ma demeure parisienne la maison de campagne de Fontenay-aux-Roses.

J'y organisais des fêtes et attirais là les plus jeunes et les plus brillants représentants de l'aristocratie. Montmorency, La Rochefoucauld, Champcenetz, Lameth, Lafayette, Chamfort, Rivarol, Félix Le Peletier de Saint-Fargeau. Toute cette société donnait à mes réceptions un éclat qui pouvait rivaliser avec les plus belles fêtes parisiennes.

Monsieur de Fontenay ne m'aimait pas. Mon extrême jeunesse l'avait tenté, ma dot l'avait séduit. Il s'empressa de la dilapider avec sa maîtresse, femme de peu, installée sous mon toit depuis mon mariage. Sous l'Ancien Régime, le cas n'était pas rare. Les beaux principes inculqués par les religieuses me firent un devoir de supporter avec dignité cette nouvelle épreuve; au reste, j'éprouvais du soulagement à la pensée de le voir diriger vers une autre ses assiduités. Mes contemporains se plurent à reconnaître que je ne laissais rien paraître de mon désarroi. Ma triste nuit de noces m'avait guérie du désir de vivre avec lui; j'accueillis avec reconnaissance les hommages de Félix Le Peletier de Saint-Fargeau qui me consolaient de mes peines et de mes humiliations. A nouveau j'étais grosse. Théodore naquit le 2 mai 1789. Ma fierté fut immense. Je tins à le montrer à mes amis; ils sourirent de mon émerveillement. Je leur confiai que cet enfant me consolerait de mes chagrins.

Les fêtes reprirent à Fontenay. Je me souviens du printemps au cours duquel j'invitai les Constituants à plusieurs réunions; ils jouaient alors un rôle de premier plan sur la scène politique; leur éloquence, leur intelligence me fascinaient. Aussi décidai-je de donner en leur honneur une réception qui resta mémorable.

Mirabeau, Vergnaud, Barnave, Robespierre, Camille Desmoulins étaient présents. La fête fut dédiée à la nature comme le voulait la mode. J'avais fait venir un orchestre et l'on exécuta des extraits du *Devin du village*, *Castor et Pollux*, *Richard Cœur-de-Lion*. Mon voisin, monsieur de

Florian, qui habitait chez le duc de Penthièvre, récita des fables ; l'on soupa à l'ombre des grands arbres, les jeunes filles du village vêtues de blanc distribuèrent des bouquets aux arrivants. Puis ils burent galamment à ma beauté et à mon esprit. Mais ceci n'était qu'un jeu et je n'en conçus guère de vanité. La France était en pleine ébullition, les idées nouvelles propagées par Voltaire, Rousseau et leurs amis avaient fait leur chemin et l'on sentait gronder la Révolution. Je m'étais affiliée au club créé par Lafayette et fréquentais les hommes du jour qui étaient à la fois brillants et séduisants. Ma jeunesse imprudente jouait là un jeu dangereux ; la calomnie se mit en marche, on ne prit pas au sérieux l'intérêt que je portais aux idées nouvelles. On préféra attribuer ces rencontres à la galanterie plutôt qu'au patriotisme. La chronique scandaleuse et le *Journal de la ville* se firent l'écho de rumeurs de salon de telle sorte qu'indignée je dus protester auprès des journaux.

« Vous êtes par trop ami de la vérité pour ne pas consentir à détruire un bruit aussi déshonorant pour moi qu'alarmant pour la famille honnête à laquelle j'ai l'honneur d'être alliée. »

J'eus bien tort de relever ces écrits. Ainsi que le disent les Anglais :

« Il est inutile d'expliquer, vos amis vous font confiance, vos ennemis ne vous croient pas. »

Mes détracteurs redoublèrent leurs attaques, cela devint une habitude, on me traîna dans la boue, ma réputation était dorénavant et définitivement compromise.

Mon père, comme beaucoup de personnalités influentes de son temps, était franc-maçon. Aussi, lorsqu'un groupe d'hommes intelligents me proposa d'entrer dans la « loge olympique », trouvai-je l'idée intéressante.

Monsieur d'Espinchal a relaté avec force détails mon élection dans une lettre qu'il m'écrivit et que j'ai retrouvée récemment.

« Si la Révolution n'avait pas fait disparaître les archives de la respectable " loge olympique ", on y relirait avec intérêt le procès-verbal de la réception de la sœur Theresia Cabarrus. Jamais novice plus jolie, plus aimable, plus spirituelle ne s'était présentée. L'adoption se fit par acclamation et tous ceux qui y assistèrent (j'étais du nombre) ont d'autant plus de plaisir à s'en souvenir que depuis cette époque sœur Cabarrus, fidèle à son serment et au vrai principe de la maçonnerie, n'a cessé de secourir, d'aider, de servir ses frères et sœurs. »

Cet éloge se devait d'être un hommage à la jeune femme que j'étais, aussi, je le relis avec un sourire, me souvenant de l'émotion éprouvée ce jour-là, en écoutant les applaudissements, baume sur mon cœur tant de fois humilié. Je me souviens d'avoir prêté serment avec la conviction de me rendre utile en ces temps troublés.

Je ne pouvais imaginer alors à quel point la Révolution inévitable, autant que prévisible, jouerait sur ma destinée. Je me contentais avec la folle générosité inhérente à la jeunesse, d'applaudir aux idées nouvelles, convaincue qu'elles apporteraient au monde le bonheur et la paix. Lors de la fête de la Fédération, le 14 juillet 1793, j'assistai à la messe célébrée sur le Champ-de-Mars par monsieur de Talleyrand en présence de Leurs Majestés, et criai plus fort que les autres « Vive le roi » sans me douter que l'officiant susurrait dans l'oreille de son voisin au moment de monter à l'autel :

« Surtout, ne me faites pas rire. »

C'est alors que dans la foule présente au service religieux, j'aperçus le chancelier Pasquier. Il venait d'arriver. Sa forte personnalité lui avait permis, malgré son retard, d'approcher de l'emplacement où je me trouvais. Nous échangeâmes quelques propos. Il me fit part de ses craintes sur le présent, de son anxiété concernant l'avenir. Sentiments que je partageais pleinement. Nous nous trouvâmes, en dépit de la foule dans une sorte d'intimité qui fut de courte durée, emportés que nous fûmes par le tourbillon révolutionnaire dans des directions opposées. C'est environ à cette époque que j'aperçus Tallien, alors qu'il prononçait un discours du haut de la tribune révolutionnaire.

L'homme parlait avec enthousiasme ; sa péroraison fut saluée par un tonnerre d'applaudissements. Je m'enquis auprès de mes voisins sur la personnalité du tribun. Il me fut répondu :

« C'est Tallien. Il est né chez le marquis de Bercy, son père étant au service de ce dernier ; le bruit courut même qu'il en était le fils. Il est le fondateur d'un club, la Société fraternelle des patriotes de l'un et l'autre sexe. Il possède un journal, *L'Ami des citoyens*. »

Il était beau garçon, je n'écoutai son discours qu'à demi, mais je l'applaudis très fort.

Les années avaient passé. Nous étions loin des fêtes qui s'étaient succédé dans les premiers temps de mon mariage, au cours desquelles je retrouvais parfois dans le monde les Noailles, Gouvernet ou des Cars. Un grand nombre de personnes avait pris le chemin de l'exil, espérant revenir après la tempête. Nos routes s'étaient séparées car j'adhérais aux idées nouvelles. Les émigrés les redoutaient, sans oser les combattre. Je fus alors priée par mon beau-père, chez qui je logeais avec mon petit Théodore depuis ma séparation d'avec mon époux, de descendre dans son bureau.

« Vous savez, mon enfant, combien votre présence ici me comble de bonheur. Toutefois, je me dois de vous conseiller de partir ! Le titre que vous portez pourrait vous nuire à Paris dans le tumulte du moment. Un séjour chez votre mère serait opportun, en attendant que les esprits échauffés se calment. Vous devez penser à Théodore. »

Je regardai l'enfant, c'était un charmant petit garçon blond et rose. Il manifestait plus de tendresse pour son grand-père que pour moi. Ce qui était assez naturel, car ma vie agitée m'avait laissé peu de temps à lui consacrer.

« Théodore, veux-tu venir avec moi en Espagne, nous allons faire un beau voyage ensemble ?

– Je préfère rester avec grand-père. »

Je fus déçue mais ne le lui montrai pas.

Pendant la plus grande partie de sa vie, il me témoigna de l'indifférence et peu de tendresse.

Pour le moment, il fallait partir. Je ne m'éloignai pas seule. Le fidèle William Bidos, Joseph et ma femme de chambre m'accompagnaient. Je décidai de faire escale à Bordeaux où résidait une partie de ma famille paternelle, et où le calme régnait grâce à la présence des Girondins. Ma séparation d'avec monsieur Devin de Fontenay s'était muée en divorce, grâce à la loi révolutionnaire récemment instituée. Aussi fus-je fort étonnée lorsque monsieur de Fontenay déclara qu'il comptait nous accompagner l'enfant et moi-même lors de ce déplacement. Nos passeports furent les derniers délivrés par la municipalité de Paris. Comme il m'avait exprimé le désir de partir pour la Martinique dès son arrivée à Bordeaux, je ne m'opposai pas à ce qu'il nous accompagne.

Mon oncle Dominique Cabarrus, chez qui je me rendis en arrivant, m'accueillit à bras ouverts.

Il s'offrit à me recevoir avec Théodore aussi longtemps que j'en exprimerais le désir. Son affection et la chaleur de sa réception me réconfortèrent alors que tout me paraissait si sombre autour de moi.

Monsieur de Fontenay vint me rendre visite pour me faire part des difficultés qu'il avait rencontrées pour son voyage. Les vents étaient contraires, son passeport n'était pas trop en règle et son embarquement avait été repoussé. Ses finances avaient fondu comme neige au soleil, au jeu probablement. Il vint me trouver pour me demander mon aide, une aide financière. J'appuyai alors d'une lettre auprès des autorités locales la demande de passeport de monsieur de Fontenay.

La guerre entre la France et l'Espagne s'opposa à ce que je rejoignisse ma mère, aussi dus-je m'installer à Bordeaux pour de bon. Ne voulant pas encombrer mon oncle plus longtemps de ma présence, je louai un appartement dans l'hôtel Franklin. Mes fenêtres donnaient sur un grand cours. De mon balcon, je pouvais, au-delà de l'immense place, apercevoir le fleuve. Bordeaux, ville tolérante s'il en fut, avait lors des persécutions exercées contre les protestants montré une grande modération. Elle avait accueilli hors ses murs d'enceinte les proscrits de la Révocation de l'édit de Nantes qui, pour la plupart, avaient dû renoncer à la marine ou à l'armée, en raison de leur religion. Ils s'étaient vu refuser d'autres postes compatibles avec leurs qualités et s'étaient réfugiés dans le Sud-Ouest à proximité de la mer, se répartissant entre Bordeaux et La Rochelle. Cette société formait une colonie agréable et de bon ton. Travailleurs, ils entrèrent dans le monde du commerce afin de survivre. Fortune faite, ils armèrent des vaisseaux, créèrent une flotte marchande afin de faire du négoce avec les colonies. Ils construisirent le superbe quartier des Chartrons où leurs hôtels s'élevaient fièrement le long de la Garonne. A Bordeaux, l'architecture du XVIIIe français est la plus belle du genre. Louis, Gabriel, symboles vivants de la perfection en l'art de cette époque, embellirent la ville de monuments qui excitent l'admiration de tous ceux qui apprécient la beauté de ce siècle finissant. La traversée en bac du fleuve permet de contempler un alignement admirable d'hôtels, de cours, de balcons, émerveillement que ne dément pas une promenade à l'intérieur de la cité où chaque demeure est un chef-d'œuvre de raffinement.

Dans les entrepôts de la ville, affluèrent les épices, le café rapporté des îles. Les vins de la région assurèrent à leur tour la prospérité des négociants.

Ce fut au cours de ce séjour que je rencontrai d'aimables jeunes gens, amis de mes cousins, Édouard de Colbert et Julien de Lameth. Nous décidâmes avec eux de faire en compagnie de l'oncle Galabert un voyage dans les Pyrénées si proches. Notre expédition fut écourtée à la suite d'un duel entre ces messieurs. Les mauvaises langues toujours avides de propos malveillants prétendirent que j'étais la maîtresse des jeunes gens, affirmation fort exagérée. J'éprouvais, il est vrai, un sentiment pour monsieur de Lameth car je dus le soigner de sa blessure et restai auprès de lui pendant sa convalescence. Ensuite, nous rentrâmes en ville.

Ce fut à cette époque que je me liai d'amitié avec madame Boyer-Fonfrède, dont le mari était issu d'une riche famille d'armateurs.

En 1770, ils habitaient encore une maison située près des remparts de la ville, rue du Puits, où se trouvaient également leurs chais et leurs entrepôts.

Lorsque Victor Louis construisit le magnifique

théâtre à la demande du cardinal de Richelieu, ils aspirèrent à se rapprocher de la nouvelle salle de spectacle, commandèrent au même architecte un hôtel digne de leur fortune, proche de la place de la Comédie.

Sa sobriété, sa pureté de lignes, l'équilibre et la perfection de ses proportions égalaient en élégance sa décoration intérieure.

Desservis par un admirable escalier, les salons dont les boiseries rappelaient l'origine de la fortune des Fonfrède s'ornaient des attributs de la marine.

Ancres, avirons, boussoles enrichissaient dessus de portes et panneaux, mettant en valeur l'ameublement, les bibelots de toutes sortes, pendules, candélabres, tabatières, dignes de figurer dans les plus beaux hôtels parisiens.

Cette opulence excita la convoitise des révolutionnaires. Le maître des lieux, député de la Gironde, fut guillotiné, ainsi que le frère de la pauvre Jeanne Justine. Les scellés furent apposés sur l'hôtel.

Je me souviens d'une journée de novembre 1793, le 11 ou le 12, me semble-t-il.

Au-dehors régnait une température douce, propre au Bordelais. Mon amie s'était rendue auprès de moi et nous prenions une tasse de thé au coin de ma cheminée, confortablement installées dans de grandes bergères. Sur une petite table, un plateau d'argent supportait un service de la Compagnie des Indes, dont les tons bleutés s'harmonisaient avec ceux des boiseries environnantes ; les lueurs dansantes du feu éclairaient cette scène paisible. Au cours d'un instant fugitif, les déchaînements parisiens, la Révolution, furent à mille lieues de nos pensées.

L'harmonie ambiante fut interrompue par un soupir :

« Theresia, je n'en peux plus, non seulement je pleure mon mari, mon frère, et ma douleur est profonde, mais les scellés apposés sur l'hôtel de ma famille me privent de mes souvenirs, quant à mes biens ils sont confisqués. »

Je m'écriai alors :

« Il faut réagir, Jeanne, écrire, adresser une pétition, une supplique si besoin est. »

Elle me considérait, le regard vide, que n'éclairait aucune lueur d'espoir.

« C'est beaucoup trop dangereux, vous le savez bien, Theresia, jamais je ne l'oserai ; je m'estime trop heureuse de n'avoir pas subi le sort de ceux que j'aimais.

– S'il en est ainsi, je le ferai moi-même. »

J'étais prête, dans l'inconscience de ma jeunesse, à intervenir, afin d'apporter un apaisement à ma pauvre amie. Sur-le-champ, je m'approchai de mon bureau et rédigeai ma demande.

Je pensais à Tallien.

Envoyé pour faire régner l'ordre nouveau à Bordeaux, il était alors tout-puissant.

Je l'avais revu au théâtre, un soir de concert ; j'avais à cette occasion pu l'observer à loisir.

C'était un grand garçon un peu gauche, sa bouche était aimable, ses dents bien rangées, ses yeux d'un beau bleu. A l'entracte, j'eus l'occasion de lui parler. A la façon dont il me répondit, je sentis que je lui étais pas indifférente.

Je n'hésitai pas à adresser ma requête aux autorités, me réservant d'obtenir son appui si nécessaire.

Quelle sottise, j'avais compté sans la haine de Matte et Héron, représentants du peuple à Bordeaux; leur attention attirée par le billet, ils saisirent l'occasion de compromettre Tallien qu'ils jalousaient.

Ils écrivirent ce qui suit :

« Nous dénonçons le nommé Tallien, représentant du peuple, pour avoir de basses liaisons intimes avec la nommée Cabarrus, femme divorcée de l'ex-noble Fontenay. »

En cela, ils nous impliquaient tous les deux.

Cette imprudence me valut d'être arrêtée; je la payai du prix de ma liberté.

Les séjours au fort du Ha, prison bordelaise, se terminaient par la mort tout comme à Paris. Mes dix-huit ans se révoltaient de se voir sacrifiés à des idées qui ne correspondaient plus en rien à l'idéal auquel j'aspirais. Je demandai à mes geôliers à rencontrer le maître du jour, affirmant avec une assurance que démentaient les battements de mon cœur :

« Je ne m'expliquerai que devant le citoyen Tallien. »

A la surprise générale, il accepta de me rencontrer et c'est ainsi que la porte de mon cachot s'ouvrit pour lui laisser le passage.

Je compris instantanément le parti que je pouvais espérer de cette rencontre. Son regard me fixait avec une expression admirative qu'il ne parvenait pas à dissimuler. Toutefois, la gaucherie de ses façons laissait percer derrière une certaine bonhomie la cruauté qui était le fond de sa nature. En Espagne, lorsque j'étais enfant, j'avais appris qu'il ne faut jamais montrer sa crainte devant un chien féroce, et je connaissais le geste de la main qui rend le plus terrifiant molosse doux comme un agneau. Je reçus sa visite avec calme bien que mon cœur battît la chamade. La guillotine construite place Dauphine faisait alors des ravages sous son commandement et je le sentais dangereux. Je lui souris pourtant, son visage s'éclaira, puis, rompant le silence, il m'adressa la parole. Ce fut bref et précis. J'étais tellement émue que je ne me souviens pas exactement des termes de notre entretien mais j'en ai retenu les grandes lignes.

« Ou bien vous devenez ma maîtresse officielle ou bien on vous coupera la tête! »

Qu'auriez-vous fait à ma place?

« Quand le bateau coule, on ne choisit pas », confiai-je un jour à une amie qui me reprochait d'avoir pactisé avec cet homme que l'on rendait responsable des massacres de septembre dans les prisons à Paris, et de bien d'autres cruautés.

Ma vie carcérale si brève s'achevait.

J'avais pris mon parti, une existence nouvelle commençait pour moi.

Cette faiblesse me donna de l'emprise sur l'homme le plus puissant de Bordeaux. J'en usai pour sauver un grand nombre de vies humaines.

Qu'importait l'opinion publique face à tant de malheureux qui eussent fini la tête tranchée sans mon intervention. Les Jumilhac, Nairac, Norvins, Martell et tant d'autres : certains de ces riches armateurs reconnaissants m'offrirent des dons.

Bien entendu, la *vox populi* s'empara du fait pour m'accuser de leur avoir vendu leur grâce.

Pourquoi m'en défendre ? La malveillance accorde trop de crédit à ce genre de calomnie.

J'affirmerai seulement que, grâce à leur générosité, le vaste hospice de Sainte-Croix établi pour deux cents vieillards fut inauguré. Il fut qualifié « du premier et l'un des plus beaux que l'on puisse établir dans la République ».

Le comte de Paroy fut un des rares témoins de l'époque à s'insurger contre les propos de mes détracteurs. Il écrivit de belles pages, affirmant de l'ardeur que je mettais à sauver mon prochain :

« Les Bordelais auraient dû lui ériger une statue pour les grands services qu'elle a rendus, dit-il, elle ne reçut que l'ingratitude dans le champ immense de ses bienfaits. J'ai été le témoin de tout le bien qu'elle a fait, je l'ai vue tourmentée de celui qu'elle ne pouvait faire... »

Monsieur de Ségur ajoutait :

« Peu de familles, à Bordeaux, peuvent lui refuser un souvenir d'admiration et de reconnaissance. Je suis du nombre de ceux dont elle a brisé les fers. »

Tallien occupait un appartement place de la Comédie. Moi, je retrouvai le mien, cours de Fructidor. Du haut de mon balcon que desservaient trois grandes portes-fenêtres, je pouvais admirer le soleil couchant sur les mâts des vaisseaux amarrés dans le port. Ils étaient en partance pour ces îles lointaines qui me faisaient rêver. J'aimais l'hôtel Franklin.

Mon appartement, loin d'égaler celui de l'île Saint-Louis, n'était pas grand. Mais la décoration intérieure en était raffinée, les boiseries évoquaient la chasse, la musique, et les meubles de province moins élégants que ceux de Paris ne manquaient pas de charme. Les commodes tombeaux, les cabriolets, les bonheurs du jour, les tapisseries polychromes, faisaient de cette demeure une habitation confortable sans luxe ostentatoire. Combien mon petit salon me plaisait ! J'y avais rassemblé mes objets préférés : harpe, clavecin, recueils de musique, mon chevalet occupé en permanence par quelque miniature, ma charmante boîte de peinture en acajou qui contenait des objets en argent ainsi qu'une palette d'ivoire, mon métier à broder. J'aimais y travailler, peindre, faire de la musique. Le matin, je lisais les billets déposés dans une corbeille d'argent. Des suppliques, pour la plupart, des demandes d'audience. Comme je l'ai déjà dit, je n'avais que dix-huit ans. J'avais frôlé la mort de très près. J'appréciais donc la vie à sa juste valeur et n'oubliais pas, dans ma situation aussi privilégiée que précaire, tous ces pauvres gens qui, sentant au-dessus de leur tête la menace de la guillotine, trouvaient le courage de m'écrire afin d'obtenir une aide pour un parent, un ami, un fiancé. Ils languissaient dans leur prison, victimes de la fureur aveugle des maîtres du moment.

Très vite, je compris que Tallien m'aimait sincèrement, et bien que tout nous séparât – éducation, origine, opinions politiques –, j'éprouvais pour lui un sentiment qui pour ne pas être de l'amour lui ressemblait cependant beaucoup. Cet homme était tout-puissant. J'étais, de par ma situation, tellement vulnérable : un jouet entre ses mains ; il aurait pu abuser de la situation, devenir pour moi un tyran dans toute l'acception du terme. Il n'en fut rien. Cet homme simple comprit immédiatement combien mon premier mariage avait agi de façon néfaste sur mon comportement. Il s'ingénia alors à m'apaiser, il voulut m'apprivoiser. Je ressentis très vite une grande douceur dans ses bras. Aimée pour moi-même, protégée et choyée comme un objet précieux, je repris goût à la vie. Sans m'en rendre compte, je me mis à éprouver pour lui de la tendresse et de la reconnaissance, jusqu'au jour où, dans ses bras, l'amour physique me fut révélé. Il m'en aima davantage ; je m'employai, toutefois, puisque j'avais acquis sur Tallien un ascendant certain, à obtenir de lui de plus en plus de vies humaines. Un jour, je le priai de m'accorder une grâce.

« Je ne supporte pas la vue du sang, mon ami, et la chaleur du soleil rend l'air irrespirable place Dauphine. L'odeur qui en émane est affreuse, je n'ose plus ouvrir mes fenêtres, ne pourrait-on pas éloigner l'instrument du supplice ? »

Désireux de me plaire, il acquiesça. L'affreuse guillotine disparut de la belle place, les Bordelais respirèrent un peu mieux ; ils avaient compris.

« Si elle a réussi à l'éloigner, peut-être obtiendra-t-elle sa disparition définitive ? »

J'éprouvais soudain un nouveau sentiment pour Tallien. Ainsi, il se prêtait facilement à ce qu'il nommait en souriant « mes caprices », l'amour le guidait ; je savais qu'en agissant ainsi, il risquait le blâme des siens, plus encore peut-être, sa vie. Il en était parfaitement conscient et, pour la première fois, je mesurai la place que j'avais prise dans son cœur.

Il me protégeait, il était bon, patient et, sous ses airs rudes, c'était un compagnon attentif, soucieux de mon bonheur. Une nouvelle relation s'établissait entre nous, j'en oubliais son rôle dans les massacres de septembre : étrangement, j'avais confiance en lui.

Combien d'heures nous passâmes à discuter, à réorganiser le monde, faisant des projets qui tous, hélas, n'aboutirent pas.

Je lui prêchais la mansuétude.

Tout d'abord, il ne prêta qu'une oreille distraite à mes propos, mais à la longue mes efforts portèrent leurs fruits, et plus tard je pus sans mentir déclarer à mon amie madame de Laage de Volude :

« Pendant plusieurs mois, je ne me suis pas couchée une seule fois sans avoir sauvé une vie humaine. »

On appela désormais ma maison l'antichambre des grâces et ce fut un interminable défilé de femmes en pleurs, de fiancées angoissées, de mères hagardes que j'essayais de consoler de mon mieux, intervenant de plus en plus souvent en leur faveur.

Un soir, on vint frapper à ma porte. Mon serviteur fit alors pénétrer dans le salon une jeune femme que je ne reconnus pas puis, l'ayant regardée plus attentivement, je poussai un cri de surprise :

« Grand Dieu, madame de Gouvernet ! »

Je me souvenais de l'avoir rencontrée à Paris quelques années auparavant, un soir, à la sortie du théâtre où elle accompagnait madame Charles de Lameth, amie avec laquelle je m'étais liée au couvent. Un billet reçu la veille était libellé de la façon suivante :

« Une femme qui a rencontré à Paris madame de Fontenay et qui sait qu'elle est aussi bonne qu'elle est belle lui demande un moment d'entretien. »

Je lui avais répondu qu'elle pouvait venir quand elle le voudrait, mais j'étais alors loin de penser qu'il s'agissait de madame de la Tour du Pin-Gouvernet. Elle me fit part de ses craintes qui me parurent justifiées car sa situation était dangereuse, et je lui conseillai de voir Tallien. Cette idée la terrifia mais je la rassurai en lui disant :

« Vous serez en sûreté, dès qu'il saura que vous êtes ici. »

Le lendemain, je lui envoyai une note :

« Soyez chez moi ce soir à dix heures. »

Le soir, elle se présenta, je l'introduisis auprès de Tallien. Je ne sais quelle fut l'impression produite sur lui par madame de la Tour du Pin, mais j'insistai tellement auprès de lui qu'il me promit de lui épargner la prison. Quelques jours plus tard, Alexandre, le secrétaire de Tallien, apportait à madame de Gouvernet l'ordre par lequel il était enjoint à la municipalité de Bordeaux de délivrer un passeport au citoyen la Tour et à sa femme avec deux jeunes enfants pour se rendre à la Martinique à bord du navire la *Diane*. Monsieur et madame de la Tour du Pin étaient sauvés, mais pour obtenir l'aide de Tallien, il m'avait fallu exercer un certain chantage auquel il ne savait résister.

Quand je vis cette famille monter dans le canot de la *Diane*, je versai des larmes de joie et je remerciai la Providence qui m'avait donné la possibilité de leur sauver la vie.

Je croyais que monsieur de Fontenay était définitivement sorti de mon existence. C'est avec la plus grande surprise que je le vis arriver chez moi.

J'avais réussi une première fois, alors qu'il était en difficulté, à le faire émigrer. Cette fois-ci, il venait, après m'avoir ruinée, me demander de l'aider financièrement.

Je ne possédais plus rien, sinon les quelques très beaux bijoux offerts au moment de mon mariage par ma belle-famille et ceux qui me venaient de mes parents.

Je les jetai dans un mouchoir, le nouai aux quatre coins et le lui remis. J'espérais cette fois-ci être définitivement libérée de sa présence.

Au cours des sept mois que dura mon séjour à Bordeaux, 102 exécutions eurent lieu, alors que si la guillotine avait fonctionné normalement, ce sont 1 379 têtes qui eussent été tranchées. Cet hiver-là, Tallien m'avait manifesté des sentiments de plus en plus vifs ; je me souviens d'un soir où il m'offrit un ravissant cadeau, témoignage de sa tendresse. Je lui en exprimai ma reconnaissance. Le soir même, lors du dîner, je tins à montrer ce très bel objet à mes invités. La jolie montre passa de main en main. A ma surprise, un silence gêné s'installa. Je n'en compris pas la raison jusqu'au jour où, beaucoup plus tard, j'appris l'origine de ce don.

Cette montre était celle de Saige, le maire de Bordeaux, qui venait d'être guillotiné. Mon indignation, mon désespoir n'y pouvaient rien changer.

Il ne m'était pas toujours facile d'obtenir la libération de l'un ou l'autre prisonnier du fort du Ha. Soit que Tallien éprouvât à son endroit quelque antinomie, ou plus simplement parce que ses collègues le surveillaient avec une telle fureur que céder à mes prières eût été risquer sa propre vie.

Je me rappelle une curieuse évasion que je réussis grâce à la complicité d'un garde que j'avais soudoyé. Il s'agissait d'un négociant de la ville dont la sœur, veuve de monsieur Lacaze, était née Montet. Cette dame m'avait instamment priée d'agir en sa faveur; il était alors au fort où l'attendait une mort inéluctable. Je lui promis d'intervenir.

Le jour de l'exécution, le prisonnier était toujours sous les verrous, les soldats vinrent le chercher pour le conduire à l'échafaud.

Une foule avide se pressait sur la place Saint-Jullien où le supplice devait avoir lieu.

Le commissaire républicain vint faire l'appel des victimes du jour, la liste était longue et la charrette ne pouvait tous les contenir.

Mon protégé, comme oublié, fut appelé le dernier et suivit à pied le funèbre cortège.

Au moment où il longeait le cimetière de l'église Sainte-Eulalie, séparé de la rue par un petit mur à hauteur d'appui, le soldat qui avait reçu le mot d'ordre prit l'homme au collet et, le rudoyant comme s'il le prenait pour un curieux introduit par mégarde dans le rang, il l'apostropha, lui demandant comment il était assez fou pour marcher à la guillotine.

Deux autres soldats également gagnés à cette cause par mes soins, s'écartant du prisonnier, lui enjoignirent : « Hors les rangs », le repoussant d'un coup de crosse dans les reins. Malgré lui, il fendit la foule, et alla s'écrouler contre le parapet du cimetière de Sainte-Eulalie.

Il était sauvé, le cortège et la populace continuèrent leur route.

Bientôt, seul et mû par l'instinct de la conservation, il passa par-dessus le mur d'appui du cimetière et s'y tint caché jusqu'au soir dans les hautes herbes et parmi les tombes.

Je sus que plus tard à la nuit tombante il se réfugia chez sa sœur qui le pleurait mais qui, à sa vue, rendit grâces à Dieu et prononça des paroles émouvantes à mon endroit.

Mais il fallut jouer au plus fin, afin de ne pas attirer sur Tallien et sur moi-même les foudres de Paris. Bordeaux chantait mes louanges et c'est au mois de mai que je pus triomphalement constater ma victoire. Il n'y eut pas une seule exécution capitale. Le culte de la déesse Raison venait d'être instauré. On promena l'actrice Duchaumont sur un char : elle portait une tunique à l'antique qui dévoilait ses jambes, ce qui fit pousser des cris d'indignation. Sa poitrine était mise en valeur bien plus qu'elle n'était dissimulée par les drapés. Quant à ses pieds chaussés de cothurnes d'or, ils reposaient sur un tapis de pétales de roses. Sa chevelure abondante coulait dans son dos en vagues ondulées que couronnait un bonnet phrygien. Les cris d'admiration poussés par les spectateurs à la vue de ce char ne m'empêchèrent pas de percevoir ce que pareil déguisement pouvait avoir de burlesque. Cependant, j'assistai à ces sottises et les applaudis, sachant qu'elles étaient le prix à payer pour sauver tous ces malheureux.

Comme le bon roi Henri s'exclamant « Paris vaut bien une messe! », je pensai en mon for intérieur « Tant de vies sauvées valent bien cette mascarade ».

Quand le soleil devenait trop chaud, je me retirais à Pessac à proximité des barrières. Tallien, au cours d'une promenade aux environs de Bordeaux, m'avait conseillé de louer une « folie », œuvre gracieuse de Gabriel.

Sans être vraiment à la campagne, au milieu des vignobles, cette petite maison, fantaisie d'un architecte de talent, présentait l'avantage de m'éloigner du centre de la ville, des crieurs de rues et des révolutionnaires. La porte d'entrée surmontée d'un balcon en fer forgé s'ouvrait sur une antichambre garnie de boiseries de deux tons de bleu. Un escalier partant de cette pièce conduisait au premier étage où se trouvait un salon éclairé par trois fenêtres à petits carreaux. Cette salle inondée de lumière avait ma préférence. Une cheminée en marbre, décorée de grappes de raisin, de feuilles de vigne, était surmontée d'un trumeau en bois sculpté évoquant les vendanges et la chasse à la palombe. Je me souviens des chatières conçues pour faciliter le passage des animaux domestiques.

J'avais décoré la petite pièce de l'est à mon goût. Ma préférence allant aux roses, je l'avais tendue d'un tissu de cette couleur. La grosse commode tombeau y occupait une place importante, ainsi que mon bureau cylindre. Là, je rangeais mes « trésors » : fleurs séchées, suppliques, messages d'admirateurs. Tallien avait accédé à ma demande de ne pas ouvrir les tiroirs de ce meuble, car je lui avais affirmé avec force :

« Toute femme a droit à son jardin secret, le mien c'est mon bureau, et vous m'offenseriez en y jetant les yeux. »

Cet homme implacable avait souri, croyant à un caprice de jolie femme, et m'avait promis de respecter mes désirs.

Toutefois, je n'étais pas convaincue, car si Tallien me comblait de prévenances, parfois son humeur se teintait de jalousie, ce qui était irritant. Les hommages des Bordelais le rendaient furieux. Il ne réalisait pas qu'en me rendant hommage, c'est à lui que les malheureux voulaient plaire en flattant la femme qu'il aimait.

J'aurais aimé recevoir dans l'intimité de ma folie. J'y faisais de la musique, m'accompagnant de la harpe ou du clavecin. C'est là, dans ce lieu enchanteur, que Tallien venait me retrouver le soir, de plus en plus anxieux devant l'ascension de Robespierre. La présence à Bordeaux de Peyran Dherval et de Marc Antoine Jullien, toujours prêts à le desservir auprès du terrible Maximilien, n'était pas pour le rassurer. Le calme apparent de la ville n'excluait pas l'inquiétude. Danton avait été exécuté, les Girondins proscrits avaient à leur tour payé de leur vie leur indépendance. Barras, Fouché, Tallien lui-même, tremblaient de devoir bientôt suivre leur exemple.

4

La loi des suspects venait d'être instaurée. La Révolution engendrait son premier dictacteur. L'ami de Tallien, Fouché, l'avait prévenu du danger :

« Tu seras bientôt le premier sur la liste. »

La terreur régnait, il fallait agir. Tallien décida de partir pour Paris et de parler à Robespierre. Sans sa protection, je ne pouvais demeurer seule à Bordeaux. Du reste, une loi venait de passer qui interdisait aux aristocrates de séjourner dans les ports. Je décidai à mon tour de partir pour Orléans. Confiant mon petit Théodore au fidèle Baptiste, je pris la route avec l'intention de gagner Fontenay-aux-Roses afin de m'installer dans la maison de campagne de mes beaux-parents. Je ne disposais en quittant la ville d'aucun moyen d'existence, aussi cette demeure me semblait-elle un havre providentiel.

Je souris en lisant mon signalement sur le passeport.

« Taille : cinq pieds six pouces, visage blanc et

joli, front bien fait, sourcils clairs, yeux bruns, nez bien fait, bouche petite, menton rond. »

Comment aurais-je imaginé en quittant Bordeaux que j'allais rencontrer mon futur mari ? La diligence avait fait halte. Je vis alors venir à moi un charmant jeune homme. Il se présenta : « Joseph de Caraman » et me proposa un rafraîchissement. Je ne pouvais alors supposer que je deviendrais son épouse onze ans plus tard. Nous reprîmes la route. Je songeais tout en roulant à la rencontre que je venais de faire. Elle apaisait quelque peu mon angoisse à la pensée de l'accueil qui me serait réservé à Fontenay. Je n'étais pas retournée dans ce village depuis mon divorce, je redoutais les changements que la Révolution y avait probablement opérés.

Les fêtes qui avaient eu lieu lors de mon séjour au château m'avaient rendue populaire. Les gens du pays avaient bénéficié de ce remue-ménage, l'évolution progressive qu'ils avaient pu constater dans mon comportement, la qualité de mes derniers amis les avaient favorablement impressionnés. Nous avions suivi ensemble le courant des événements sans toutefois tomber dans des excès aussi déplorables que nuisibles pour tous. Ils avaient applaudi à la visite de Camille Desmoulins, mais je ne sais ce qu'ils pensèrent lorsque Robespierre le fit exécuter. Que diraient-ils en voyant revenir la marquise de Fontenay ? Ils n'ignoraient pas mon séjour à Bordeaux, ma liaison avec Tallien. Allaient-ils prendre le parti de mon mari ou bien se réjouiraient-ils en constatant la rupture définitive de nos liens ?

Lorsque la voiture parvint à Fontenay-aux-Roses, nous nous heurtâmes à une grille fermée. Les serviteurs avaient quitté les lieux, mon beau jardin était en friche, mes rosiers morts par manque de soins. Après avoir contourné le mur de clôture, ma femme de chambre, Frenelle, revint triomphante avec la clef de la petite porte du potager.

Je me souvins alors d'une liaison qu'elle avait eue avec un jeune aide-jardinier autrefois, je supposai fort justement qu'elle cachait la clef en question afin d'aller le retrouver le soir après leur travail. Le petit Guéry, fils d'un ami de mon père, qui m'avait accompagnée ayant réussi non sans mal à la faire tourner dans la serrure, nous pûmes approcher de la maison. Les grandes fenêtres portaient les stigmates d'une longue négligence, la poussière les occultait complètement, les volets mal fermés réclamaient la peinture qui eût prolongé leur existence.

Guéry parvint à entrouvrir l'un d'eux. Il donna un coup de poing dans le carreau et souleva la clenche qui grinça pour nous laisser le passage.

Le salon était intact. Seuls les meubles recouverts par une main soigneuse dissimulaient sous des housses poussiéreuses les soieries de Lyon que mon beau-père affectionnait. Je montai l'escalier, tout me parut en ordre, bien rangé. Même ma chambre n'avait pas bougé. Par quel miracle les révolutionnaires avaient-ils épargné cette maison ? Ceci me sembla de bon augure.

Frenelle courut à l'armoire à linge. Les piles de draps de fine toile sentaient légèrement le moisi mais les sachets de lavande qui les garnissaient dégageaient encore un parfum qui m'était cher. Je souris. Combien de temps s'était-il écoulé ? Quelques années seulement, pourtant cela me paraissait un siècle. Ma vie bouleversée par la tourmente qui nous agitait tous semblait s'être arrêtée, comme si mon incarcération, la vie à Bordeaux, les drames, les terreurs de mes amis n'avaient été en somme qu'un cauchemar, vite dissipé par le réveil dans un lieu paisible et familier. Affairée, Frenelle se mit à secouer les housses, aidée par Guéry et mon serviteur. Les fenêtres ouvertes en grand laissèrent pénétrer le soleil à flots, chassant l'horrible odeur de renfermé. Un bon feu crépita bientôt dans les cheminées, nous retrouvâmes l'atmosphère ouatée de cette délicieuse demeure. Guéry, que l'on ne connaissait pas, décida de se rendre au village pour y faire quelques achats. Il revint l'œil sombre. Ayant échangé quelques mots avec la population, il avait recueilli des propos peu rassurants. Des révolutionnaires bon teint faisaient la loi depuis quelques semaines, l'on avait parlé en réunion des ci-devant Fontenay père et fils. Le jeune Jean-Jacques était parti. Pour où ? Nul ne le savait. En émigration très certainement. La citoyenne Cabarrus, elle, avait des tendances réactionnaires. Ah oui ! elle en avait sauvé à Bordeaux des chiens d'aristos, grâce à l'emprise qu'elle avait sur Tallien. Au reste, Jullien envoyé de Paris était allé mettre bon ordre à tout cela ! La dame était partie pour Orléans. Quant à Tallien, sa tête ne tarderait pas à tomber, elle irait retrouver celles de Danton et des Girondins. Lui-même était dans la capitale en ce moment, son exécution n'était plus qu'une question de temps.

Je frémis en écoutant ces récits. Ainsi Fontenay n'était pas sûr. C'est alors que je décidai d'avertir Tallien. Un mot porté par Joseph à Paris le trouva aussi inquiet et traqué que je l'étais moi-même.

Il accourut à Fontenay sous un déguisement. En le voyant, l'étau qui étreignait mon cœur lâcha prise. Il était fidèle, je pouvais compter sur « cet ami par excellence ». Il ne me cacha pas son inquiétude. Sa vie ne tenait qu'à un fil.

« Je suis allé voir Fouché et Barras. Ils sont terrifiés par la tournure que prennent les événements. Robespierre devient de plus en plus exigeant. Il menace de mort tous ceux qui ne le considèrent pas comme le chef de la Révolution. Où s'arrêteront son ambition et sa fureur de sang ? Tu ne dois pas rester ici, Theresia. Chaque jour, tu devras changer de résidence. Robespierre n'a pas caché son sentiment à ton égard ; il te hait, te rend responsable des acquittements de Bordeaux, il va tout mettre en œuvre pour te faire arrêter. »

J'étais épuisée par le voyage, l'inquiétude, la tristesse d'avoir quitté mon enfant, celle éprouvée en constatant la haine qui animait les puissants du jour. C'était donc pour en arriver là que j'avais tant applaudi et œuvré, aux premiers temps de la Révolution. Me sentant à bout de nerfs, Tallien connaissant le calme avec lequel j'avais affronté les pires situations me prit dans ses bras. Je ne pleurais que rarement, car les larmes, signe de faiblesse, vous enlèvent tout courage. Mais ce jour-là, j'en versai abondamment sur son épaule. J'en éprouvai un véritable soulagement.

Apaisée par la tendresse de l'homme qui m'aimait, je lui demandai de passer la nuit auprès de moi. Sa présence agissait comme un baume sur mon esprit autant que sur mes sens, je me sentais en sécurité.

Toutefois, il eût été dangereux de prolonger sa visite, aussi reprit-il la route de Paris après m'avoir amené le citoyen Taschereau. Cet homme, agent du Comité de salut public, m'inspirait confiance; il avait entretenu avec ma famille de Bayonne des rapports d'amitié, tant en France qu'en Espagne, il était même intervenu auprès des révolutionnaires en faveur des Cabarrus, ce qui lui avait valu d'être dénoncé comme suspect par Baudot.

Le lendemain de sa visite, nous nous retrouvâmes, Tallien et moi, à souper chez un restaurateur du Palais-Royal et discutâmes au sujet de la visite de Taschereau. Tallien me déconseilla de retourner à Fontenay, il m'accompagna rue Saint-Honoré, chez un notaire de ses amis, monsieur Gilbert, où je passai la nuit.

Je ne voulus pas compromettre plus longtemps l'homme courageux qui m'hébergeait, aussi j'acceptai l'hospitalité du citoyen Desmoussaux, un ami de Paul Auguste Taschereau qui me l'avait recommandé. La maison se situait aux Champs-Élysées, rue de l'Union ; j'y passai quatre nuits à peu près paisibles, sans me douter qu'elle appartenait à Duplay, le logeur de Robespierre dont la fille était amoureuse ; j'ignorais également que ce dernier avait chargé Taschereau de me surveiller. Je sus par la suite que son obligeance cachait une affreuse traîtrise.

A partir de ce jour, je changeai de refuge chaque soir et cela pendant une dizaine de jours. Je sentais sans vraiment pouvoir l'affirmer le regard des sbires de Robespierre ; cette angoisse permanente faisait de ma vie un enfer. Je décidai de quitter Paris avec le sentiment d'être enfermée dans un étau. Pensant demeurer aux environs de la capitale, j'avais loué une petite maison à Chaillot, bien inconfortable ma foi, mais je renonçai à la rendre habitable, de crainte d'attirer sur moi l'attention de mes persécuteurs.

Là encore, les policiers de Robespierre me dénichèrent vite. Ne sachant plus où me réfugier, je retournai précipitamment à Fontenay en désespoir de cause, espérant ainsi déjouer leur quête. Je pris à la hâte quelques vêtements, me dirigeai vers Versailles, en compagnie de Guéry, trouvai deux chambres pour lui et pour moi dans un hôtel meublé. Cette chasse m'avait laissée à bout de forces, je m'endormis épuisée. Pendant ce temps, ma fidèle servante Frenelle préparait mes bagages afin de venir me retrouver à Versailles d'où je comptais partir pour Bordeaux reprendre mon petit Théodore. Si la voie de l'Espagne était libre, nous pourrions alors retrouver ma mère à Carabanchel. Cette angoisse permanente me faisait désirer de quitter la France coûte que coûte.

J'appris par la suite que les hommes de Robespierre s'étaient présentés chez moi à Fontenay, où ma femme de chambre, admirable de dévouement, avait essayé de se faire passer pour moi, risquant ainsi sa vie pour me sauver. Il est de ces gestes qui vous réconcilient avec l'humanité, lorsque l'on sent autour de soi la haine et la violence vous assaillir de toutes parts, et de tels sacrifices vous redonnent courage et volonté de survivre.

Au milieu de la nuit, je perçus un bruit insolite. Le rêve interrompu par ce vacarme était un cauchemar précurseur de la réalité. Je me trouvais dans une salle sans fenêtre, fixant désespérément un mur, à la recherche d'une issue. Les bruits sourds, répétés que me renvoyaient ces murs nus me glaçaient de terreur. Brutalement, je repris conscience. A nouveau, j'entendis comme un écho de mon rêve, c'était le bruit des crosses avec lesquelles les révolutionnaires ébranlaient la porte d'entrée. Je sautai au bas de mon lit, jetai sur ma chemise un vêtement qui reposait sur une chaise. Je vis à ce moment la porte s'ouvrir brutalement pour laisser passer une horde dépenaillée. A la tête de cette bande se trouvait celui que je croyais être un ami, le citoyen Boulanger. D'autres hommes surgirent alors, traînant le petit Guéry, arraché à sa chambre tout endormi. Sans nous laisser le temps ni à l'un ni à l'autre de nous vêtir correctement, on nous fit descendre, pour procéder à un premier interrogatoire. Au mois de mai, la température est clémente, et pourtant je frissonnais, claquais des dents, tant l'air me semblait glacial. On me posa des questions. En fait, ils savaient tout de moi, aussi ne me donnai-je pas la peine de réfuter les arguments destinés à justifier mon arrestation. Je me contentai de leur dire que si j'étais née en Espagne ce n'était vraiment pas de ma faute. Je gardai ensuite un silence prudent. L'on me fit monter dans une voiture, nous quittâmes Versailles au petit jour. A Paris, je comparus devant un véritable tribunal révolutionnaire. Il y avait là un groupe de coquins, vingt ou vingt-cinq me semble-t-il, attablés devant un repas copieux, disposé sur une nappe tachée de sauce et de vin. Ils dînèrent devant moi, me laissèrent sur la sellette la journée entière, sans me donner la moindre nourriture, sans nul égard pour ma fatigue et mon angoisse. Nous partîmes enfin en quête d'une prison. Il y en eut une douzaine. A chaque guichet, mes geôliers essuyèrent le même refus :

« Y a pu d'place. »

Lors de cette randonnée, je me mis soudain à trembler. La voiture venait de s'arrêter sur la place de la Révolution. Cet admirable ensemble qui portait autrefois le nom de place Louis-XV, dont les proportions grandioses avaient provoqué mon admiration lors de mon arrivée à Paris, était devenu le cadre des exécutions capitales. La guillotine trônait en ces lieux, témoins de la grandeur des rois. J'évoquais l'exécution du pauvre Louis XVI, de tant d'innocents, tués pour la simple faute d'avoir fait partie d'un monde révolu.

Mes gardiens me désignèrent en ricanant la guillotine :

« Dans trois jours, tu joueras cette pièce en personne. »

Je n'avais même pas peur : un immense dégoût me submergeait. L'instrument du supplice ruisselait encore de l'eau versée afin de laver le sang de ces malheureux. Je détournai la tête, écœurée. C'est à « la petite Force » que l'on trouva enfin un cachot digne de me recevoir. Nous parvînmes à la prison vers une heure du matin. L'endroit était immonde. Il avait connu des temps meilleurs, portait encore le nom de la famille illustre qui le possédait autrefois. Par terre, on avait étendu de la paille. Celle-ci n'étant jamais changée, c'était de la fange qui jonchait le sol. Il y faisait un froid terrible et l'eau coulait le long des murs. C'est dans cet accueillant réduit que l'on m'interrogea pour la seconde fois. Ils étaient huit. Ces hommes valeureux qui se réunissaient pour fouiller une malheureuse femme de dix-huit ans. On me fit ôter mes vêtements. Après l'interrogatoire, ils me rendirent ma chemise, sur laquelle je jetai une sorte de robe de toile qui ressemblait à un sac. Parmi ces monstres, le plus déplaisant était certainement un homme jeune qui commandait la troupe. Je sus plus tard qu'il se nommait Cofinnal auquel on adjoignait le charmant sobriquet de « sanguinaire ».

« C'est encore trop bon pour toi, marquise, tu regretteras ton Tallien et tous les autres, tes belles robes, ton château, tes serviteurs ; il est temps que tu apprennes à partager la misère du peuple. »

La porte de fer claqua bruyamment comme un point final à cette phrase aimable. L'obscurité totale régnait dans ce tombeau ; l'humidité me glaça ; mes pieds pataugeaient dans la pourriture. En guise de lit, une simple paillasse, occupée par la vermine. Pour nourriture, dans un coin, un morceau de pain dur comme du bois. J'étais au secret. Jean-Lambert Tallien était loin, je me sentis atrocement seule et abandonnée. Un cri aigu me fit me retourner brusquement ; un rat gros comme un chat me fixait de ses petits yeux. Je reculai vers le mur ; je le sentis s'approcher de moi. De ses dents pointues, il s'attaqua à mon pied. La morsure me fit sursauter. Lui ayant jeté de la paille dont j'avais fait une sorte de bouchon, je vis qu'il reculait. Mais que se passerait-il lorsque, épuisée, je finirais par m'endormir ? Je déchirai alors le bas de ma chemise en bandelettes comme je l'avais vu faire par les paysans espagnols dans mon enfance ; bien mince protection s'il en fut contre ces rongeurs ; il me sembla que j'encourais moins le danger d'être dévorée : il revint à la charge, en compagnie d'un, puis de deux autres compagnons. J'avisai le morceau de pain et, malgré ma faim, je le partageai avec les rats. Ils semblèrent satisfaits, se calmèrent un peu, me mordillèrent avec moins de furie. Une entente tacite s'établit entre nous ; mes pieds conservent encore les cicatrices de cette terrible nuit. Le temps passa, interminable dans l'obscurité.

Sans nul doute, Maximilien avait été très heureux de me savoir en prison. Il avait fait le nécessaire afin d'obtenir sur mon ordre d'écrou les signatures de Billaud-Varenne, Collot d'Herbois, Barrère et Prieur. Il avait donné l'ordre de me mettre au secret. Le geôlier de l'ancien hôtel du duc de La Force était une de ses connaissances. Ce dernier avait salué mon arrivée par ce propos :

« Qu'on la foute à la souricière. »

Je devenais folle; afin de ne pas perdre la raison, je me remémorais sans cesse les événements heureux de ma vie passée, tentant de me persuader de l'imminente intervention de Tallien. Le manque d'hygiène, le froid, la faim faisaient de cette réclusion un véritable enfer. Mes forces, lentement, m'abandonnaient. J'étais anéantie et sentais la mort venir. Peu m'importait du reste, j'éprouvais une furieuse envie de dormir, de renoncer à la lutte.

Mon gardien, inquiet de voir mon état de faiblesse et la saleté répugnante devenue la mienne, intervint auprès des autorités afin d'obtenir pour moi un seau d'eau et un peigne. L'on transmit sa requête à Maximilien Robespierre.

Il rédigea le billet suivant :

« La citoyenne Fontenay est incarcérée depuis vingt-cinq jours. Sans voir le jour, sans hygiène, sans que sa paille ait été changée, sans que ses habits aient été changés, sans bas, sans souliers, sans peigne. Elle est malade, je demande des instructions la concernant. Fait à la prison de la petite Force le 13 prairial. »

Sa haine à mon endroit était si grande qu'il laissa tomber de ses lèvres minces cette sentence :

« Eh bien, qu'on lui donne un miroir une fois par jour. »

On me laissa du 4 prairial au 7 thermidor dans ce réduit infect. Un beau matin, sans crier gare, on vint me chercher. On me monta à la lumière : elle m'aveugla. J'étais dans un tel état de faiblesse, à bout de forces, que l'on dut me porter devant mes juges. Dans la salle, une table couverte d'un drap vert, jonché de miettes, sur laquelle, parmi un monceau de papiers, on pouvait voir des verres de vin à moitié vides.

Les hommes arboraient des tenues semi-militaires, des chapeaux à plumes enfoncés sur la tête. Dans le brouillard qui obscurcissait mes yeux, l'un d'eux aboya :

« Signe ce papier, citoyenne, on te donnera un passeport et de l'argent, tu pourras partir. »

En dépit de ma fatigue, un dernier sursaut d'énergie me fit réagir :

« Je voudrais lire ce document, citoyen. »

On me le tendit. J'eus bien du mal à le déchiffrer. Il eût envoyé Tallien en droite ligne à l'échafaud. Indignée, je m'écriai :

« Je ne le signerai jamais. »

Cet homme m'avait sauvé la vie, celle de mes amis, un tel geste eût été infâme. Ce fut mon arrêt de mort. Ils me condamnèrent à passer sous le couperet. J'en ressentis presque du soulagement. Ainsi c'était la fin. Je comparus à nouveau devant le tribunal, l'on m'annonça que je serais exécutée sous peu. Tallien était loin, je n'avais plus d'espoir. Assise tristement dans ma nouvelle cellule où m'avait conduite Valois, flanqué de ses terribles molosses, dont le plus féroce était Ravage chargé d'empêcher l'évasion des prisonniers, je m'interrogeais sans cesse. Quel serait mon destin ? Il me fallut à toutes forces trouver une occupation pour ne pas sombrer dans le désespoir. Mes gardiens curieusement me vinrent en aide, je leur promis d'exécuter leur portrait s'ils me fournissaient des fusains.

Poussés par la curiosité, ils accédèrent à ma demande; j'en profitai pour dessiner sur le mur de ma prison le profil de Tallien.

Je ne pense pas qu'après mon départ, il y soit demeuré, le prisonnier qui prit ma place ne désirant pas, je l'imagine, contempler l'effigie de celui auquel il devait son incarcération.

Que devenait mon Théodore ? Je bénissais le ciel de l'avoir laissé à Bordeaux aux soins de Baptiste. Mais qu'adviendrait-il de lui après mon exécution ? Je comptais sur la bonté de mes beaux-parents plus que sur celle de son père. Il l'avait abandonné avec tant de désinvolture entre mes mains. La vie est merveilleuse lorsqu'on est jeune, l'idée de la perdre me parut soudain insoutenable. J'écrivis un billet à Tallien et soudoyai mon gardien afin qu'il lui fasse parvenir mon dernier message. Je lui exprimais ma douleur, ma honte de lui avoir appartenu, puisque, au moment où ma vie était en péril, il ne se manifestait même pas.

Le texte du billet est demeuré présent à ma mémoire. Plus tard, mes détracteurs ont été jusqu'à nier son existence. Il est tellement facile de contester la véracité de faits pourtant reconnus par les contemporains. Je l'avais rédigé, au paroxysme de la douleur et de l'angoisse, ne sachant même pas s'il parviendrait à Tallien, seul susceptible de s'intéresser encore à ma misérable personne.

« L'administrateur de la police sort d'ici. Il est venu m'annoncer que demain je monterai au tribunal, c'est-à-dire sur l'échafaud. Cela ressemble bien peu au rêve que j'ai fait cette nuit, Robespierre n'existait plus, et les prisons étaient ouvertes. Mais grâce à votre lâcheté, il ne se trouvera bientôt plus personne, en France, capable de le réaliser. »

Deux jours plus tard, le bourreau pénétra dans mon cachot afin de me couper les cheveux : je me revois assise sur un tabouret, dans ma chemise ; il me semble entendre le crissement de l'acier sur mes pauvres boucles. J'avais tant lutté pour les sauver. A présent, c'était fini, une grosse main aux doigts gonflés, aux ongles noirs, me remit soudain cette sinistre moisson.

« Tiens, citoyenne, c'est pour toi. »

Ma tête me parut légère, tellement légère que je la laissai tomber sur mes genoux dans ce coussin improvisé, et pleurai à gros sanglots, comme une enfant que j'étais encore. Peu m'importait de mourir le lendemain sur l'échafaud, j'étais à bout de résistance, rien qu'une pauvre femme à la tête rasée, aux pieds rongés, hagarde et affamée. A l'intérieur des prisons, les nouvelles circulent vite.

« Madame de Fontenay monte demain dans la charrette, c'est le 10 thermidor qu'elle nous quitte. »

Je passai la journée du 9 hébétée de fatigue, d'épuisement, de chagrin. Que faisait Tallien ? Il ne m'aimait plus tellement... ses protestations d'amour, alors... des propos vides de sens. Sans nouvelles de lui, je me préparai à mourir. Les rumeurs se firent à nouveau entendre, on gratta à la porte de ma cellule.

« Theresia, il se passe des choses graves, Tallien a menacé Robespierre, le bruit court même qu'il est blessé.

– Qui ? Tallien ?

– Non, Robespierre. »

Je reprenais espoir.

Le soir, nous apprenions la nouvelle : Robespierre et les siens étaient arrêtés. Tallien sauvé, je l'étais également. Je priai bien fort cette nuit-là, remerciant Dieu qui dans sa grande bonté m'avait une fois encore épargnée. J'étais trop tourmentée pour trouver le sommeil. A l'aube, mon premier réflexe fut un sentiment de colère. Mais qu'attendait-il donc pour me sortir de ce caveau infect ? Il aurait dû venir en courant me délivrer.

Ce fut trois jours plus tard que Tallien m'apparut sur le seuil de ma cellule, dans son uniforme et coiffé d'un chapeau à plume, mon accueil fut glacial. Je lui fis remarquer sèchement que ces trois journées supplémentaires eussent pu m'être évitées, et je lui fis comprendre à quel point son manque d'empressement m'avait paru coupable.

Il laissa passer l'orage, me dit simplement :

« Viens, je t'expliquerai tout, tu comprendras. »

Il me prit alors par le bras ; j'étais une bien laide cavalière, sans cheveux, maigre à faire peur, dans ma robe trouée. Il n'en parut pas affecté, bien au contraire, m'entraîna par la taille hors de cette prison où j'avais tant souffert. Le soleil, la lumière, la liberté me parurent étranges. J'avais bien cru ne jamais les revoir. Pour mettre le comble à ma surprise, je fus accueillie en sortant par une véritable ovation. Une foule massée sur le trottoir pleurait à ma vue ; j'entendais « Vive notre dame de thermidor, vive Tallien ».

L'émotion fut telle que je crus m'évanouir. Tallien, voyant mon désarroi, me fit rapidement monter dans la voiture qui nous attendait. Suivis par les acclamations de Paris, nous roulâmes vers la maison de sa mère rue de la Perle.

En cours de route, il me raconta son désespoir en apprenant ma condamnation.

Grâce à la complicité de mon gardien auquel j'avais promis une forte récompense, le fameux billet était bien parvenu à mon ami :

Il s'était alors précipité chez Fouché qui s'était montré réservé mais point opposé à la perspective d'un coup d'État : le même soir, il avait retrouvé Barras et Fréron chez mon amie madame de Saint-Brice. Celle-ci avait été femme de chambre du fils aîné de la reine. Elle en avait conservé un souvenir ému et l'avait pleuré comme son propre enfant lorsqu'il mourut à Versailles quelques années auparavant.

Son cœur saignait de voir le second dauphin subir à son tour un sort cruel.

Pauvre enfant emprisonné au Temple, séparé de sa famille, n'ayant pour amis que les ennemis jurés des siens.

La *vox populi* lui avait appris ma mort imminente sur l'échafaud, aussi décida-t-elle de convier chez elle les Montagnards susceptibles d'agir en ma faveur.

Tallien lui fit lire mon billet.

Indignée, elle s'écria :

« Eh bien, qu'attendez-vous donc pour intervenir ! Que la malheureuse soit morte ? »

Elle fit apporter une bouteille de champagne.

C'est le verre à la main que Tallien jura de me sauver et de balayer Robespierre et les siens si besoin était.

Barras et Fréron s'associèrent à son geste !

En écoutant ce récit, je songeai que l'amour et l'amitié sont choses bien puissantes puisqu'elles galvanisent les plus timorés, et dans mon cœur je remerciai l'excellente femme qui avait encouragé les hommes à prendre le risque terrible d'affronter le puissant du jour.

Lors de mon arrestation, mes affaires personnelles avaient été confisquées à Fontenay-aux-Roses.

Les lettres de mon père m'étaient parvenues en

assez grand nombre ; je n'avais pas eu le temps de les détruire avant de partir pour Versailles, ce qui était bien fâcheux car il y faisait allusion aux missives que lui envoyait Godoy.

En termes voilés il me confiait les tractations passées entre l'Espagne et la France, le fils du roi Louis XVI était l'enjeu de ces pourparlers, et je m'étais réjouie de ce projet, espérant qu'il aboutirait à la délivrance de l'enfant puisque j'étais, hélas, incapable d'intervenir en sa faveur.

Je n'avais pas saisi très exactement à quel stade en étaient arrivés les échanges entre les diplomates, mais pensais que seul Robespierre pouvait servir d'interlocuteur pour la France : il lui était dans ce cas nécessaire de m'empêcher de parler.

Ma vie ne tenait plus qu'à un fil.

Godoy à nouveau traversait mon existence ; notre première rencontre me paraissait bien lointaine. Entre-temps il avait fait son chemin. Je me promis de renouer des relations amicales avec lui si je réussissais un jour à sortir de prison.

Mon instinct ne m'avait pas trompée.

Plus tard, Tallien s'étant fait remettre le dossier me concernant put lire sur ma correspondance l'écriture minuscule de Robespierre :

« Donner une idée plus précise de ces lettres. » Que savais-je exactement ? Étais-je la seule à avoir eu connaissance de cette affaire secrète tellement compromettante pour lui ?

Son incertitude me sauva, la justice était expéditive sous la Terreur, l'enquête ouverte par lui, prolongeant mon incarcération, donna le temps à Tallien de réagir.

L'affrontement eut lieu au pavillon de Flore, c'est là que se réunissaient les deux comités. Le 9 thermidor Robespierre parut toujours élégant, revêtu du costume bleu qu'il arborait le jour de la fête de l'Être suprême, Saint-Just portait un habit chamois sur une culotte grise.

Tallien se faisait lyrique, ne m'épargnant aucun détail.

C'est dans l'ancienne chambre de la reine que siégeaient les députés.

J'avais du mal à imaginer les élus de la nation assis autour d'une grande table en acajou, sur des chaises paillées, statuant sur le sort du peuple, dans un décor créé pour la douceur féminine.

Dans un coin de la pièce, ornée de boiseries, quatre colonnes, formant alcôve, avaient abrité le sommeil de la souveraine ; par de grandes fenêtres, on avait vue sur le jardin des Tuileries. Seul vestige du précieux mobilier disparu, un lustre doré suspendu au plafond peint par Mignard permettait d'évoquer ce que l'ensemble avait eu de gracieux.

Lors de la séance qui prit Maximilien par surprise, l'incorruptible fut attaqué par des hommes poussés par la peur autant que par la haine. Sans lui laisser la possibilité de s'exprimer, stimulés par Tallien qui jouait son va-tout, ils le noyèrent sous un flot de paroles auxquelles il n'eut pas loisir de répondre.

La Montagne hurlait :

« A bas le tyran. »

J'imaginais Tallien vociférant un poignard à la main, les cris des assistants couvrant la voix de Robespierre.

Lacombe voulant le sauver, il le transporta à l'hôtel de ville.

Je croyais entendre les hurlements d'Henriot, entraînant le peuple au secours de son maître, les allées et venues entre le pavillon de Flore et l'hôtel de ville.

Dans mes oreilles résonnait le coup de pistolet que Robespierre se tira dans la mâchoire.

Sentant que son heure avait sonné, il avait voulu se tirer une balle dans la tête mais sa main ayant glissé il n'avait fait que se blesser.

Si le décor du pavillon de Flore rappelait par certains aspects l'Ancien Régime, il n'en allait pas de même pour celui de l'hôtel de ville.

Le superbe tableau du roi Louis XIII avait été remplacé par deux toiles aux sujets bien peu sympathiques : suspendus sur les tentures vertes bordées de rouge, l'assassinat de Marat dans sa baignoire, par Charlotte Corday, faisait pendant à la mort de Le Peletier de Saint-Fargeau, poignardé par un page du roi Louis XVI, voulant venger la mort de son maître.

Transporté dans le salon de la reine, Maximilien commença sa lente agonie. Étendu sur une table, le sang et la salive s'écoulant de sa bouche, c'est à moitié mort qu'il dut subir la nuit durant les sarcasmes et les insultes, les crachats de ceux qui naguère l'encensaient. Ils se vengeaient ainsi de la peur éprouvée.

Le lendemain, il finissait sur l'échafaud, où il avait envoyé tellement d'innocents, ayant parcouru dans une des fameuses charrettes le chemin suivi par Marie-Antoinette, de la Conciergerie à la place Louis-XV, devenue place de la Révolution.

L'ère de Robespierre avait vécu, la mienne commençait : Jullien qui me haïssait me remplaça dans ma première cellule.

J'ai conservé à Chimay l'ordre d'écrou m'envoyant à la petite Force, au secret. Cet extrait des Registres du Comité de Salut public devait consommer ma perte, il précipita celle de mes ennemis. Les portes des prisons s'ouvraient, Paris respirait à nouveau.

La voiture s'immobilisa, nous étions parvenus rue de la Perle; je me penchai à la portière, le moment était venu de reprendre une vie normale. Je poussai un cri d'horreur quand, pour la première fois depuis tant de jours, on me remit un miroir. Je contemplais une sorte de monstre hideux, le visage gonflé par l'anémie, la tête couverte de petites mèches irrégulières. Mes pieds purulents me faisaient souffrir à hurler.

Cependant j'étais vivante, alors de quoi me plaignais-je ?

Je repris bien vite goût à la vie et songeai avec fierté :

« C'est grâce à ma petite main que la guillotine a basculé et mis fin au bain de sang comme elle avait mis fin aux massacres de Bordeaux. »

5

En sortant de prison, ma première pensée fut pour mon Théodore. Au cours des semaines qui avaient précédé le 9 thermidor, j'avais eu le temps de méditer sur le sort du pauvre enfant.

Certes, depuis sa naissance, ce petit être avait été ballotté plus qu'il ne le convenait pour son équilibre et sa santé. Son enfance avait été organisée, choyée, protégée par mes beaux-parents qui lui témoignaient une grande tendresse, mais très vite, il m'avait fallu prendre à son endroit des dispositions dictées par les événements. Elles ne furent guère heureuses pour lui. A Bordeaux, j'étais trop occupée à sauver ma tête et celle des autres, Tallien qui aimait pourtant l'enfant comme le sien n'avait pas le temps de lui témoigner des sentiments paternels. Son père, monsieur de Fontenay, l'avait abandonné sans regret à mes soins. Il s'était embarqué pour la Martinique sans se soucier un instant de ce que le sort réserverait à son fils âgé de quatre ans. Il m'incombait, à moi seule, de veiller à sa subsistance, à son éducation.

Aussi m'empressai-je d'adresser un courrier à Bordeaux où je l'avais laissé au bon soin de mes serviteurs fidèles à l'abri des dangers que j'encourais à Paris, les prévenant de mon arrivée imminente afin de reprendre Théodore. Avant mon départ précipité, j'avais remis à Baptiste une somme d'argent; elle lui permit de donner à l'enfant ce qui lui était nécessaire, mais les semaines passaient. Il avait attendu dans l'angoisse mon retour en Aquitaine. Je le lui avais annoncé, mais mon arrestation à Versailles venant sur ces entrefaites m'empêcha de mettre mon projet à exécution. Cet homme dévoué se trouva bientôt sans aucun moyen d'existence, avec la charge de son petit maître. Mon angoisse allait grandissante en prison. Une seule pensée m'avait réconfortée.

Le connaissant, je me doutais bien qu'il penserait à appeler à l'aide l'un de mes innombrables obligés, un de ceux dont j'avais sauvé la vie. Ce dernier ne manquerait pas d'assurer le nécessaire à l'enfant. Je me trompais lourdement. Baptiste s'était rendu, en effet, chez le négociant Legry, qui avait échappé grâce à moi à la guillotine, en vue de lui emprunter la somme nécessaire à payer la pension de l'hôtel meublé, lui assurant que cette somme lui serait restituée dès mon retour. Je me souvenais de la façon dont j'étais allée la nuit au-devant de Legry, traqué à Bordeaux. Il se cachait dans le jardin public. Je le pris chez moi pendant plusieurs jours, alors que les suppôts de Jullien le recherchaient. Ma femme de chambre lui avait cédé son lit; j'avais recueilli celle-ci dans le mien, afin de ne pas attirer l'attention des révolutionnaires. La réponse que Baptiste obtint à sa requête fut la suivante :

« Allez-vous-en ! Je craindrais d'être suspect si l'on vous voyait ici. »

Pensant que je ne survivrais pas à la vindicte de Robespierre désireux de ma mort, il s'acquittait bien curieusement de la dette de reconnaissance contractée envers moi.

Baptiste, stupéfait, se contenta d'aller trouver une sienne cousine. Cette femme généreuse les recueillit l'enfant et lui.

Dieu, dans sa grande bonté, m'avait permis d'échapper au sort funeste qui m'était destiné, mais la certitude de ceux qui avaient considéré ma perte inéluctable m'avait permis d'estimer à leur juste valeur le degré d'ingratitude ou de reconnaissance de mes obligés.

J'avais dix-huit ans, ma jeunesse et mon insouciance avaient été balayées définitivement. Il était temps de m'occuper de mon enfant. Je le fis revenir à Paris, son grand-père et moi-même prîmes des mesures destinées à lui assurer une éducation convenable.

Ma vie devint un tourbillon, j'avais survécu à la Terreur, mais il fallait s'adapter à la France nouvelle, née de la tempête.

Je devais deux fois la vie à Tallien, pouvais-je envisager de lier mon existence à la sienne ? Il m'aimait à la folie, me pressait de venir vivre avec lui : j'avais trop souffert des liens créés par mon mariage avec monsieur de Fontenay pour envisager sérieusement cette possibilité. Accepter de me remarier eût été faire preuve de la plus grande légèreté, cependant lui refuser cette joie serait de l'ingratitude. Je demeurais hésitante, mes amies me déconseillaient formellement une nouvelle union.

Je parcourais les rues de Paris, heureuse de sentir la brise dans mes boucles courtes, de respirer à pleins poumons l'air de la capitale, de constater les regards admiratifs des hommes sur ma personne, m'assurant que mon incarcération ne m'avait pas rendue moins désirable.

Je courais les marchandes de mode, désireuse de reléguer bien loin dans le passé le souvenir de mes haillons empestés de vermine.

Le théâtre, les concerts prenaient pour moi une valeur inestimable.

J'avais failli perdre toutes ces merveilles avec la vie, aussi appréciai-je pleinement le bonheur d'être belle, jeune, libre, et aimée.

Je me souviens d'un détail amusant. En sortant de prison, mon premier achat fut une cuillère en argent. Je pris dès lors l'habitude de boire des verres d'eau sucrée, luxe qui me sembla le comble de la béatitude après avoir si longtemps avalé avec dégoût l'eau croupie de mon cachot.

Je louai un appartement neuf rue Saint-Georges, Chaussée-d'Antin.

Un événement imprévu vint mettre fin à mes hésitations. Au cours des mois qui suivirent ma sortie de prison, j'avais ressenti quelques malaises que j'attribuais aux conséquences de ma réclusion. Force me fut d'admettre à la suite de signes évidents que j'étais grosse. Nos retrouvailles de Fontenay-aux-Roses avaient eu des suites qui comblèrent Tallien de bonheur.

Ravi, il obtint enfin mon consentement. Notre mariage civil eut lieu le 6 nivôse an III, en présence de nos témoins, dont Stanislas Fréron, représentant du peuple, de messieurs Cabarrus et Tallien. Nous étions unis selon la loi : pour les Français, je devins madame Tallien.

Erreur fatale s'il en fut.

Pour les révolutionnaires, j'étais, et je demeurais, une aristocrate, pour les miens, je portais le nom du régicide, celui que l'on rendait responsable des massacres de Septembre.

Ceux qui avaient succédé à Robespierre essayèrent à leur tour de me nuire à la Convention. Le député Duheme prononça des paroles désobligeantes à mon égard, auxquelles Tallien répondit indigné :

« Quant à la femme dont on a voulu occuper l'Assemblée, je la connais depuis dix-huit mois, je l'ai connue à Bordeaux. Ses malheurs, ses vertus me l'ont fait chérir et estimer. Persécutée à Paris et jetée en prison, l'on a trouvé dans les papiers du tyran une note pour l'envoyer à l'échafaud. »

Une fois encore, il se battait pour moi.

Si les adversaires de Tallien ne nous aimaient guère, en revanche les Parisiens nous manifestaient ouvertement leur sympathie.

« Tout s'efface, écrivit le chancelier Pasquier, l'opinion ne saurait avoir de rigueur. »

Septembre et Bordeaux semblaient oubliés.

Tallien me quittait le moins possible. On nous voyait partout ensemble, nous assistions aux représentations théâtrales, aux concerts, nous menions enfin une vie mondaine, qui nous permettait de rencontrer ceux qui, comme nous, se plaisaient aux charmes de la vie de Paris.

Toutefois, nous n'étions pas à l'abri du danger. Les successeurs de Robespierre n'avaient pas renoncé au désir de se venger, pas plus du reste que les royalistes qui nourrissaient une grande rancune à mon égard, depuis mon mariage.

Tallien faillit être la victime d'un attentat. Je fus la première à apprendre la nouvelle :

« Que ceci ne t'empêche pas de te montrer, mon ami. »

Le soir, nous devions nous rendre à l'Odéon, nous ne changeâmes rien à notre programme. Ensemble, nous arrivâmes au théâtre. Une ovation accueillit notre entrée dans la salle, Tallien le bras en écharpe put juger de son degré de popularité :

« On savait qu'il devait venir, on l'attendait : jamais salle de spectacle ne fut aussi remplie. L'intérieur n'avait pas suffi ; les escaliers même étaient pleins comme le parterre, lorsqu'enfin il parut. Quel accueil ! Quelles acclamations ! Les spectateurs des loges, les femmes, tous montaient sur les bancs. Tallien était jeune, assez beau ; il avait l'air calme et serein. »

C'est ainsi que Pasquier raconte notre arrivée.

Ce soir-là, je me sentis fière d'être sa femme et partageai son triomphe.

Jean-Lambert Tallien était devenu président de la Convention ; tout semblait lui sourire, malheureusement pour lui, le destin en avait jugé autrement. Son heure de gloire était passée, ses lauriers devinrent les miens.

Pour la légende, j'avais mis fin à la Terreur : aux yeux des Parisiens, j'étais responsable de l'ouverture des prisons. Dans la rue, à la vue de ma voiture, les sourires étaient bienveillants :

« Tiens, mais c'est madame Tallien, vive notre-dame de thermidor ! »

Je décidai d'aménager une maison située allée des Veuves ; elle m'avait été dévolue au moment de mon divorce en compensation des habitations faisant partie de ma dot et que monsieur de Fontenay avait vendues. Je la surnommai « la Chaumière ». Peinte en rouge, son extérieur couvert de lierre était rustique, son toit de chaume lui donnait un aspect campagnard. Derrière cette apparence modeste, elle recelait un décor élégant, fastueux et simple à la fois, s'inspirant de l'Antiquité. La grande tragédienne la Raucourt en avait été locataire et l'avait probablement fait peindre de cette couleur voyante par un décorateur de théâtre. Le vestibule pompéien comprenait des colonnes formant une belle rangée polychrome, il servait d'antichambre à une grande salle ornée de frises représentant des scènes de l'*Iliade* et de l'*Odyssée*. Au centre, Neptune trônait dans un bassin entouré d'angelots portant des urnes. Deux salons, une belle salle à manger, tapissée de toiles à l'ancienne, encadraient ce vestibule. Les lustres, chargés de bougies, éclairaient les lieux ainsi que les hauts trépieds rappelant les décors découverts à Pompéi. Les moments qui succèdent aux périodes de terreur et de grande tension engendrent les excès chez une jeunesse ivre de liberté retrouvée. Il fallait oublier la paille humide des cachots en dansant.

En cela, j'excellais. J'adorais les fêtes et soignais particulièrement l'ordonnance des menus.

A Bordeaux, dans une ville où la gastronomie est un art, où les mets délicats sont destinés à mettre les vins en valeur, j'avais découvert le raffinement.

En vérité, la politique m'avait passionnée dans ma prime jeunesse. Plus tard, je m'immisçais le plus souvent dans cette activité pour la contrer lorsque sa fureur menaçait des innocents. Les maîtres du jour se bousculaient à ma porte. L'allée des Veuves devint le centre de Paris. Mon époux, tout-puissant, me donna la possibilité de rayer plusieurs personnes de la liste des émigrés. Talleyrand était du nombre. Il m'en sut gré, et lorsque plus tard j'organisais de simples réunions baptisées « goûters » il ne manquait pas d'y venir, contrairement à tant d'autres auxquels j'avais rendu le même service.

Je dois parler ici de mon amie Rose.

J'avais fait sa connaissance chez la marquise d'Argenteuil qui recevait chez elle nombre de jeunes femmes avec une grâce extrême comme le voulaient les règles du savoir-vivre de l'Ancien Régime.

Lors de notre première rencontre, je n'eus guère l'occasion de lui parler car elle était entourée d'un groupe d'amies.

Puis je la retrouvai à diverses reprises et j'en éprouvai un grand plaisir.

Sans être une beauté, elle était jolie. Sa grâce était celle des créoles, elle marchait en ondulant joliment, la bonté l'auréolait. Aimable, obligeante, pleine de tact, elle inspirait l'amitié car on la sentait désireuse d'aider, elle tranchait sur le groupe de jeunes femmes dont elle faisait sa compagnie.

Cette relation mondaine se transforma en amitié et j'avais éprouvé un réel chagrin lorsque j'avais appris son incarcération à la prison des Carmes, alors que je me trouvais à la Force.

Ma grossesse arrivait à son terme. Théodore, qui partageait ma vie, sembla charmé à la pensée d'avoir un petit frère. Ce fut une petite sœur. Tallien délirait de bonheur. Mon amie Rose accepta d'être la marraine de l'enfant ; le général de la Poype en fut le parrain. Nous la baptisâmes Rose Thermidor. Plus tard, lorsque mon amie devint impératrice, on ajouta à ses noms celui de Joséphine, imposé par Napoléon.

Tallien surnomma l'enfant « Laure ». Dieu seul

sait pourquoi. Rose à présent était seule. Son mari, monsieur de Beauharnais, avait été exécuté en dépit des efforts de Tallien pour le sauver de l'échafaud. Lorsqu'il obtint la libération de sa veuve, il m'envoya auprès des enfants pour les prévenir de la délivrance de leur mère. Eugène et Hortense s'étaient trouvés abandonnés dans le plus cruel dénuement. C'est auprès de Tallien que les malheureux trouvèrent un refuge lors de l'emprisonnement de leurs parents.

Celle-ci, à sa sortie de prison, s'installa chez sa mère, madame Tascher de La Pagerie, avec ses enfants, dans une jolie demeure décorée en style colonial. Elle était devenue la maîtresse de Barras.

Rose et moi devînmes inséparables. Nous rivalisions d'élégance; oui, je l'avoue, nous avions révolutionné la mode autant que le régime. C'est moi qui ai lancé les tailles hautes retenues par un mince ruban, ce qui me permit de dissimuler ma grossesse. L'on nomma les réticules « Baptiste » simplement parce que mon domestique portait mon sac et que son prénom était celui-là, les tuniques « à la Cérès », « à la Galathée », « à l'Omphale », « au lever de l'aurore ». Les bonnets s'intitulaient « à la glaneuse », « à la jockey », « à la liberté ». Gracieuses, les robes évoquaient la mythologie, elles faisaient grommeler les vieilles dames de l'Ancien Régime, outrées à la pensée de montrer autre chose que leurs décolletés décharnés. Ce qui scandalisa le plus dans mes innovations fut de me voir porter des bagues à mes orteils. Comment dissimuler mes cicatrices sinon de la sorte ? Ma préférence allait aux mousselines des Indes, arachnéennes ; elles tombaient en plis larges le long de mon corps. Je les attachais avec des camées. Ils retenaient le drapé de mes manches, servaient de boucles à ma ceinture d'or. Les châles de cachemire contrastaient par leur couleur vive avec la blancheur de la mousseline, mettaient en valeur la fraîcheur de ma peau. Je portais des sandales et cachais les cicatrices de mes chevilles par des anneaux d'or. J'étais belle ; Rose l'était également. Nous fûmes qualifiées de merveilleuses. Le nom nous est resté.

Le peintre David s'était chargé de dessiner les costumes des hommes, les uniformes d'académiciens brodés. La majorité d'entre eux se faisaient remarquer par leur extravagance vestimentaire. Leurs cheveux tressés en cadenettes retombaient sur leurs épaules, ils portaient des habits carrés, vert bouteille ou crottin de cheval ; les collets de velours engonçaient leur cou, accompagnés en cela par de gigantesques cravates de mousseline dissimulant le bas du visage. Les gazetiers les surnommèrent « muscadins » ou « incroyables ».

A la Chaumière, se pressaient mesdames Duchambge, de Navaille, de Château-Renault, Permon, Germaine de Staël sans oublier la belle madame de Contadès. Nous parlions de musique et de peinture. Je pris des leçons de miniatures avec Isabey qui se montra satisfait de mes efforts et de mes progrès. Mon amie madame de Staël traita les directeurs de « cinq hommes choisis par la colère », ce qui ne me plut guère.

Tallien, suspect à la Convention, expulsé du Club des jacobins, devint soucieux. Il sentait le pouvoir lui échapper. On ferma le Club des jacobins, appelé alors Société des amis de la Constitution. Je fus, dans la rue Saint-Honoré, accompagnée de Fréron, de Merlin de Thionville, enlever les clés de la porte du club, ce qui empêcha leur réunion ce jour-là, et donna ainsi le temps aux partis contraires de provoquer leur clôture définitive avant qu'ils ne se fussent concertés pour l'empêcher.

Trois partis s'affrontaient dans Paris ; Barras, plus habile que Tallien, sut tirer profit de cette situation.

Sans en avoir conscience, j'en voulais à l'homme que j'avais épousé de n'avoir pas su exploiter sa victoire. Cette situation l'aigrissait ; il était devenu jaloux, me faisait des scènes parce que j'aimais la valse, mode récente à Paris, et que les hommes me courtisaient. Il me lassait. Peu sensible au raffinement, son comportement changeait de plus en plus. Non point qu'il eût à mon égard moins d'empressement et de gentillesse. Certes, il m'adorait, mais les lacunes de son éducation étaient de plus en plus visibles. A Bordeaux, pendant la Terreur, l'important pour moi était de survivre. Le calme revenu, je le voyais tel qu'il était. Il m'arrivait alors d'être embarrassée pour lui. Un certain laisser-aller présidait à son comportement. J'en souffris lorsqu'un soir, étant dans mon salon avec Sophie Gay et Rose, je le vis entrer en robe de chambre. La contrariété se lisant sur mon visage, il s'empressa de fermer la porte, mais j'en conçus une gêne pour lui, qui chaque jour devenait plus grande. Je ne l'aimais pas, mais j'éprouvais à son égard une affection qui remplace l'amour chez les couples mal assortis. Ce fragile édifice s'écroula avec Quiberon. Les aristocrates, encouragés par les Anglais, crurent pouvoir remettre un roi sur le trône. Ils tentèrent un débarquement qui se solda par un lamentable échec. Cernés par la mer, arrêtés, faits prisonniers par le général Hoche, ils furent rapidement livrés au gouvernement de la Convention. Tallien leur avait promis qu'ils seraient traités avec l'humanité due au malheur ; mais en rentrant à Paris, apprenant qu'il était compromis (le Comité de salut public était au courant de ses relations secrètes avec les royalistes), il eut peur. Malgré la parole qu'il m'avait donnée, il les abandonna à leur sort : ils furent fusillés. Il poussa la lâcheté jusqu'à prononcer un discours incendiaire stigmatisant le débarquement, s'adressant à ses collègues de la Convention en ces termes :

« Chassés comme un vil troupeau, ils se réunissent tous sur le rocher au bord de la mer, à l'extrémité de la presqu'île. C'est à ce rocher que viennent se briser leur fol orgueil, leurs espérances parricides, leur audace extravagante. » Sombreuil avait vingt-cinq ans, Tallien en avait vingt-huit. Ce dernier n'appela pas à la clémence en sa faveur, le jeune Sombreuil fut exécuté.

Le soir même, ignorant tout de ces faits, je donnai un dîner à la Chaumière pour fêter l'anniversaire du 9 thermidor. Je vois encore la robe que je portais : une tunique à l'athénienne, de linon fin et transparent. La conversation était animée, le ton s'élevait, un toast fut porté au 9 thermidor et aux représentants, amis de la liberté, Tallien leva son verre aux députés mis hors la loi et autres victimes de la Terreur. Nous bûmes à Hoche et aux vainqueurs de Quiberon.

A mon tour, je portai un toast à « l'oubli des erreurs, au pardon des injures, à la réconciliation des Français ». Les invités me répondirent : « A notre dame de thermidor. »

J'ignorais à l'époque le sort des prisonniers ; lorsque j'appris l'affreuse réalité, je m'indignai. Le cruel épisode de Quiberon sonna le glas de la carrière politique de Tallien ; il devait servir de prétexte à l'ingratitude pour se dispenser de reconnaissance envers l'auteur du 9 thermidor.

Mais moi, je ne me dispenserais pas de mes devoirs, je ne gémirais qu'en secret. Il avait trop de sang sur les mains ; je fus à jamais dégoûtée de lui, mais je n'accuserai pas celui qui avait donné quelque gloire à mon nom. Il fallut dire au revoir à cette gloire dont je m'étais enivrée. Je devais m'attendre à voir tomber sur moi autant de calomnies que naguère il pleuvait de bénédictions. Ceux qui croyaient me devoir encore quelque reconnaissance se contenteraient de dire : « Pauvre madame Tallien ! »

En repensant à ce jour funeste, je soupirai « Que n'ai-je été là ».

Tallien siégeait à la Convention. La nouvelle Constitution prévoyant que les députés devraient être âgés de trente ans au moins, il faillit ne pas être élu à la nouvelle Assemblée. Il siégea au Conseil des Cinq-Cents. Cette faveur exceptionnelle était due au souvenir de son action lors du 9 thermidor. Je le revois partant pour les assemblées, vêtu du flamboyant costume dessiné par David. Par-dessus son habit brodé, il portait une énorme cape écarlate, bordée d'une guirlande de palmes en feutrine noire. Sa jeunesse, sa grande taille lui donnaient fière allure mais il n'occupait là qu'un poste modeste, celui de directeur ne pouvant être attribué à un homme de moins de quarante ans. Ce fut Barras qui l'occupa.

Depuis mon séjour en prison, mon sommeil était devenu très léger. La crainte de mourir le lendemain, les attaques possibles des rats, les aboiements du chien Ravage qui gardait les prisonniers à la petite Force m'avaient trop souvent éveillée en sursaut la nuit pour me permettre dorénavant de reposer dans le calme. Lorsque l'habitude de l'insomnie est prise, il est très difficile de retrouver l'équilibre nécessaire à un repos prolongé. J'avais aménagé à proximité de ma chambre une petite pièce, à la fois bureau et boudoir, dans laquelle je me réfugiais la nuit quand les cauchemars me hantaient. Combien de fois ai-je vu en rêve ma cellule ! Il me semblait entendre à nouveau le pas du gardien dans le corridor au-dessus de ma tête, s'entrouvrir la grille qui laissait le passage aux chiens féroces. Réveillée en sursaut, je sautais hors de mon lit, trempée de sueur, et me précipitais vers mon refuge. Mon cœur cessait de battre à tout rompre. Je prenais la plume, rédigeais mon courrier, feuilletais un livre ou, si mon obsession se prolongeait, je m'enveloppais dans une robe chaude et me mettais à broder. Le matin me surprenait encore occupée de cette façon. Tallien, surpris de ne pas me voir à ses côtés, venait me retrouver, inquiet de ce besoin de solitude qui devenait le mien.

Rose vint me voir un jour.

« Theresia, il faut que tu m'aides. Le dauphin est toujours prisonnier au Temple. J'essaie en vain d'intervenir en sa faveur auprès de Barras. Il ne m'écoute pas, car il prétend que les affaires politiques ne me concernent en rien.

– C'est un enfant, Rose. Que vient faire la politique lorsqu'il s'agit d'un cas aussi tragique ?

– Il est un otage précieux pour le gouvernement à ce qu'il paraît.

– Eh bien, nous irons voir Barras ensemble. »

Je fis atteler et nous partîmes.

Barras nous accueillit, nous lui exposâmes ce qui nous amenait. Il nous écouta avec bienveillance. J'eus alors une impression étrange. Il n'était pas hostile à notre requête mais l'on eût dit que quelque chose s'opposait à ce que nous obtenions satisfaction. Il se contenta de nous répondre :

« Pour lui, c'est l'ombre, tout doit demeurer dans l'ombre. »

Nous lui demandâmes alors de s'expliquer. Il nous répondit :

« N'insistez pas, vous ne feriez qu'attirer des dangers plus grands encore sur cet enfant. »

Nous n'obtînmes rien de plus ; je compris que seule la bonne éducation reçue dans son enfance l'empêchait de nous prier de le laisser en paix.

Ma curiosité était piquée. Qu'avait-il voulu dire ? Le roi prisonnier, le danger pour lui me paraissait immense. J'en parlai à Tallien.

« Trop d'intérêts sont en jeu. La mort du roi est nécessaire et la mort d'un enfant n'est pas à comparer avec le bonheur de vingt millions d'habitants. »

Toutefois, je ne me déclarai pas vaincue et mis tout en œuvre pour persuader Barras de faire sortir l'enfant-roi de cette tour insalubre. C'est alors que la nouvelle me parvint. Louis XVII était mort en captivité. Son oncle prétendait au trône de France. L'Angleterre, les banques et la finance internationale se réjouissaient, décidées à imposer une monarchie constitutionnelle qui leur serait favorable *. Mais en vérité, l'enfant était-il mort au Temple ?

Joséphine, à la fin de sa vie, confia à l'empereur Alexandre de Russie :

« C'est moi qui de concert avec Barras ai fait sortir le dauphin du Temple, grâce à mon petit

* Les émigrés qui ne savaient rien de mon intention en profitèrent pour me traîner une fois de plus dans la boue.

domestique Laurent, originaire comme moi de la Martinique. »

Je me souvins alors que Laurent avait été nommé gardien du roi au Temple. Est-ce à ce moment-là que Barras substitua au dauphin un enfant muet, malingre et scrofuleux ?

Joséphine mourut à la Malmaison quelques jours avant de revoir l'Empereur à qui elle avait promis de donner des détails. Le doute reste entier...

J'avais fait la connaissance de lady Atkins. Elle avait été actrice au théâtre de Drury Lane. Sir Edward Atkins s'en éprit, l'épousa. Ils vécurent ensemble d'heureuses années au château de Ketteringham, berceau de son mari. A Versailles, la reine Marie-Antoinette faisant fi de son passé l'avait reçue; elle lui voua une reconnaissance dont elle ne se départit point. Elle s'était installée rue de Bellechasse à Paris, s'ingéniant lors des malheurs de la famille royale à les faire évader. Elle consacra sa fortune et sa vie à cette cause. Elle trouva des amis fidèles pour l'aider, fit parvenir des billets au Temple grâce à Peltier, journaliste réfugié à Londres, s'aboucha avec le baron d'Auerweck. Après l'exécution du roi, elle réussit à s'introduire à la Conciergerie, costumée en garde national. Elle poussa le dévouement jusqu'à proposer à la reine d'échanger ses vêtements contre les siens. Marie-Antoinette refusa, se contentant de lui recommander ses enfants.

Amie de Frotté, de la femme de Cormier, planteur à Saint-Domingue, elle continua ses entreprises, ne renonçant pas à essayer de libérer les enfants royaux. Malheureusement pour elle, madame Cormier fut arrêtée. Madame Atkins se retira en Angleterre, continua à surveiller le Temple, prête à intervenir au moment opportun. Elle affréta des bateaux, loua des équipages, refusant de s'avouer vaincue.

Le chevalier de Frotté écrivit à madame Atkins une lettre sibylline. Il ne fait en cela que lui transmettre les propos de Cormier.

« Je sais tout, parce que l'on n'a rien su faire sans moi. Tout est fini, tout est arrangé, en un mot, je vous donne ma parole que le roi et la France sont sauvés. Je ne peux vous en dire davantage, c'est un coup du ciel... »

Que fallait-il penser de ces propos ? Il est indéniable que Barras avait agi. Madame Atkins, comme Joséphine, connut probablement la clé du mystère. La consigne était toutefois de se taire. Elle fut respectée jusqu'au bout, sauf par Bottot, secrétaire de Barras, qui reconnut :

« Il n'est pas mort, il doit vivre encore, il a été notre sauvegarde. Louis XVIII le savait bien. »

Combien de fois m'étais-je rendue auprès d'elle ! Elle évoquait alors le faste de Versailles, la splendeur des meubles, la beauté des femmes : surtout la grâce de la reine. Chaque objet de son habitation témoignait de son admiration pour la souveraine.

Elle me disait, des larmes dans la voix :

« Theresia, comment pourrions-nous sauver ce malheureux enfant, je l'ai promis à sa mère ; en ce qui me concerne, tout sera mis en œuvre pour réussir à le faire sortir du Temple, mais vous devez m'aider, je sais combien votre cœur est compatissant et vous connaissez les puissants du jour. »

J'abondais dans son sens, émue à la vue de sa douleur, mais je me sentais bien impuissante devant les intérêts immenses qui guidaient la conduite de ceux qui auraient pu intervenir. L'optimisme qui m'avait tant de fois permis d'affronter l'inévitable me faisait défaut. Toutefois, je lui prenais les mains, lui promettant de faire l'impossible pour l'aider dans sa dangereuse entreprise.

6

Depuis le mois d'octobre, mon amie Rose occupait son petit hôtel rue Chantereine, qui pour être charmant n'en était pas moins trop exigu pour accueillir une famille. Mon amie m'ayant fait part de son souci, je lui proposai de recevoir chez nous ses enfants à leur sortie de pension. Hortense était élevée chez madame Campan, tout comme je l'avais été moi-même chez madame Leprince Beaumont. Sa pension se trouvait à Saint-Germain-en-Laye. Quant à Eugène, il travaillait chez monsieur Macq Dermotte, directeur d'un collège situé dans la même ville. Ma proposition fut agréée avec reconnaissance; les enfants vinrent régulièrement loger à la maison.

J'avais adressé une lettre au directeur de l'école, le priant d'installer Théodore, mon fils, dans la même chambre que Jérôme Bonaparte et Eugène de Beauharnais, ce qui créa des liens d'amitié entre ces jeunes gens qui durent encore.

C'est au début de ce mois, le 4 ou le 5, qu'eurent lieu les fameuses journées de Ventôse, selon le calendrier révolutionnaire.

Les royalistes avaient exploité le mécontentement à l'endroit des décisions prises par la Convention, le général Menou ayant échoué à les calmer, Barras et Bonaparte mirent de l'ordre à leur tour : il s'ensuivit une canonnade ; je me précipitai à la Convention afin d'y soigner les blessés...

Bonaparte devenu le héros du jour vint nous rendre visite à la Chaumière ; je lui présentai mon amie Rose.

J'éprouvais une véritable affection pour elle bien qu'elle m'enviât ma beauté. Elle n'avait alors d'yeux que pour Barras.

J'accompagnais mon amie aux soirées du directeur. Elle vint de plus en plus souvent à la Chaumière, escortée du jeune général Bonaparte. C'était un homme de petite taille dont toute la séduction résidait dans le regard. J'eus l'occasion, à diverses reprises, de le retrouver chez Barras, où il figurait bien modestement car ses moyens ne lui permettaient pas de s'offrir un uniforme aussi élégant que celui des autres officiers. Il s'en ouvrit auprès de moi et, pour lui être agréable, j'obtins du directeur un coupon de tissu, ce qui me permit lors de notre rencontre suivante de lui annoncer :

« Vous aurez les culottes, mon ami. »

Il ne me l'a jamais pardonné.

Bonaparte eut des prétentions pour moi. Je ne fis que les dédaigner. Il m'amusait. Un jour, il alla jusqu'à me dire la bonne aventure. Il me déclara même sa passion, mais pour qu'il reste tranquille, je lui dis que « je croyais avoir mieux que lui ».

Il se tourna vers mon amie. Sa passion pour elle, ses allures faméliques, ses phrases sèches, sa cour brusque prêtaient à rire. Il finit par la demander en mariage et, à la surprise générale, elle accepta sa demande. La cérémonie civile eut lieu le 9 mars 1796, Tallien et Barras furent leurs témoins.

Si Bonaparte portait d'habitude un uniforme râpé, il n'en allait pas de même pour Rose. Ses robes de mousseline tombaient en plis larges le long de son corps, lui-même moulé dans un caleçon couleur chair, qui tout en laissant courir l'imagination ne pouvait être taxé d'inconvenance. Elle m'avait demandé d'intervenir auprès de Barras afin d'obtenir le commandement de l'armée d'Italie pour le général. Il me fut agréable une fois encore d'obliger cette bonne amie.

La cérémonie devait avoir lieu le soir rue d'Antin.

Tallien et moi avions soigné notre apparence.

Lorsque la porte du petit salon blanc et or s'ouvrit devant nous, un murmure flatteur salua notre entrée.

Rose nous accueillit souriante et belle comme à son habitude, et nous invita à nous asseoir. Le commissaire du Directoire Collin Lacombe nous avait précédés, ainsi que Barras. Nous échangeâmes quelques propos, mais le temps s'écoulait sans que le marié paraisse.

Je sentais Rose angoissée. Ce mariage surprenant allait-il se terminer en farce de mauvais goût ?

Je songeais que ceci était peut-être préférable pour mon amie. S'unir à un homme plus jeune qu'elle de six années dont l'éducation contrastait tellement avec la sienne, et qui une fois encore montrait en quel mépris il tenait les usages, était inquiétant. Une heure passa, puis deux. La tension qui régnait dans le salon devenait insupportable. Lorsque enfin le général apparut, suivi d'un jeune aide de camp.

Sans tenir compte de l'attente qu'il nous avait fait endurer, il pressa le malheureux Collin Lacombe de procéder rapidement et, indifférent aux coutumes élémentaires, il nous quitta précipitamment, entraînant mon amie, aussi surprise que nous par son comportement.

Tallien et Barras achevèrent de signer les documents après leur départ, puis montèrent en voiture pour regagner le Luxembourg.

Tout dans ce mariage me paraissait insolite et truqué. Joséphine rajeunie de quatre ans sur les papiers officiels, Bonaparte vieilli de dix-huit mois, la présence en qualité de témoin du directeur Barras qui avait si longtemps affiché sa liaison avec la mariée.

Je rentrai chez moi à la fois troublée et inquiète pour mon amie Rose devenue madame Bonaparte.

Le jeune Corse partit à la tête de ses troupes. Rose s'empressa de le tromper avec Hippolyte Charles, ce qui précipita le retour de son héros.

Dans le plus grand secret, Bonaparte, glorieux vainqueur après le traité de Campoformio, organisait une expédition en Égypte pour prix de ses lauriers. L'expédition, tenue secrète, était ignorée de Tallien. Deux mois plus tard, il obtint de Talleyrand l'autorisation de rejoindre le corps expéditionnaire. Il se trouvait alors sans emploi. Il comptait sur la reconnaissance du général pour lui trouver une place que lui refusaient ses anciens amis.

Un soir, il m'annonça :

« Je pars pour l'Égypte retrouver Bonaparte avec un groupe de savants. »

Je m'en étonnai ne le sachant pas féru d'archéologie. Il désirait avant tout s'éloigner de la capitale où il avait connu ses heures de gloire. Ne pouvant plus supporter les hommages rendus à ma personne, il s'embarqua. La solution était la bonne. Je le vis partir avec une certaine tristesse, mais aussi un grand soulagement.

Tallien, le général Lannes, plusieurs officiers rejoignirent le général Bonaparte en Égypte. Ils s'empressèrent d'aller le saluer en arrivant. J'appris par une note d'un aide de camp de Kléber que Tallien fut fort mal reçu. Dans le rapport, il était écrit :

« Quelques Français témoignèrent hautement leur crainte que l'Égypte, regardée comme un second lieu de déportation, ne devînt l'asile de tous ceux dont le gouvernement aurait ombrage ; le réceptacle de tous ceux qui ont besoin de faire oublier leur conduite passée. »

De Tallien lui-même, je reçus une lettre expédiée de Rosette dans laquelle sa mélancolie se révélait. Il me confiait en détails la défaite de notre escadre par les Anglais. Les Français en Égypte étaient dans la plus grande consternation. Ce qu'il y avait malheureusement de trop certain, c'est que le superbe vaisseau *l'Orient* avait sauté dans le combat. Placés sur une éminence qui dominait la mer, ils avaient été témoins de cet affreux spectacle. Le combat avait duré plus de vingt-quatre heures. Quant à lui, il était là, bien contre son gré. Sa position devenait chaque jour plus désagréable, puisque séparé de son pays, de tout ce qui lui était cher. Bonaparte éprouvait une chance malheureuse.

C'était une raison de plus pour Tallien de s'attacher et d'unir son sort au sien. Il ajoutait :

« Je te l'avoue bien franchement, je préférerais mille fois être avec toi, et ta fille, retirés dans un coin de terre, loin des passions, des intrigues, et je t'assure que si j'ai le bonheur de retoucher le sol de mon pays, ce sera pour ne le quitter jamais. »

Parmi les quarante mille Français qui se trouvaient avec lui, il n'y en avait pas quatre à penser autrement. Rien de plus triste que la vie menée par eux. Les vivres faisaient cruellement défaut. Les mouches, les fourmis, les punaises, les cousins et autres insectes les dévoraient. Il terminait en m'avouant combien notre charmante Chaumière lui manquait.

Cependant, il eût dû se passionner pour ce pays, car c'est à Rosette que Champollion fit une découverte de la plus grande importance, un fragment de basalte portant des inscriptions démotiques en grec et en hiéroglyphes ; la comparaison lui permit de déchiffrer ceux-ci.

En Égypte, il se consola rapidement de notre séparation, nouant une intrigue sérieuse avec madame de Forest. Je me tournai vers le directeur. Barras était au début du Directoire dans l'éclat de son étoile montante. Les femmes dont le physique et je ne sais quels attraits ont connu les hommages et l'adulation des hommes, comprennent à quel point il est difficile de choisir. J'étais de celles-là. Monsieur de Fontenay m'avait été imposé par ma famille ; Tallien m'avait sauvé la vie ; Barras m'éblouit.

Avais-je enfin trouvé l'amour ? Je ne le pense pas. Mais cet aristocrate, converti aux idées révolutionnaires, m'inspira un sentiment violent. Le plus fort que peut inspirer un homme à une femme. Je l'admirais. Il représentait à mes yeux toute l'élégance, toute la grâce de la société disparue : il était beau, nonchalant en apparence, raffiné dans ses façons. Il portait ses habits avec une désinvolture propre aux hommes de l'Ancien Régime.

Au cours des convulsions successives qui avaient agité le pays, il avait su louvoyer habilement. Sa vertu, pour le moins élastique, rappelait les mœurs du XVIIIe siècle. Il aimait le pouvoir, se sentant capable de l'exercer, l'argent, sachant le dépenser. La nostalgie du passé se retrouvait dans chacun de ses actes. Il aimait les femmes et leur beauté.

Les demeures somptueuses, les objets précieux, les fêtes, les bals jouaient un rôle capital dans sa vie ; en cela, nous nous ressemblions. Toutefois, la cour qu'il réussit à se constituer ne répondait guère à ses aspirations. On retrouvait, gravitant autour de lui, quelques émigrés, quelques rescapés de la guillotine, auxquels venaient se joindre des révolutionnaires convertis. Les agioteurs, la finance avaient remplacé la noblesse. Barras, parmi cette société qui n'en était pas une, n'en paraissait pas affecté, la dominant de haut, sachant s'en contenter, ne pouvant faire mieux.

Il comptait des amis partout, méprisait tout le monde. Ce tourbillon dont il s'entourait me convenait. J'adhérai à l'aimable façon de vivre qui était la sienne.

La vie mondaine s'écoulait agréablement. Rose et moi formions le plus brillant ornement des fêtes du Directoire.

Je décidai d'acheter une ancienne maison rue de Babylone ayant appartenu au marquis de Barbançon. Je la payai cinquante mille francs à Barras par un acte passé chez maître Larché. Je l'agrandis d'un grand jardin appartenant à un certain Laru. Cachée sous la verdure, sa façade blanche, ses piliers cannelés supportant un toit gracieux, elle trônait au milieu d'un immense parc. Je décidai de l'aménager avec soin songeant qu'elle se prêterait à merveille aux fêtes et réceptions. Ses parquets composés de rares essences de bois me séduisirent, j'imaginai sur-le-champ combien il ferait bon s'y réunir pour danser.

Ma chambre fut particulièrement réussie. Donnant sur la verdure, elle était éclairée par deux portes-fenêtres. Trônant sur une estrade de drap vert, mon lit d'acajou orné de cygnes d'ébène et d'ivoire excitait l'admiration. Je fis aménager une alcôve : d'un baldaquin en forme de tente ronde s'échappaient des rideaux de satin blanc, le mur était tendu de soie lilas plissée, bordée de franges orange. Les fenêtres étaient encadrées de rideaux de satin blanc et de soie orange. Les portes étaient dissimulées derrière des tentures que soutenaient des thyrses. Sur ma coiffeuse reposait ma brosserie en vermeil, dans un coin la grande psyché en nacre. La commode décorée de bronzes dorés était assortie au bureau cylindre en acajou et citronnier richement doré et garni de chimères ailées.

Un jour, Barras me fit à sa façon très particulière une déclaration :

« Theresia, vous êtes le plus bel ornement de mes fêtes. Vous savez combien la beauté m'enchante et vous êtes de loin la femme la plus belle du siècle. Demeurez à mes côtés.

– Que voulez-vous dire ? Ne suis-je pas de toutes vos réceptions ?

– Certes et, sans vous, ces réceptions seraient peu de chose ! »

Il me conduisit alors dans un petit salon au fond de la grande galerie du Luxembourg connue de lui seul.

Il avait rassemblé en cet endroit les souvenirs les plus chers à son cœur. Une miniature de sa mère, sa première décoration, un objet indéfinissable qui lui avait été remis à l'âge de trois ans par une vieille servante.

« Je voudrais voir votre effigie trôner au milieu de ces souvenirs.

– Un portrait peut-être ?

– Certes non, une mèche de vos cheveux. Des maîtresses, je ne les compte plus mais vous, Theresia, c'est différent. Vous êtes l'amour même. Cela ne se peut représenter. Seule une mèche de vos cheveux bruns suffira. »

J'étais émue. Il me prit alors dans ses bras. Comment résister ? Tallien disparaissait de ma mémoire, Méréville se rappelait à moi en la personne de ce grand seigneur. Les souvenirs de ma jeunesse me revenaient en foule.

Grisée, je cédai à ses instances. J'étais perdue.

7

J'étais devenue la maîtresse de Barras. Je dus me partager entre le palais du Luxembourg et le château de Grosbois où je donnais les fêtes. Je m'y rendais parfois accompagnée de madame de Château-Renault. Chaque fois, notre apparition était saluée par une rumeur flatteuse. Avant la Révolution, cet hommage eût été plus discret mais le monde qui gravitait dans les salons de Barras manifestait bruyamment ses sentiments. Il présidait ses réceptions, vêtu du grand habit brillant, brodé, empanaché. Il prétendait me faire partager les honneurs dont il était l'objet. Il me flattait. J'y étais sensible. Il m'appelait « le directeur féminin de la beauté », et ajoutait que « mes charmes méritaient sans doute d'être classés au premier rang des objets dignes d'admiration ».

J'aimais particulièrement me rendre à Grosbois à la saison des chasses. C'était une des terres saisies aux émigrés, vendue comme bien national. Barras l'avait achetée pour une somme dérisoire avec le château qui en était l'ornement.

Le matin, j'entendais dans la cour d'honneur piaffer les chevaux. C'était l'heure du rapport. Sautant à bas de mon lit, je regardais par la fenêtre le petit groupe formé par le piqueur, le valet de chiens, le maître d'équipage. Cette assemblée prenait l'importance d'une réunion politique. Barras oubliait alors les soucis du chef de l'État, pour se soumettre aux usages séculaires de la « chasse à courre ». Mes cheveux tombaient sur mes épaules, je soulevais légèrement le rideau pour voir sans être vue, ma chemise diaphane voilant à peine mon corps.

Je laissais retomber le rideau. Tout à l'heure, sortant de ma chambre, je parcourrai le grand couloir au fond duquel on avait trouvé un squelette emmuré. Je prendrai ma cravache à tête d'ivoire, mon tricorne et, relevant mon amazone au-dessus de mes bottes de cuir, je rejoindrai l'équipage afin de participer à la chasse.

Grosbois, cher Grosbois, combien je t'ai aimé. Le soir, à la curée, les sonneries de trompe autour du feu. Les fanfares des invités, les honneurs du pied, rites indestructibles, toujours d'actualité. Passent les régimes, la chasse et ses traditions demeurent et j'en vivais chaque moment avec intensité.

Et puis il y avait la fête, la réception des « boutons » autour du maître d'équipage. Les chasses commentées suivies d'un feu d'artifice, souvenir des féeries de Versailles, de Vaux-le-Vicomte.

C'est chez Barras que je rencontrai pour la première fois Victorine de Chastenay. Je la vis entrer alors que je jouais par terre avec un adorable enfant, fils d'un ami de Barras. C'était une femme bienveillante. Elle me fit des compliments sur mon petit compagnon, le prenant pour mon fils, s'exclama sur la toilette que je portais ce jour-là. Elle était bien simple pourtant : une robe blanche à manches courtes, sur laquelle j'avais jeté une tunique de crêpe rose. J'avais éclairé le tout de mon collier de perles, mon bijou favori.

Madame de Chastenay était originaire de Bourgogne, sa mère Catherine d'Herbouville avait été dame de la duchesse de Bourbon.

Son père Evrard, marquis de Chastenay, militaire sans grande envergure, avait été, comme mon père, séduit par la philosophie des Lumières. Son éducation fut confiée à madame de Genlis, mission dont elle s'était acquittée avec dévouement et zèle.

La petite Victorine avait eu pour compagnons de jeu les enfants du duc d'Orléans.

Peut-être dut-elle ses idées libérales autant à leur compagnie qu'à l'influence de son père.

Adulte, elle devint une des femmes les plus en vue de Paris. Son père connut la prison pendant la Terreur, elle-même échappa de justesse à la guillotine et fréquenta nos amis pendant le Directoire.

Mon amie Rose, devenue impératrice, eût désiré l'avoir pour dame d'honneur, mais sa nature indépendante lui faisant préférer la liberté, elle put alors sans contrainte aucune observer le monde avec une grande justesse, et parvint en trois mots pleins de vivacité et de drôlerie parfois à tracer des portraits précis de nos contemporains. J'eus l'occasion de la rencontrer par la suite à plusieurs reprises, chez Fouché, chez monsieur de Talleyrand, chez madame de Souza, mais la sympathie que j'éprouvais pour elle ne m'autorisait cependant pas à lui demander la raison pour laquelle elle avait refusé les prétendants qui se pressaient à sa porte, ce qui m'intriguait furieusement.

Barras me traitait en reine du Directoire. Jamais je n'oublierai le jour où Junot rapportant du front les drapeaux remis à lui par Bonaparte m'offrit cette glorieuse moisson sur le seuil du palais du Luxembourg.

Paris criait alors, comme lui seul sait crier lorsqu'il est de bonne humeur :

« Vive la belle des belles, vive Theresia, vive notre-dame de thermidor. »

Au-dessus du tumulte, mon oreille perçut un cri qui me brisa le cœur. « A bas notre-dame de septembre », évoquant ainsi le rôle de Tallien dans le passé. Cet horrible cri fut couvert par les autres. J'ose l'espérer, seul mon cœur ulcéré le retint douloureusement.

Gravitant autour du trône de Barras, la jalousie alimentait la calomnie, la médisance dont je fus la première victime. Une fois encore, je goûtais à l'amertume de l'ingratitude. Je compris que le bonheur n'existe que dans la médiocrité et pour la médiocrité, car tout ce qui s'élève attire les regards et paie de sa vie entière l'illusion d'un moment.

Le 30 primaire an VI, au cours d'une soirée à

Grosbois, je fus brutalement prise de douleurs et j'accouchai d'un enfant mort, celui de Barras. On m'écartela, me tortura, me bâillonna pour étouffer mes cris. Cet enfant eut raison de mourir ; il fut le plus sage. Je le déclarai sous le nom de Tallien. Je revois le retour à Paris à la nuit tombée, serrant dans mes bras le petit corps. Épuisée par mon accouchement, je dus encore jouer la comédie et mettre sur le compte d'un caprice mon départ pour la capitale alors que mon cœur était brisé tout autant que l'était mon corps.

Barras aimait la rue de Babylone et son jardin en particulier. Il se plaisait à errer dans les allées ombragées, s'asseyant parfois sur un banc avec l'un ou l'autre compagnon, discutant en toute quiétude de l'avenir de la France, des problèmes de l'État. Désenchanté par la Révolution, il exprima un jour sa déception en termes désabusés :

« Mes plans sont faits, Theresia, j'en ai cinq, nous choisirons. Il est temps de finir tout ceci qui s'écroulera un jour. »

Il n'avait plus qu'une ambition, la tranquillité.

Par moments, j'en éprouvais de l'irritation, mais nos tempéraments étaient trop dissemblables et je ne pouvais lui insuffler l'optimisme qui était le mien.

Barras, ce dilettante, avait perdu au cours des distractions le goût du combat. Lorsque le 18 brumaire, Bonaparte revint à Paris et s'efforça de s'emparer du pouvoir, il n'était plus de taille à lutter.

Accablée, je vis cet homme en qui j'avais mis ma confiance et mes espoirs incapable de maîtriser la situation.

Bonaparte, dans l'ivresse de ses succès, soutenu par son frère Lucien, saisit à pleines mains l'occasion qui lui était offerte : il se mit en marche à la tête des généraux avec mille cinq cents chevaux apportés par Murat et s'avança sur les Champs-Élysées.

Fouché, accouru chez moi rue de Babylone, m'enjoignit de me rendre auprès de Barras.

« Vite, Theresia, il faut avertir le directeur et le prévenir que le Corse agit sans lui. »

Sans perdre une seconde, je fis atteler, me rendis au Luxembourg où le factionnaire me barra la route. J'avais pour habitude de circuler librement dans le palais. Je parlementai, mécontente, et finis par forcer la consigne.

Barras était dans son bain.

« Vous devez agir rapidement, sans perdre un instant, sinon, il sera trop tard. »

Lucide, il me regarda. Il avait compris que, déjà, il était trop tard.

Il haussa les épaules, comme si la chose était de peu d'importance.

Je lui criai avec vivacité :

« Il faut encore être digne de vous. »

Pendant ce temps, le général, auréolé de ses victoires, parcourait triomphant l'illustre avenue...

Le Directoire avait vécu. Le deuxième dictateur, engendré par la Révolution, venait de prendre le pouvoir.

Après quatre années de règne, le directeur quittait Paris, remplacé par celui qu'il avait protégé. Il se réfugia à Grosbois, où il demeura en résidence surveillée.

Bonaparte s'installa aux Tuileries : je regagnai ma chère rue de Babylone et fis part à Ouvrard, accouru chez moi, des derniers rebondissements de la situation dans la capitale.

L'attachement que j'éprouvais pour Barras ne fut en rien altéré par son échec.

Je me rendis à plusieurs reprises auprès de lui. Cet homme qui avait passé la cinquantaine me faisait soudain l'effet d'un vieillard. Il refusait de lutter, se contentant d'une vie recluse et sédentaire. Je ne le reconnaissais pas. Le sentiment vif qui nous avait unis s'était transformé en amitié. Il m'accueillait avec plaisir afin d'entendre le récit des événements se déroulant à Paris. S'intéressant à mes projets, il me confia un jour que la politique était une sottise et que le bonheur résidait dans le calme et l'absence des passions.

Je ne le suivais plus. Aussi, déroutée, je lui confiai les attentions dont j'étais l'objet de la part d'Ouvrard. Il me dit :

« Allons, Theresia, vous n'avez plus quinze ans. Cet homme est sincère. Il vous aime, laissez-vous adorer et combler une fois pour toutes. »

Je compris à quel point je lui étais devenue indifférente. Bouleversée, je me détournai. Un chapitre de ma vie venait de se terminer. Tallien était au loin, je me sentis plus seule que jamais.

Pourtant, Barras m'avait comblée, séduite. Je ne pouvais l'effacer totalement de ma vie. Je demeurai son amie jusqu'à la fin, le revoyant souvent lorsque, malade, il se plaisait à évoquer en ma compagnie les heures folles du Directoire. Il avait bien été le roi de la République, celui auquel elle devait Fouché, Talleyrand, Bonaparte.

8

Lorsque je prêtai attention à Ouvrard pour la première fois, c'est au financier que je m'adressais. Je connaissais sa réputation de brillant homme d'affaires. Il avait réussi à s'assurer une solide position sous les différents régimes qui s'étaient succédé, et s'étonnait qu'aucun de ceux qui occupaient d'importantes fonctions publiques ait eu si peu de connaissances concernant les finances de l'État.

Je possédais alors une fortune qui me venait de mon père, mais il me fallait la gérer habilement et je reconnais qu'en cette matière, je ne m'entendais guère. Barras me conseilla de m'adresser au plus habile banquier du moment :

« Consultez donc Gabriel Ouvrard, Theresia, il est particulièrement averti. Dès son plus jeune âge, il a créé des sociétés, acheté des biens, des immeubles. Il saura vous conseiller. »

Je me rendis à cet avis.

Mon nom ne lui était pas inconnu. Il avait eu

affaire à mon père et m'avait aperçue au Luxembourg lors des fêtes du directeur. Je partis de bonne heure un matin et me rendis à son bureau. Il me reçut avec l'amabilité qui lui était coutumière.

C'était un bel homme. Sans être grande, sa taille dépassait la moyenne. Ses cheveux noirs, ses yeux bruns mettaient en valeur un front haut et dégagé. Son menton était volontaire et sa bouche aux lèvres minces découvrait dans un beau sourire des dents éclatantes. Il laissait deviner derrière un masque souvent distant et froid un cerveau exceptionnel, une volonté de fer. Il me fit asseoir et tout de go je lui dis :

« Monsieur, ma fortune a besoin d'être dirigée et doit devenir productive. Nul mieux que vous ne saurait la gérer. Je vous la confie. »

Il sourit.

« Je me ferai un devoir, madame, de la faire fructifier. Je vous en donne ma parole. Ce sera pour moi un bonheur infini de vous être agréable. »

Nous échangeâmes alors quelques propos mondains et il me pria au dîner qu'il comptait donner en l'honneur de madame Bonaparte et de madame Talma.

Nous nous y rendîmes. Ce fut une agréable soirée. Je pus apprécier l'intelligence de cet homme de vingt-sept ans auquel Barras allait confier les finances de l'État.

Un an plus tard, Ouvrard faisait l'acquisition de

l'hôtel Montesson qui avait appartenu à l'épouse morganatique du duc d'Orléans. Une fête d'inauguration eut lieu, je la présidai. Sa femme n'y parut point. C'était une jeune personne réservée, Élisabeth Thebaud, qu'il avait épousée trois ans plus tôt. Elle demeurait à Nantes, laissant à son mari le soin de traiter ses affaires loin d'elle, et l'absence comme chacun sait n'est pas favorable aux unions légitimes.

Ouvrard recevait bien, sa table était réputée. Le monde de la finance s'y pressait. Je devins une habituée de ses réunions raffinées et de bon ton. J'y retrouvais mon amie Rose et mesdames Hamelin et Récamier, cette dernière coiffée de son fichu de linon.

Le maître de céans me fit bientôt comprendre à quel point ma présence lui plaisait et se fit de plus en plus assidu auprès de moi : j'étais seule à nouveau, désemparée, et cherchais une épaule où reposer ma tête. Je pris l'habitude de le voir à mes côtés.

Notre liaison eût été la plus discrète du monde, si je n'avais malencontreusement donné naissance à ses enfants rue de Babylone. Je les confiai à monsieur et madame Choisel, boulevard des Invalides, et les déclarai à l'état civil sous mon nom de jeune fille « Cabarrus », ne voulant pas imposer à Tallien des enfants qui n'étaient pas les siens.

Pour la naissance de ma petite fille, le 1er février 1800, le père de l'enfant, ne voulant pas me quitter, s'installa rue de Babylone. J'étais arrivée au terme de ma grossesse. Baudelocque et la sage-femme madame Lubin s'empressaient à mon chevet, car les douleurs se rapprochaient, annonciatrices d'une délivrance imminente. Forçant la consigne, la porte de ma chambre fut ouverte avec violence par une femme hagarde. Je reconnus, stupéfaite, madame de Sémonville, la femme du sénateur. Elle se précipita vers moi, et sans tenir compte de l'opposition du docteur et d'Ouvrard se jeta en pleurs au pied de mon lit :

« Je vous en supplie, Theresia, je vous demande d'intervenir. Mon mari est impliqué dans un complot dirigé contre le Premier consul. Son arrestation vient d'avoir lieu. Il sera fusillé si personne n'intervient. »

Je ne fus qu'à demi surprise. Monsieur de Sémonville, sénateur, m'avait confié sa préférence pour la monarchie. Je fus bouleversée. La malheureuse, écroulée, sanglotante, me faisait pitié. J'interrogeai la sage-femme et Baudelocque. Ils se regardèrent, soucieux, désapprobateurs, mais devant le spectacle de la pauvre madame de Sémonville ils répondirent :

« Peut-être, mais vous feriez bien de vous hâter. »

Je sonnai mes gens. Sans tenir compte des objections d'Ouvrard, je fis atteler ma voiture, puis jetant un vêtement sur mon habit de nuit, j'y montai, donnant l'ordre à mon cocher de cravacher ses chevaux. Nous partîmes au grand galop. La route me parut longue de la rue de Babylone aux Tuileries. La voiture cahotait sur les gros pavés, les chevaux, stimulés, avaient adopté une allure rapide. La Seine franchie, nous parvînmes place de la Révolution. Trop inquiète à la pensée de ma mission, j'eus à peine le temps d'évoquer cette autre traversée, la veille de mon incarcération à la Force. Dieu soit loué, l'horrible guillotine ne s'élevait plus sur le lieu des exécutions : la noble place avait repris sa majestueuse apparence. Rien n'eût pu laisser soupçonner les drames qui s'étaient déroulés en ces lieux. Il fallut longer les jardins, toujours au grand galop. Bousculant les factionnaires surpris et les laquais accourus, nous pénétrâmes en trombe dans la cour du palais. Bonaparte surgit en entendant le fracas. Je me jetai à ses pieds et...

« Je ne partirai pas d'ici que vous ne m'ayez accordé la grâce de monsieur de Sémonville. »

Stupéfait de mon audace, il me regardait indécis, ne sachant quelle attitude adopter, quand soudain il vit mon état : le vainqueur d'Austerlitz, épouvanté, s'exclama :

« Tout ce que vous voulez, mais disparaissez sur-le-champ. »

Monsieur de Sémonville était sauvé. J'en pris les personnes présentes à témoin. Tout en remerciant Bonaparte avec effusion, je remontai en voiture. L'enfant naquit en arrivant rue de Babylone. C'était une petite fille, je la baptisai Clémence.

Tallien revint d'Égypte l'année où je donnai le jour à Édouard, deuxième enfant d'Ouvrard.

Son plus grand plaisir était d'herboriser. Il montra très vite des dispositions pour les sciences, se passionna pour la médecine et réussit tellement bien auprès de ses malades qu'on le surnomma « le docteur miracle ». Ouvrard le faisait passer pour son neveu. Quant à Barras, il se faisait soigner par lui. Mon fils lui fit part de ses découvertes, de sa connaissance des plantes. C'était un délicieux garçon dont le rire et la gaieté ensoleillaient la maison. Lorsqu'il commença à pratiquer, son grand jeu était de signer ses ordonnances sur un billet de banque. Aussi l'aimait-on autant pour sa générosité que pour ses connaissances médicales. Sa boutade préférée, lorsque j'essayais de lui parler affaire, était : « Les affaires, c'est l'argent des autres. »

Deux ans plus tard, je mis au monde encore deux petites filles, Clarisse Gabrielle Theresia et Stéphanie Caroline Theresia, mais je perdis celle-ci en bas âge. J'avais alors trente ans. Mes sept maternités, au lieu de me fatiguer, m'avaient épanouie.

Mon miroir me renvoyait l'image d'une femme élégante, belle encore, portant avec grâce les toilettes du moment, entourée lorsque la vie mondaine le permettait d'un essaim d'enfants, venus avec monsieur et madame Choisel s'ébattre sous les ombrages de la rue de Babylone, parmi les roses et les colombes.

Tallien chercha vainement à retrouver une place dans le nouveau monde qui était celui de la

France, mais il était plus que jamais indésirable. C'est Talleyrand, en souvenir du passé, qui l'envoya comme consul à Alicante.

La même année, une demande en divorce, introduite par lui, fut prononcée. Ma vie avec Ouvrard se déroulait dans le calme.

Ouvrard considérait l'argent comme un moyen et non comme un but. Il lui en fallait beaucoup. Il le distribuait largement, comme les grands seigneurs de l'Ancien Régime. Quoi que l'on ait pu dire, il en allait de même pour moi. L'argent ne m'intéressait pas. Il m'en fallait parce que la beauté et l'élégance en réclament, mais j'en dépensais énormément pour ceux que la fortune n'avait pas comblés de ses bienfaits. Tout au long de ma vie, j'ai disposé de moyens immenses. Dieu me rendra cette justice. Je n'ai jamais thésaurisé, considérant les sommes mises à ma disposition comme un don de la Providence devant être dépensé au service des autres.

J'étais en droit de conserver les bijoux qui venaient de ma famille ou de monsieur de Fontenay, mais je n'hésitai pas à les lui abandonner lors de son départ pour la Martinique, afin de faciliter son embarquement. Plus tard, je fus en possession de diamants admirables : l'on m'accusa même de porter les diamants de la Couronne, ce qui était une vulgaire calomnie. Je les vendis sans regret mes bijoux ainsi que mes dentelles et mes éventails pour aider ma fille Rose et sa nombreuse famille.

Au cours des années que dura notre liaison, j'eus maintes fois l'occasion de constater la discrétion et la prévenance d'Ouvrard. Il ne savait que faire pour m'être agréable, mettant à ma disposition les maisons qui étaient siennes, disparaissant avec un tact dont je lui sus un gré infini.

Je me souviens entre autres d'une fête donnée chez lui au château du Raincy, ancienne demeure princière. Son principal attrait en était la salle de bains, un immense bassin en marbre où l'eau tombe de partout, comme les bains des Pyrénées. Vingt ou trente personnes pouvaient s'y baigner. Les murs étaient ornés de peintures délicieuses. Il faisait bon se reposer sur des ottomanes, les pieds reposant sur d'épais tapis. Il avait fait aménager son orangerie et l'avait pavée de marbre. Cette salle était entourée de caisses contenant des orangers formant une voûte de verdure qui embaumait. Une autre salle, attenante, était garnie de treilles d'où pendaient des grappes de raisin. Des fontaines de punch jaillissaient aux quatre coins de cette salle inondant des bassins de marbre en forme de coquille.

La vaisselle d'or et d'argent regorgeait de fruits exotiques, les vins de Bordeaux les plus exquis accompagnaient les mets les plus fins.

J'aimais ces réunions, plus discrètes que celles de Grosbois. Elles réunissaient à la faveur d'une chasse des amis très chers, dans un cadre agréable.

Ce jour-là, j'arrivai la première afin d'accueillir mes convives, lord et lady Holland, mesdames Marmont, Divow et Visconti. La princesse Dolgorouki me rejoignit bientôt, suivie peu de temps après par les autres invités. Je réservai la place d'honneur à lady Holland.

Après le repas, nous partîmes rejoindre les chasseurs. Ouvrard, qui avait tenu à me donner le rôle d'hôtesse, apparut en fin de journée. J'appréciai une fois de plus sa délicatesse.

En dépit de notre liaison et de l'amour que je lui inspirais, cet homme loyal n'aurait jamais consenti à détruire définitivement son foyer. Les années se succédaient. Notre roman sentimental ne pouvait être que passager. J'en avais conscience et m'étourdissais en fêtes pour ne pas penser à l'avenir.

Bonaparte, sacré empereur des Français, désira faire de sa cour la parfaite reconstitution de celle des rois et y faire régner le bon ordre et la vertu bourgeoise. Au palais des Tuileries, les militaires, qui avaient glané des titres en même temps que des galons sur les champs de bataille, côtoyaient quelques nobles de l'Ancien Régime, ralliés à la cour impériale et désireux de plaire au nouveau maître de la France.

Mon amie Rose, devenue l'impératrice Joséphine, réunissait autour d'elle quelques personnes amies de sa jeunesse; notre ancienne amitié m'eût autorisée à figurer parmi celles-ci lors des réunions qui ressemblaient à s'y méprendre à celles du Directoire. Mais le nouvel empereur, soucieux de respectabilité, voulant faire oublier son passé, s'empressa de rayer les anciennes compagnes de sa femme des listes d'invitation au palais. Rose en éprouva de la peine. Je le regrettai sincèrement. A plusieurs reprises, j'essayai auprès de Napoléon des démarches dans le but de rentrer en grâce. Naturellement, j'avais repoussé ses avances, il m'en tenait rigueur, l'affaire du pantalon n'était pas pour rien dans cet ostracisme, mais j'appris par Sophie Gay la véritable raison pour laquelle il se refusait à m'accueillir aux Tuileries.

Elle en avait appris la cause au cours d'une conversation qu'elle avait eue avec l'Impératrice et qu'elle relata :

« Voyez-vous toujours notre amie ?

– Le plus souvent qu'il m'est possible. Votre Majesté sait combien elle est aimable et bonne.

– Ah oui, je le sais. Je sais combien son amitié est douce. Vous avez été élevées ensemble, je crois ? Vous devez l'aimer.

– Oui, madame, dans le temps de sa puissance, je lui ai dû la liberté, et la vie, peut-être, de plusieurs de mes amis. Aussi lui serai-je éternellement attachée.

– Et moi aussi, je l'aime toujours, mais Bonaparte ne veut plus que je la voie, et cela me désole. Il faut que vous engagiez Theresia à rompre avec monsieur Ouvrard. Bonaparte le croit son plus grand ennemi. C'est là, à vous dire le vrai, l'unique cause de son animosité contre elle. Tâchez d'obtenir ce sacrifice et je suis sûre qu'il lui rendra son ancienne affection et me permettra de la revoir comme autrefois. »

Napoléon haïssait Ouvrard qui lui avait refusé de l'argent pour ses armées. Cette haine s'avéra justifiée le jour où il découvrit que Fouché avait envoyé Ouvrard à Londres négocier la paix avec l'Angleterre. L'Empereur le fit arrêter aussitôt et retira le portefeuille de la police à Fouché.

Elle lui parla des querelles qu'elle avait souvent avec l'Empereur à cause de moi, lui dit qu'il ne me pardonnait pas d'avoir dédaigné le grand rôle que j'étais appelée à remplir après avoir délivré la France de Robespierre.

« Cela peut être un regret, dit Sophie, mais ce n'est pas un grief.

– Si, reprit-elle, Bonaparte en veut à tous ceux qui manquent leur destinée. »

– J'avoue qu'il a le droit de les regarder en pitié, mais de là à les haïr, c'est injuste...

– Et ingrat même, interrompit Joséphine, car il sait que Theresia nous a servis avec puissance et avec zèle lorsqu'il a été question de lui faire donner le commandement de l'armée d'Italie. Je ne lui ai pas caché les secours de tous genres que j'ai dus à cette excellente amie quand je suis sortie de prison, veuve, ruinée et ne sachant quel sort attendait mes enfants. »

Je n'ai pas rompu avec Ouvrard; loin de me fâcher avec Rose, je lui fus d'un grand secours lorsque, à son tour, elle fut abandonnée par l'Empereur.

Joséphine, qui était une excellente personne, se souvenait fort bien des services rendus par Tallien lors de son incarcération ; aussi n'hésita-t-il pas à s'adresser à l'impératrice lorsqu'il s'agit de l'avenir de notre fille dont elle était la marraine. Il lui demanda de la faire accepter dans le meilleur établissement scolaire, ce qu'elle fit bien volontiers. Il lui rendit visite en compagnie de l'enfant ; Rose alla jusqu'à lui affirmer qu'elle voulait se charger entièrement de l'éducation de la petite fille ; elle en avait du reste parlé plusieurs fois avec l'Empereur qui avait fait montre de la plus grande bienveillance. Six mois plus tôt, il avait annoncé qu'elle serait de la fondation du nouveau Saint-Cyr, mais en attendant, l'impératrice se proposait de prendre des arrangements avec « madame Vigogne » pour y placer Laure avec sa gouvernante et lui faire donner l'éducation la plus brillante. Elle ajouta qu'elle se chargerait par la suite de son établissement, étant bien assurée que l'Empereur verrait avec plaisir tout ce qui serait fait à cet égard.

L'intérêt seul de notre enfant devait nous guider ; il fallait profiter de ces favorables dispositions, ce à quoi Rose avait ajouté avec délicatesse qu'elle ne voulait en aucune manière me priver de mes droits. Elle savait combien j'aimais ma fille : celle-ci ne pouvait être mieux élevée que par moi, si des circonstances particulières ne s'y étaient opposées.

Un grand souci m'était ôté; j'étais dorénavant assurée que les affaires de Rose Tallien seraient bien menées.

Bien que l'Empereur se fût intéressé au sort de ma fille, je souffris de son injustice à mon endroit et décidai de m'adresser directement à lui, pensant ainsi pouvoir mieux plaider ma cause. La compagnie rencontrée à la cour impériale était loin d'égaler celle de l'Ancien Régime, cependant ma fréquentation des amis de Tallien m'avait accoutumée à ce genre de société. Je savais par la rumeur publique combien l'Empereur aimait les bals masqués. L'occasion était belle de le rencontrer et de faire appel aux souvenirs du passé, espérant qu'à l'évocation des services rendus, il reviendrait sur son interdit.

Je me fis faire un charmant costume, que je recouvris d'un domino, et me rendis à la fête.

La musique était entraînante, l'ambiance joyeuse. Arlequins, pierrots y mettaient leur note de couleur. Les officiers de l'Empire, facilement reconnaissables à leur allure, profitaient de leur anonymat pour courtiser grisettes et colombines, méconnaissables derrière leur loup; j'avisai une silhouette de petite taille, qu'escortaient trois à quatre géants, et pensai « le voilà ».

Je lui fis la révérence et lui demandai de m'accorder une audience. Au mouvement brusque de sa tête, je compris qu'il m'avait reconnue à son tour. Il me parla; sa voix était aimable. Il éprouvait à mon égard une certaine affection mais son entêtement était grand, aussi à ma requête il répondit :

« Je ne nie pas que vous soyez charmante, mais voyez un peu quelle est votre demande, jugez-la vous-même et prononcez. Vous avez deux ou trois maris et des enfants de tout le monde. Soyez l'Empereur, que feriez-vous à ma place ? Moi qui suis tenu à faire renaître un certain décorum. »

Je pensai alors :

« Mon amie Rose et les sœurs de l'Empereur ont un passé autrement chargé », mais je me contentai à nouveau de faire la révérence, me souvenant que « la Malveillance a une mémoire que la Reconnaissance n'a pas ».

Je me consolai en fréquentant les salons et en mettant tout en œuvre pour y briller. Les fournisseurs les plus en renom reçurent ma visite. Chez mademoiselle Thionville j'achetais ma lingerie, Lesueur me fournissait mes dentelles, mes gants venaient de chez Lubin. Mes coiffures furent créées par Herbault la modiste.

Leroi habillait l'impératrice, je courus chez lui. J'étais grande, élancée, conditions favorables à la toilette. J'en éprouvais du plaisir et portais celles-ci avec aisance.

Tallien, pour être sorti de ma vie, n'avait pu pour autant effacer mon souvenir de sa mémoire. Entre nous existait un lien solide : Rose, notre enfant. Il lui arrivait de m'envoyer les nouveautés littéraires, sachant que j'aimais la lecture. Il trouva toutefois que les lettres de Fronsac étaient trop sales pour que je les apprécie, elles ne feraient oublier ni Faublas ni *Les Liaisons dangereuses*, et terminait : « Rions, ma bonne amie, de toutes ces farces ridicules. »

Lorsqu'il fut envoyé à Alicante, il continua de m'écrire. Son voyage avait été long et fatigant mais l'accueil qu'il reçut là-bas, fort empressé, lui avait mis du baume au cœur. La colonie française s'était occupée aimablement de lui, chacun s'était empressé de lui proposer sa maison, il eut donc l'embarras du choix. Son premier logement était très confortable, mais il se préparait à déménager dans une jolie petite maison toute neuve, presque meublée, cédée par un négociant du pays.

Avec une pointe de tristesse, il m'avait confié ironiquement « qu'il fallait bien songer à embellir sa prison ».

Une violente épidémie avait éclaté dans l'île, aucune famille n'avait été épargnée, aussi se retirerait-il à la première apparition de celle-ci dans une petite retraite à la campagne, n'étant guère jaloux de mourir à son poste. Quarante ou cinquante bâtiments battaient pavillon dans le port. Les Français seuls brillaient par leur absence.

Tallien caressait le projet de se rendre à Valence afin d'y rencontrer ma mère, pensant « que la mère d'une telle fille devait être bien aimable ».

Le 30 germinal an XIII, il me demanda si j'étais encore madame de Cabarrus ou bien, si en prenant un autre nom, j'avais fait le sacrifice de ma liberté.

« La femme qui a le plus fait pour la liberté, celle qui a le plus agi pour acquérir de l'indépendance, a-t-elle en un instant, et sans réflexion, pu enchaîner sa liberté et son existence pour le caprice d'un jour ? »

M'assurant de son amitié désintéressée, il ajouta :

« Conservez la liberté, c'est le bien le plus cher, le plus précieux. »

Les ragots parvenus de Paris lui avaient laissé entendre que le pape n'avait pas voulu rompre le mariage Fontenay. Il s'en réjouissait :

« Je n'en serais pas fâché pour vous. Ne voyez dans tout ceci, ma chère Theresia, que le tendre intérêt que je vous porte, et que je prends à tout ce qui vous regarde. Croyez que dans tous les temps et tous les lieux, personne ne me sera plus chère que la mère de Laure. Soyez assurée de mon inviolable et sincère attachement. »

Il faisait allusion à un projet de mariage parvenu jusqu'à lui par la rumeur publique.

Voici comment se produisit l'événement qui devait bouleverser ma vie, la transformer totalement.

Je m'étais liée d'amitié avec Germaine de Staël, fille du banquier Necker, ministre de Louis XVI. C'était une amie dont j'appréciais tout particulièrement la compagnie. Ses beaux yeux, ses vingt ans séduisirent le baron de Staël. Déjà, pendant la Révolution, elle réunissait chez elle les royalistes constitutionnels mais dut renoncer à ses projets politiques pour se réfugier en Suisse où elle rencontra Benjamin Constant.

Par sa brillante intelligence, elle avait exercé une grande influence sur les salons au temps où j'occupais moi-même une situation de premier plan à Paris.

Nous nous retrouvions fréquemment chez Barras ou Sieyès mais, à l'avènement de l'Empire, elle avait perdu son crédit. Bonaparte ne l'aimait guère, elle le lui rendait bien. Il alla même jusqu'à l'exiler à quarante lieues de Paris. Elle aimait voyager mais revenait souvent en France où je la retrouvais toujours avec le même plaisir.

C'était un dimanche, si ma mémoire est bonne; je fus introduite dans la fameuse bibliothèque par un serviteur qui partit alors prévenir sa maîtresse de mon arrivée.

La pièce était dans la pénombre, les persiennes closes empêchaient les rayons brûlants du soleil d'y pénétrer.

Le bureau était garni de livres. Il y avait des œuvres littéraires partout, les siennes, celles de ses amis, les derniers ouvrages parus, empilés sur les tables, oubliés sur une chaise, jonchant le sol. Ce décor austère incitait au travail plutôt qu'à la conversation légère et cependant c'est là que je la voyais évoluer avec le plus d'agrément.

Appuyé contre la cheminée, un livre à la main, se tenait un homme qui, à mon approche, leva la tête. J'en éprouvai un sentiment de contrariété. Ainsi, une tierce personne se joindrait à notre entretien.

L'apparence de l'inconnu évoquait en moi un vague souvenir. Où donc l'avais-je rencontré ? Il s'approcha alors de moi, et s'inclinant pour me baiser la main :

« Peut-être vous souvenez-vous, madame, d'un voyage que vous fîtes il y a quelques années ? Les postillons changeaient les chevaux de la diligence au relais de la chaussée Saint-Victor. J'étais alors un émigré rentré en fraude. Apercevant votre visage à la portière de la voiture, j'eus l'audace de m'approcher et de m'enquérir auprès de vous afin de vous apporter un rafraîchissement. J'étais totalement subjugué par votre beauté. Permettez-moi aujourd'hui de me présenter à vous, car, ce jour-là, je ne sais si dans mon bouleversement j'eus la courtoisie de le faire.

« François-Joseph de Caraman, madame, pour vous servir. » Ainsi, il m'avait tout de suite reconnue. J'en éprouvai une étrange satisfaction.

Je me souvenais fort bien de l'aimable cavalier. Sa jolie taille, son visage ovale, ses yeux bleus doux et souriants, agréable vision d'un jeune homme racé et mâle tout à la fois, que les boucles blondes de sa chevelure ne parvenaient pas à efféminer. Rompant le charme, Germaine pénétra dans la pièce ; la conversation devint générale.

Nous avions pris pour habitude de nous retrouver au bois de Boulogne. J'ai toujours aimé l'équitation, aussi avais-je mis mes chevaux en pension chez un ancien officier de cavalerie qui possédait des *mews* au fond d'une cour, à proximité du château de La Muette.

Le matin, dès six heures, je quittais la rue de Babylone en voiture et me rendais dans la campagne avoisinant la capitale qui, sans être Paris ni sa banlieue, servait de résidence aux princes avant la Révolution.

Ma jument Lola m'y attendait, une selle d'amazone sur le dos. Je gagnais alors, suivie de mon valet de pied également monté, l'allée de la Reine-Marguerite, certaine de retrouver un cavalier émérite qui m'y attendait au carrefour.

Le printemps à Paris est la plus jolie des saisons, surtout lorsque la perspective de rencontrer l'être aimé vous fait battre le cœur.

Jeune, charmant, courtois, il galopait au-devant de moi, le soleil éclairant ses boucles blondes.

« Ainsi, vous voilà, madame, le temps m'a paru interminable depuis notre dernière rencontre.

– Enfin, mon ami, vous n'êtes pas raisonnable, deux jours seulement nous en séparent.

– Deux jours sans votre sourire! Une éternité! J'ai tant de choses à vous dire! »

Je riais de cet enthousiasme, secrètement ravie.

« Vous le voyez, je suis à vos côtés, mon ami, parlez donc. »

Le murmure du vent dans les feuilles accompagnait ces mille riens, échangés entre ceux qui découvrent leur amour; nous parlions musique de préférence. Pendant la Terreur, monsieur de Caraman avait donné des leçons de violon, ce qui lui avait permis de faire vivre sa famille tout en cultivant cet art. Au reste, son talent était très distingué : j'avais pu en juger, lors d'une soirée chez madame de Staël.

A mon retour, rue de Babylone, je revis le charmant visage et m'endormis en souriant. Cette rencontre fut la première d'une longue série. Il me parla des siens émigrés comme lui. Il nous arrivait aussi de parler politique. Puis, la conversation devenant plus intime, il évoquait pour moi le souvenir d'une mère chérie.

Au cours des années d'une civilisation finissante, la marquise de Caraman, née princesse de Chimay, réunissait autour d'elle dans son château de Roissy sa nombreuse famille, dont l'enfance s'était écoulée heureuse et paisible dans un cadre choisi entre des parents parfaitement unis. Ce bonheur hélas prit fin avec la monarchie. Roissy, pillé, brûlé, ses terres confisquées, il fallut survivre dans la tempête. Une tendresse infinie unissait frères et sœurs ainsi qu'un profond respect partagé envers les auteurs de leurs jours.

Pour ma part, je lui racontais ma jeunesse, mes tribulations, la façon dont j'échappai à la guillotine, ma vie agitée pendant le Directoire.

Nos rencontres se firent de plus en plus fréquentes.

Enfin, s'enhardissant, il me parla mariage.

Cette fois, je ne lui celai rien de mon passé : ma désastreuse union avec monsieur de Fontenay, le divorce qui y mit fin, mon mariage civil avec

Tallien, mes liaisons tapageuses avec Barras, avec Ouvrard, mes enfants ; il savait tout et s'en moquait bien :

« Vos enfants, madame, seront les miens. »

Cet homme admirable tint parole, il ne fit aucune différence entre les enfants qui naquirent plus tard de notre union et ceux que je lui apportai ce jour-là.

Mais je n'étais pas libre. Mon entrée dans la famille de monsieur de Caraman s'avérait chose peu facile. L'hymen contracté avec Tallien étant civil ne s'opposait en rien à un nouveau mariage. En revanche, celui qui avait été célébré à Saint-Eustache vingt ans plus tôt avec monsieur de Fontenay n'ayant point été annulé, il m'interdisait d'envisager une seconde alliance, bénie par l'Église, avant d'avoir obtenu un acte de nullité. Je connaissais les sentiments religieux de monsieur de Caraman. Je savais combien il était respectueux des désirs de sa famille. Aussi, j'entrepris sur-le-champ les démarches nécessaires à l'obtention de ce document de première importance. J'eus le bonheur d'obtenir le parchemin en question, signé par le cardinal de Belloy, archevêque de Paris, et rédigé comme suit :

Nous, Jean-Baptiste de Belloy, cardinal

près de la Sainte Église romaine, au titre de saint Jean devant la porte Latine, par la miséricorde divine, et la grâce du Saint-Siège apostolique de Paris. Vu la requête de Jeanne-Marie Ignace

Theresia Cabarrus, mariée le 20 février 1798 à Jean-Jacques Devin de Fontenay en la paroisse Saint-Eustache à Paris, ladite requête, tendant à parvenir, à la nullité de ce mariage, vu aussi le sieur à l'appui de la demande, après avoir fait entendre par l'un de nos vicaires généraux plusieurs témoins probes et qui ont une connaissance parfaite des circonstances du prétendu mariage dont il s'agit.

A tout mûrement considéré, nous déclarons ledit mariage non valable, non contracté, nul et abusif. Permettons aux parties de se pourvoir comme bon leur semblera même par mariage, si elles le jugent à propos.

Donné à Paris le 12 février 1805,

cardinal de Belloy, archevêque de Paris, par mandement de son éminence Achard.

Le problème paraissait résolu. Le père de monsieur de Caraman, âgé de plus de quatre-vingts ans, se fût laissé facilement attendrir, par les instances de son fils, mais sa belle-sœur, Laure de Fitz-James, dame d'honneur de la reine Marie-Antoinette, mena la campagne contre ce projet avec une telle vigueur qu'il se laissa influencer et, malgré les lettres touchantes de son fils, refusa de donner son consentement à notre union.

Mon passé révolutionnaire le choquait tout autant que ma vie privée agitée. Une famille de l'Ancien Régime, qui avait choisi d'émigrer au moment de la tourmente plutôt que de l'affronter, s'indignait de ma conduite. Tallien, Barras,

Ouvrard, dont j'avais partagé l'existence pendant la Terreur et le Directoire, étaient honnis ! Le sang des Caraman se révulsait à la pensée de voir l'un des leurs s'allier à une femme célèbre en un temps qu'ils eussent voulu oublier.

Étrangement, ce n'étaient pas tellement mes amants, mes enfants naturels qui m'étaient reprochés par ma belle-famille, c'était d'avoir vécu courageusement sans me cacher, sans avoir pris la fuite devant les conséquences inévitables de mes actes, me moquant du « qu'en-dira-t-on ». D'avoir su rester en France pendant les années tragiques ; d'avoir survécu là où tant d'autres avaient mis leur point d'honneur à mourir avec dignité, d'avoir osé élever ouvertement mes enfants au lieu de les dissimuler ou de les abandonner.

A mon tour, je lui écrivis, l'adjurant de me recevoir. Rien n'y fit. A cela vint s'ajouter une véritable coalition fomentée contre moi par mesdames de Valence et de Vaudemont qui avaient eu des bontés pour François-Joseph et se vengeaient ainsi de la préférence qu'il m'accordait.

Nous passâmes outre à cette opposition qui alimentait les conversations malveillantes de Paris. La cérémonie du mariage eut lieu à Saint-François-Xavier le 19 août 1805, cérémonie sans faste, sans invités : seuls nos témoins étaient présents. Pour François, Victor Leterrier, avocat ; Pierre Saintain, commissaire-priseur à l'administration de la loterie signa pour moi. Les Caraman, furieux, brillaient par leur absence. Je ne m'en plaignis point. Les miens, offensés par l'attitude de la famille de mon mari, ne se dérangèrent pas.

Remontant la nef vide, j'évoquais la première union qui avait été la mienne. Elle avait donné lieu à une réception nombreuse, à laquelle participaient les parents et amis de nos deux familles. L'île Saint-Louis était en fête; mon beau-père circulait entre les tables, manifestant sa joie, courtisant ma mère. Les enfants égayaient la fête de leur rire; l'église comme la maison débordaient de fleurs; les discours se succédaient, souhaitant aux nouveaux mariés une vie longue, heureuse, paisible. Que demeurait-il de tout cela ? Un souvenir cuisant, une blessure difficile à cicatriser. Aujourd'hui, l'homme qui remontait l'église à mon bras m'avait promis fidélité, amour. Je savais que, de mon côté, ce serment serait respecté. Les véritables valeurs étaient présentes dans cette église sombre, sans invités, sans musique, où des serments s'étaient échangés en pleine connaissance de cause. Union scellée doublement par le sacrifice que monsieur de Caraman venait de m'offrir en cadeau de noces : l'approbation d'un père et d'une famille qu'il adorait.

Nous prîmes la route, ma femme de chambre et moi, par une journée pluvieuse. Monsieur de Caraman nous avait précédées. Après avoir parcouru des chemins affreux, dans lesquels nous fûmes embourbés cinq fois, après avoir traversé la nuit des forêts immenses seules avec notre postillon, après avoir parcouru trois lieues à pied par la nuit la plus noire, nous fûmes obligées d'envoyer un express à François, mon époux, pour le prévenir de notre arrivée à Chimay pour le lendemain à six heures, parce que le postillon qui connaissait les chemins et leurs dangers refusait de nous mener avant le jour.

Monsieur de Caraman m'envoya en réponse des provisions et un écuyer très soigneux.

J'avais été trente heures sans avaler une bouchée et sans presque sortir de voiture.

Nous mîmes dix heures pour faire quatre lieues, la voiture cassa trois fois, une fois si sérieusement que nous fûmes obligées de rester depuis quatre heures jusqu'à onze heures du soir à Villers-Cotterêts. J'y aurais passé la nuit, si je n'avais été assaillie dans l'auberge par une multitude d'insectes très mal famés.

Nous quittâmes Cotterêts à onze heures et demie du soir et roulâmes toute la nuit.

Ce trait de courage avait consterné notre hôte, qui me fit un long discours pour me persuader que je m'exposais. Il ne nous arriva rien cependant, si ce n'est de casser la barrière de l'octroi parce qu'elle n'était pas éclairée, et que le receveur n'avait pas même de lumière dans son bureau.

Monsieur de Caraman suivit de près son écuyer, entouré de sa garde forestière à cheval, et de trois jeunes gens également en uniforme.

Son homme d'affaires, un avocat très instruit et très aimable, était dans la calèche qui venait me chercher.

De distance en distance, nous trouvâmes des piquets de cavalerie de Chimay et des dix-sept villages qui en dépendent. A une demi-lieue de Chimay, les dames et les demoiselles vêtues en blanc, les enfants sont venus me présenter les honneurs de la ville dans une corbeille remplie de fleurs et me complimenter ; on a tiré le canon et des coups de fusil. Les musiciens très nombreux jouèrent toute la journée des airs consacrés pour ce genre de réception, au milieu des fleurs, et aux cris de « Vive madame de Chimay ». Nous entrâmes triomphalement dans la ville, dont les maisons, les rues étaient encombrées de monde quoiqu'il ne fût que sept heures.

François-Joseph avait hâte de me faire connaître Chimay. Nous avions espéré trouver une demeure confortable ; nous trouvâmes des ruines. Philippe Gabriel d'Alsace, prince de Chimay, avait laissé à mon mari une terre et un château qui jouèrent un rôle d'une importance capitale dans la vie politique des ducs de Bourgogne. L'oncle Philippe Gabriel avait hérité de la principauté sans pouvoir réellement en profiter car un procès, vieux de deux cents ans, entre les Chimay et les Orléans avait valu au château d'être mis sous scellés, lui en interdisant l'accès. Au reste, le XVIIIe siècle avait vu la famille payer son tribut à la Révolution. Des trois frères de ma belle-mère, il avait été le seul à survivre après la tourmente. Le prince d'Hénin avait été guillotiné à Paris. Quant au chef de famille, Thomas Alexandre Marc, il avait perdu la vie à vingt-cinq ans à la bataille de Minden sous les ordres du maréchal de Contades, sous les drapeaux du roi de France Louis XV. Sa veuve, Adélaïde Madeleine Charlotte Le Peletier de Saint-Fargeau, mit au monde un enfant posthume qui mourut à trois ans. Quant à Philippe Gabriel, il avait épousé Laure Auguste de Fitz-James et mourut sans postérité. Pour cette raison, la principauté de Chimay échut à François-Joseph de Caraman, le fils de sa sœur Anne Gabrielle.

Au Moyen Age, Chimay était une simple seigneurie qui appartenait à la famille des Blois Soissons. Thibault de Maureuil céda cette terre aux Croÿ, puissante famille qui s'était signalée par les services rendus au duc de Bourgogne. En 1473, Charles le Téméraire érigea la terre en comté. Maximilien en fit une principauté en 1486, le jour même où il fut couronné roi des Romains à Aix-la-Chapelle. La charte stipulait que la principauté serait de primogéniture mâle. Toutefois, si le fief tombait en quenouille, la fille deviendrait princesse de Chimay, transmettant par là même le titre et la terre à la famille de son mari.

François-Joseph héritait de la principauté, il se faisait un devoir et un bonheur de restaurer le vieux bastion familial, m'associant à cette tâche passionnante. Nous revenions enfin délivrer cette demeure endormie depuis si longtemps : un travail d'importance nous attendait.

Peu importait. Nous nous aimions, je sentais déjà l'affection de la population sympathique, drôle et bienveillante.

La petite ville de Chimay est charmante, en dépit des cicatrices laissées par chaque incursion étrangère. En son centre, une grande place est entourée de maisons de brique et de pierre bleue du pays. La Collégiale veille sur la ville, tellement ancienne que la date inscrite sur son clocher a le don de surprendre.

L'église et le château ont brûlé sept fois.

Chimay, placé sur la route des invasions, paie le prix de sa situation géographique. Chaque passage de troupe se traduit par de superbes autodafés, dont les deux bâtiments font les frais. Mais la population, chaleureuse, courageuse, enracinée dans son sol, revient fidèlement après la tourmente, manifeste sa joie de vivre chaque fois qu'elle en a l'occasion par des fêtes, heureuse de partager le moindre moment de bonheur.

Ici, chaque fête se traduit par un banquet auquel participent les corporations, les confréries, les bourgeois de la ville, la population dans son ensemble; sans oublier le clergé qui occupe une place de première importance, exerçant sur la région un rôle bénéfique.

Ma première impression en arrivant devant la vieille demeure ne fut guère plaisante.

L'arc de triomphe orné du blason de la famille

qui annonce sur la grand-place la présence d'une habitation princière eût appelé une longue avenue garnie d'arbres séculaires donnant accès à une cour pavée décorée de haies ou de buissons à fleurs.

Lorsque ma voiture franchit le gracieux édifice, je ne vis que des maisons à droite et à gauche d'une rue, au bout de laquelle une petite grille indiquait aux intrus que la distance parcourue conduisait à une cour interdite.

Le valet de pied descendit pour ouvrir ce portail, peu avenant et de proportions très modestes, nul concierge accouru pour nous laisser le passage, de fleurs point, d'arbres encore moins, sinon un énorme tilleul qui à lui seul apportait dans cette grisaille un témoignage des jours fastueux où il fut planté le jour du baptême de Charles Quint dont le prince de Chimay fut le parrain.

Les pierres bleues de la façade ruisselante de pluie, le perron aux marches disjointes, sur lequel Dieu soit loué d'aimables personnes nous attendaient, un bouquet à la main.

J'éprouvai une immense angoisse. La fatigue aidant, je sentis l'énorme masse du château peser sur mes épaules.

Une main saisit la mienne et je vis le beau visage de François-Joseph me regarder avec inquiétude.

Je lui souris, son visage se transforma soudain. Il déposa un léger baiser sur mes doigts :

« Voici notre maison, ma mie, nous y serons heureux. »

Le feu brûlait dans l'immense cheminée. L'amour de mon époux me réchauffait le cœur. Bien sûr, une lourde tâche m'attendait, mais déjà, je le savais, Chimay m'avait adoptée. J'y trouverais la paix et la sérénité.

Autour de nous s'étaient groupés de vieux serviteurs, heureux de voir la maison habitée à nouveau. Je reçus des compliments, des fleurs; un très bon déjeuner m'attendait, auquel j'invitai les principaux habitants, je fus ensuite me coucher, harassée de fatigue. Le soir, j'ouvris le bal avec le maire : le curé et les chanoines vinrent me complimenter. Je donnai à dîner au premier. On dînait à onze heures ou midi au plus tard dans la ville, je me soumis instantanément à l'usage.

J'étais émue de constater la joie de Joseph de me voir ainsi fêtée, il semblait au comble du bonheur. J'allai le lendemain prier Dieu qu'il me permette de le remercier ainsi encore une cinquantaine d'années.

Quelque temps après notre arrivée, j'avais fait la connaissance du baron d'Artenberg, gendre d'un des maîtres de forge qui jouaient un rôle de première importance dans le pays.

C'était un homme agréable, dont l'éducation soignée reçue dans son pays natal, la Bavière, faisait un hôte de choix. Il donna en mon honneur un dîner, suivi d'un concert.

La salle était décorée avec des guirlandes de fleurs naturelles; au-dessus de ma place, on avait placé une couronne de roses et de myrte. A la fin du concert, on a chanté de mauvais couplets, mais avec une sensibilité et une bonté qui véritablement excluaient le rire et la satire :

Par votre esprit et par vos charmes
Vous commandez l'attachement.
Vos bontés font couler des larmes,
De joie et d'attendrissement.
Souriez au transport qui nous presse
Et jouissez du sort si doux
D'être partout Grâce ou Princesse
D'être l'une et l'autre pour nous.

Il me fut donné une couronne au bruit des applaudissements, avec tant d'unanimité et de larmes que je pleurai comme une sotte, ce qui termina le concert et la soirée.

Un feu d'artifice superbe et une illumination eurent lieu dans une promenade très belle nommée « Les Ormeaux » au centre de laquelle est un petit étang, sur lequel on avait placé un grand obélisque en lampions et en transparent. Sur le transparent, il y avait une pomme peinte et au bas :

A la plus belle.

Plus bas, une couronne de roses et pour devise :

A la plus aimable.

Plus bas encore, une couronne de lierre et d'immortelles et pour devise :

A la plus aimée.

Après le feu, on dansa sous les ormeaux, on distribua des friandises, des rafraîchissements, enfin après une promenade très gaie nous revînmes au château. Le bonheur me souriait à nouveau; je sentais pour la première fois combien il est doux de partager avec un être aimé la vie tranquille et chaleureuse de la campagne. J'appréciais à sa juste valeur le témoignage d'estime rendu par une population sincère, heureuse de voir revivre le château, centre de ses préoccupations et de son intérêt. Entre la promenade sur l'eau, ma harpe et le chant, le temps passait avec une rapidité extrême. Cela ne m'empêchait pas de désirer vivement revoir mes enfants et mes amis.

Que devenaient madame Récamier et madame Hamelin, et ces femmes charmantes que je voyais si souvent à Paris ?

La période des fêtes révolue, il fallut penser aux choses sérieuses.

Monsieur de Caraman avait hérité de biens en Toscane; nous décidâmes de nous y rendre en passant par Paris et je m'affairai afin de préparer mon voyage en Italie.

Les toilettes devaient être étudiées avec soin. Nous allions être reçus par Sa Sainteté et puis nous irions à la cour du roi Joseph, de la reine d'Étrurie.

Nous rentrâmes à Paris où je courus les marchandes de mode. Ma femme de chambre affairée traînait les malles où s'entassaient tenues de soirée, de bals, robes de jour, manteaux, pelisses.

Sans oublier ces adorables capotes, tellement à la mode.

Je voulais faire honneur à monsieur de Caraman afin qu'il puisse se flatter de l'élégance de sa nouvelle épousée.

Je crois pouvoir dire que j'y parvins pleinement.

9

La seconde raison de notre voyage était de faire taire les méchantes langues.

Elles s'acharnaient contre nous, il fallait leur prouver que notre mariage religieux était parfaitement régulier. Aussi, nous décidâmes d'aller nous faire bénir par le pape. L'hiver n'est pas la période idéale pour accomplir ce genre de périple mais il fallait agir au plus vite.

Nous partîmes de Paris au petit jour.

La perspective de ce voyage avec monsieur de Caraman m'enchantait. Seule ombre au tableau, je quittais mes enfants une fois encore, surtout ma fille Rose, dont j'étais tellement proche. J'en éprouvai un serrement de cœur.

La première étape était Villeneuve-sur-Yonne, arrêt indispensable au repos des chevaux, particulièrement fatigués par une mauvaise route. Nous y passâmes la nuit, épuisés pour avoir été cahotés sur des chemins affreux.

L'étape suivante fut Auxerre, où nous déjeunâmes.

Je fus frappée par le nombre de prisonniers russes qui encombraient les rues.

M'étant enquise de la raison de cette affluence, il me fut répondu que leur tâche consistait à réparer lesdites rues. Ma fatigue étant moins grande, je me plus à admirer le paysage, le costume des paysannes du Mâconnais qui est charmant.

J'avais déjà traversé Lyon. La ville me parut sale et triste. La cité devait sa morosité aux malheurs endurés pendant la Révolution.

Le soir, nous nous rendîmes au spectacle, le lendemain fut consacré à des promenades dans la campagne. Les environs sont magnifiques, nous nous y attardâmes deux jours.

Le 11 décembre, nous logeâmes à Chambéry, et traversâmes le défilé creusé par le duc de Savoie; l'Empereur avait donné l'ordre de créer un nouveau chemin. Les ouvriers travaillaient aux flambeaux.

Monsieur de Caraman s'en fut les voir alors que je restais dans la voiture, enveloppée dans mes fourrures; la nuit était très noire : le verglas, la neige n'incitaient pas à la promenade. La traversée du Mont-Cenis fut agréable, grâce à la route que l'on doit à Napoléon.

Arrivés près du lac, non loin de l'hôpital, nous déjeunâmes à la poste, goûtâmes les truites, du fromage, des vins étrangers.

Nous décidâmes de faire une petite halte à Suze et Rivoli, qui nous plurent infiniment. Le lendemain, nous logions à Turin.

Rien ne saurait dépeindre les attentions de monsieur de Caraman pour moi.

A Méréville, j'avais rêvé d'un tendre amour, attentif à me plaire. Mes expériences m'avaient révélé des hommes dont la nature possessive se traduisait par une attitude égoïste. Peut-être m'avaient-ils aimée à leur façon, à part monsieur de Fontenay qui s'était comporté comme un rustre. Tallien lui-même, qui avait éprouvé une grande passion pour moi, m'avait souvent heurtée par des attentions maladroites et exaspérantes.

Barras était tout autre; j'étais pour lui un bel objet destiné à orner le cadre où il se complaisait; Ouvrard m'admirait, mais pas un instant il ne songea à me sacrifier celle qui portait son nom, ce dont étrangement je lui sus gré. Monsieur de Caraman s'était délibérément brouillé avec les siens par amour pour moi.

Nous vivions pleinement, miraculeusement. Nos intérêts étaient les mêmes, nous pensions à l'unisson, nous partagions des émotions semblables. Les nuits présidaient à l'accord parfait de deux êtres faits l'un pour l'autre.

Je ne pouvais m'empêcher de penser que la destinée s'était montrée particulièrement généreuse à mon endroit; après de cruelles épreuves, elle m'accordait une revanche spectaculaire.

J'avais obtenu, enfin, ce dont toute ma vie j'avais rêvé, et me sentais prête à payer le prix d'un tel bonheur, car rien ne me paraîtrait difficile ou cruel pour m'acquitter de ma dette envers l'homme que j'aimais.

Le 9 janvier, une visite à la reine d'Étrurie avait été prévue. Elle nous reçut à midi. Je soignai particulièrement ma tenue, voulant produire une impression favorable sur cette aimable souveraine, qui nous accueillait si gracieusement.

Les cours ont toujours exercé sur moi un vif attrait ; le faste me plaît. Les palais sont le cadre de réceptions où se côtoient les puissants de ce monde. La tenue y est de bon ton, les femmes y font assaut d'élégance, formant un gracieux ballet autour des souverains.

Lorsque la porte s'ouvrit à deux battants pour nous livrer le passage, les hauts dignitaires nous accueillirent. La reine parut, suivie de sa dame d'honneur. Je plongeai alors en une révérence profonde, science en laquelle j'excellais. Sa Majesté me tendit les mains et m'assura du plaisir qu'elle éprouvait à me recevoir ce matin chez elle. Joseph à son tour s'inclina profondément devant la souveraine qui nous fit asseoir et m'adressa la parole en espagnol. La reine Marie-Louise administrait le royaume pendant la minorité de son fils Charles-Louis. Ses origines espagnoles la rendaient attentive à ma compagnie.

Elle me parla de mon père, le comte Cabarrus, du peintre Goya, se souvenant que ce dernier avait été présenté au roi d'Espagne par l'auteur de mes jours. Enfin, elle me témoigna une bonne grâce infinie.

Puis elle se montra on ne peut plus gracieuse envers monsieur de Caraman, lui demandant des nouvelles de Paris, des événements qui se préparaient en France. Mais elle glissa rapidement sur la politique, préférant le questionner sur ses sœurs qu'elle avait rencontrées ; sur les si beaux jardins créés par son père.

Se tournant à nouveau vers moi, elle me fit compliment sur ma parure de saphirs, cadeau de Joseph, sur ma tenue si élégante, dit-elle, qu'elle excitait sa jalousie.

Devant l'accueil chaleureux de leur souveraine, les courtisans à leur tour nous comblèrent d'amabilités et je ne pus m'empêcher d'éprouver un sentiment d'amour-propre satisfait, me souvenant du peu d'empressement mis par ma belle-famille à m'accueillir en son sein.

Nous passâmes à table. Les couverts en vermeil étaient superbes et les vasques, soutenues par des cariatides, débordaient de fleurs dont le parfum délicat ajoutait au charme de l'ambiance. Monsieur de Caraman prit place à la droite de la reine. Mon voisin de gauche était un diplomate autrichien de passage, féru de musique, avec lequel j'échangeai des propos intéressants concernant nos amis communs, les musiciens. Je lui racontai comment ils venaient rue de Babylone animer régulièrement mes soirées, mon intention de les faire rencontrer à mon mari, lui-même doué pour les arts. Il me promit de nous rendre visite à Paris. Le temps s'enfuit rapidement en son aimable compagnie.

Avant de quitter la table, la reine prononça quelques mots charmants à notre endroit, puis elle nous fit les honneurs de sa très belle galerie de tableaux anciens et modernes. Enfin, l'heure de la séparation sonnant, elle se retira dans ses appartements, suivie de sa dame d'honneur, pendant que je plongeais dans ma plus belle révérence. Nous la quittâmes enchantés de notre visite et nous dirigeâmes vers Rome.

Quelle superbe ville! Son passé, ses monuments, la richesse de ses musées faisaient de notre séjour un enchantement sans cesse renouvelé.

Je m'y plaisais chaque jour davantage. Il était impossible d'y vivre une existence plus agréable que celle que nous y menions : nos matinées étaient consacrées à visiter des monuments antiques et modernes, nos soirées à rendre des visites, à aller à l'opéra. Celui de la cité papale est du reste le meilleur d'Italie. Monsieur Alquieri, ambassadeur de France à Naples, nous avait donné sa loge, le temps que nous resterions dans la capitale; l'ambassadeur de France en avait fait de même dans un autre théâtre.

Nous allâmes chez monsieur Lucien Bonaparte qui jouait avec sa famille et quelques amis *Zaïre*.

La noblesse de Rome assistait à cette représentation, qui fut parfaite.

Sa Sainteté le pape Pie VII accorda une première audience à Joseph et le reçut dans son cabinet, connaissant la raison de sa visite. Son accueil fut d'une bonté touchante et paternelle. Il lui dit qu'il me recevrait avec plaisir : je l'avais rencontré à Paris lors de sa venue pour le couronnement de

Bonaparte ; à l'époque, il m'avait offert un chapelet, et il se souvenait fort bien de ma famille.

Deux jours plus tard, nous fûmes avisés que l'audience du pape aurait lieu le 12 février, de deux à trois heures. Je m'y préparai avec le plus grand soin ; il était indispensable de donner au Saint-Père une impression de sérieux, d'élégance discrète et de bon ton.

L'usage exigeait que les dames portassent une toilette noire.

Je choisis une robe de dentelle, me couvris la tête d'une mantille retenue par un peigne orné de diamants.

Monsieur de Caraman était comme à son habitude vêtu avec une recherche raffinée.

Notre apparition à Montecavallo suscita un mouvement de curiosité, doublé d'admiration. Mon mari eut la courtoisie de m'en rendre responsable, mais je savais bien que cet hommage lui revenait en grande partie.

La grâce de l'accueil de Sa Sainteté ce jour-là serait difficile à dépeindre ; elle prit nos deux mains, qu'elle tint longuement dans les siennes, nous fit asseoir à ses côtés sur le même canapé, causa avec une telle familiarité pendant une heure qu'il me fallait me rappeler à chaque instant que je parlais à un souverain.

Elle nous donna sa bénédiction, en nous promettant qu'elle enverrait au cardinal Fesch, oncle de Napoléon, des chapelets pour nous. Réellement, ce fut un bienfait pour moi, je quittai le pape avec beaucoup de regret.

L'attitude du pape nous confirmait dans notre bon droit : notre mariage était parfaitement valable, n'en déplaise à mes détracteurs.

Je remerciai le ciel qui m'avait permis de recommencer une vie selon les lois de l'Église, en accord avec les principes reçus dans ma prime jeunesse.

Nous fûmes invités à dîner, avec soixante amis, chez le cardinal Fesch.

Bonaparte eût été surpris de voir l'accueil que son oncle nous réserva. Si je ne craignais de paraître vaniteuse, je taxerais la chaleur avec laquelle il nous reçut de saisissante et de celle que l'on réserve aux souverains.

J'avais comme à l'accoutumée soigné ma toilette. Je tenais à faire honneur à monsieur de Caraman et désirais paraître à cette soirée à mon avantage.

Les saphirs des de Horne ornaient ma chevelure, paraient mon décolleté et mes bras, la fausse simplicité de ma robe mettait en valeur leur éclat sur ma peau. A mon doigt brillait la bague en diamants, cadeau d'une des victimes arrachées par mes soins à la guillotine. La pierre centrale, que l'on pouvait dévisser, avait autrefois dissimulé le poison qui permettait au condamné d'échapper à la honte de monter sur l'échafaud; aujourd'hui une minuscule mèche de cheveux de mes enfants mêlée à ceux de mon mari avaient remplacé l'affreuse poudre mortelle.

Un murmure flatteur salua notre entrée.

Le maître de céans nous fit parcourir ses salons. Il nous présenta à tout le monde. Puis nous passâmes à table. La richesse de celle-ci égalait la splendeur des salons. Il était impossible de mieux faire les honneurs de tout cela.

L'on ne saurait se faire une idée de la beauté de son palais, de ses appartements, de la richesse de l'ensemble. La splendeur des fresques qui en sont le principal ornement, le chatoiement du vermeil, les fleurs de la vaisselle d'or et d'argent, oui, le demi-frère de madame Laetitia Bonaparte savait recevoir.

La soirée fut une réussite parfaite. L'on me fit mille grâces et compliments, mais mon regard cherchait celui de monsieur de Caraman, heureuse au milieu de tant de splendeur de n'éprouver qu'un seul désir, celui de me retrouver seule avec lui.

Enfin, la soirée se termina aux sons d'un concert exécuté par la chapelle du cardinal et chacun se retira, enchanté de son accueil.

Le bonheur est un moment éphémère, il faut le saisir, l'apprécier et le conserver dans son cœur : je le savais trop bien. Que m'importait le passé, encore moins le futur, le présent était incomparable, nous nous aimions. Jeunes encore, nous avions atteint une maturité, forgée par les épreuves, qui nous permettait de goûter pleinement les instants parfaits, vécus en commun.

Pour la première fois, je vivais des amours heureuses. Les prémices et la conclusion m'avaient apporté paix et douceur. Je suppliai Dieu de me conserver cet état de grâce, espérant qu'il ne finirait qu'avec la vie. Mais le temps passait.

L'heure du retour sonna enfin. En arrivant à Paris, je découvris la cabale ourdie par la tante de mon mari, Laure de Fitz-James, princesse de Chimay, assistée en cela par mesdames de Vaudémont et de Valence. En notre absence, elles m'avaient attaquée sans ménagement, mettant le public, qu'il est toujours si fâcheux d'occuper de soi, dans la confidence des discussions qui avaient précédé notre union et qui n'intéressaient qu'une famille particulière. Elles allèrent jusqu'à prétendre que notre mariage religieux était caduc. La princesse de Chimay avait adressé une lettre dans ce sens à la Curie romaine, espérant de la sorte nous interdire à Rome l'accès auprès des autorités ecclésiastiques.

La cabale ne servit à rien. Joseph écrivit à son père une lettre touchante dès son retour d'Italie afin de le rassurer. Le but de son voyage était donc rempli plus heureusement qu'il n'eût osé l'espérer. La plus scrupuleuse conscience n'eût pu faire davantage; il attendrait du temps et de sa tendresse le moment qui pourrait le réunir à la famille. Il terminait par ces mots :

« J'ai fait tout ce que je pouvais faire; si je me suis écarté par la chaleur de mes passions de cette ligne droite dans laquelle on vous trouve toujours, j'ai prononcé aux pieds du chef de l'Église ma volonté décidée de vous y suivre et j'espère être ferme dans ma résolution et ma conduite. » Pour ma part, ce fut avec bonheur que je retrouvai mes enfants. La fille de Tallien, Rose, devenait ravissante. Du reste, j'entretenais avec son père une correspondance suivie car il professait une véritable adoration pour sa fille.

Monsieur de Caraman ne s'opposa nullement à cet échange épistolaire; il savait que l'homme de thermidor m'était resté attaché. J'éprouvais à son égard une amitié qui ne pouvait nuire en rien à mon amour pour mon mari. Nous l'avions surnommé entre nous « l'ami par excellence ». Ayant entretenu des rapports avec ses anciens compagnons, parvenus à des postes importants, tel Fouché, il lui était arrivé à maintes reprises d'intervenir à ma demande pour obtenir des grâces, que ma situation actuelle ne me permettait pas de solliciter.

Ses frères et sœurs n'avaient rien à lui envier, le petit Édouard enchantait tout le monde par son intelligence, sa curiosité d'esprit, Clarisse était adorable mais la plus sérieuse était sans contredit Clémence.

Ils formaient un petit groupe heureux qui me comblait d'aise.

Nous fîmes effectuer quelques transformations rue de Babylone, mais c'est à Chimay que se portait d'abord l'intérêt de monsieur de Chimay. Nous décidâmes de nous y rendre le plus vite possible afin de donner aux enfants un foyer aussi chaleureux que gai.

J'avais enfin trouvé le bonheur. Monsieur de Caraman et moi ne nous quittions pas.

En 1808, le 20 août, naissait notre fils Joseph. Pour la première fois, j'attendis une naissance dans la joie. Mon époux me témoigna sa reconnaissance d'une façon touchante, je remerciai Dieu d'avoir pu lui rendre un peu de la félicité que je lui devais.

Lors des années qui suivirent notre mariage, nous passâmes les étés à Chimay. Cette villégiature estivale se prêtait à merveille à des rencontres avec ceux qui recherchaient, comme moi, un havre de paix et de tranquillité. Le plus assidu était certainement Cherubini. Ce dernier faisait partie d'un groupe de musiciens qui fréquentaient régulièrement la rue de Babylone. Il devint un habitué du château. Nous avions transformé un des salons en salle de spectacle, elle nous permettait d'y donner des représentations ainsi que des concerts.

D'autres amis suivirent l'exemple de Cherubini et nous vîmes arriver la cantatrice Pauline Duchambge, le jeune Auber qui accompagnaient le maître. Une des raisons pour lesquelles j'aimais ce musicien était que Bonaparte le détestait. Il lui préférait Rossini, Paesielo. Les artistes ont besoin de se sentir entourés d'affection. A différentes reprises, le maître avait essuyé des algarades avec l'Empereur. Son humeur mélancolique s'en ressentait, son œuvre également. Son *Anachréon* n'avait eu aucun succès. Il était découragé. Nous décidâmes avec quelques amis de faire entendre son *Pygmalion* aux Tuileries comme étant l'œuvre d'un compositeur inconnu, elle fut exécutée au palais. Napoléon fut ému aux larmes en écoutant la première partie : à l'entracte, Cherubini fut conduit dans sa loge. L'Empereur, se sentant joué, sortit brusquement. Au lieu de le féliciter, il lui claqua la porte au nez, ce dont le pauvre musicien éprouva un vif dépit, une profonde amertume, et il refusa dorénavant de composer. Je lui avais offert de venir se reposer à la campagne ; il accepta mon invitation. L'automne le vit herborisant dans le parc. Il faut vous dire que l'on trouve dans ce lieu des essences de plantes tout à fait remarquables par leur rareté. Le soir, il passait des heures à composer des tableautins, qu'il fabriquait à l'aide de cartes à jouer découpées avec grand soin.

Toutefois, je me désolais en constatant que le piano restait muet. J'avais installé un petit instrument discret d'apparence, sans fioritures, dans un coin de la salle de billard, espérant qu'il ne pourrait résister à l'envie d'en jouer.

Mais le temps passait, et aucun son ne se faisait entendre. Un jour, à ma demande, une petite délégation vint au château et adressa une requête au maître. La fête de la Sainte-Cécile approchait ; ne voudrait-il pas composer une messe que l'on pourrait exécuter à la Collégiale ?

Un refus poli, mais net, fut la réponse. Les quémandeurs repartirent désolés, mais je n'abandonnai pas pour autant la partie.

Sans rien dire, je déposai une partition vierge sur le piano ; le soir, alors que ces messieurs jouaient au billard, quelques mesures vinrent charmer mes oreilles. D'autres suivirent ; la *Messe en fa* venait de naître, ou plus exactement son *Kyrie*. Pauline Duchambge, qui était elle aussi à Chimay, s'approcha, désireuse de déchiffrer la partition. Monsieur de Caraman avait une belle voix de ténor, Cherubini chantait la basse, Auber se proposa pour tenir le piano. Ce fut un enchantement. Sous nos applaudissements, le compositeur encouragé promit de terminer sa messe à trois voix. Nous courûmes à la recherche de musiciens en ville. Le chœur chimacien accepta avec joie de participer à la première exécution à la Collégiale. Quant aux instruments, nous réussîmes à trouver un basson, deux cors, une flûte, deux clarinettes et un quatuor à cordes. Le compositeur se montra satisfait, promit de compléter son œuvre.

En rentrant à Paris, nous convoquâmes les meilleurs musiciens de la capitale : dans notre salle de concert de la rue de Babylone, la messe fut accueillie avec enthousiasme par les connaisseurs, qui la proclamèrent un chef-d'œuvre. Fétis affirma qu'elle était tellement remarquable par son originalité et la perfection de son style que l'on pouvait la comparer à son avantage aux messes de Mozart, Haydn et Beethoven.

Monsieur de Caraman et moi nous félicitâmes d'avoir contribué à la création de cette messe, suivie de beaucoup d'autres ; elle fut le début de l'œuvre religieuse du maître et surpassa de loin les compositions qui l'avaient précédée.

Tous ceux qui ont eu l'occasion de se produire sur une scène savent à quel point les répétitions sont choses plaisantes, elles permettent de se produire en bonne compagnie, de laisser libre cours à son imagination, à condition toutefois que l'ordonnateur des scènes ne soit pas trop sévère, et de faire connaître son talent d'interprète, si tant est qu'il y en ait un.

Auber était jeune, inconnu, ambitieux : la pensée de voir exécuter ses œuvres sur la scène du théâtre de Chimay, même par une compagnie d'artistes amateurs, l'enchantait.

Il veillait à ce que tout fût parfait, accompagnant nos voix au piano, se permettant avec une grande douceur de souligner quelques passages délicats, les faisant répéter sans se lasser jusqu'à ce que le résultat obtenu lui semblât satisfaisant.

Monsieur de Caraman qui avait une bonne voix fut immédiatement engagé. Cherubini lui-même, sortant de sa mélancolie, proposa de se joindre à nous.

Mon frère vint spécialement de Paris pour assister à une répétition. Il proposa ses talents; cependant, Auber, craignant une défection tardive, se contenta de lui proposer une place dans les chœurs.

A leur tour, les dames de la ville se présentèrent, désireuses de nous faire entendre quelques notes.

Le maître les contrôla sévèrement et sélectionna les meilleures. Afin de ne pas les attrister, je demandai à certaines parmi les évincées de se charger de l'accueil et de faire les honneurs de la réception.

Puis ce fut le tour des hommes. La troupe était formée.

J'ai toujours été émerveillée par les talents découverts dans ma chère petite ville.

J'interprétais le rôle de la « dame de Chimay », mon mari celui d'un « Couvinois ». Le rôle du page échut à une demoiselle, fort jolie, ce qui provoqua quelques frictions parmi les choristes, désireux de lui en faire compliment. Cette agitation amusait tout le monde et l'on se réjouissait, en ville, de l'animation qui, débordant les murs du parc, excitait la curiosité des habitants, anxieux d'apprendre comment les préparatifs se déroulaient au château.

Le jour de la première représentation sonna enfin. La maison était en ébulition : dès le matin, je convoquai le jardinier pour lui indiquer quelles seraient les fleurs à couper ; il revint à onze heures les bras chargés de roses, de delphiniums bleus et blancs, suivi de sa femme portant une brassée de lupins. Je m'employai aussitôt à garnir un gigantesque vase de Sèvres, placé à l'entrée de la salle de spectacle. Tout le château reçut semblables garnitures. Les roses furent employées à orner les tables du souper.

Nous avions rassemblé dans une grande lingerie nos costumes de scène, cette salle s'était transformée en véritable volière, les éclats de rire s'entendaient de loin : la jeunesse s'y était groupée, choisissant accessoires, armes de pacotille, plumes, dentelles, heureuse et agitée par la proximité de la représentation.

Contrairement à ce que redoutait Auber, mon frère Francisco était présent, fidèle à sa promesse.

Ayant depuis son plus jeune âge adoré la comédie, il faisait mille pitreries : d'autant plus charmé par la perspective de chanter dans la chorale qu'une certaine dame lui paraissait avenante et sensible à ses hommages peu discrets. Assise sur un tabouret, le hennin sur la tête, elle répétait sans cesse son rôle, gémissant :

« Mon Dieu, je sens que je vais tout oublier ! »

Joseph essayait son costume, trop terne à son goût.

L'excellent monsieur Despret, maître de forges, acteur d'occasion, se désolait car en opérant un mouvement tournant il avait, à la dernière minute, déchiré son pourpoint.

Les musiciens accordaient leurs instruments en une terrible cacophonie.

Je courais de l'un à l'autre, encourageant ce beau zèle par des propos aimables.

L'ouverture résonna enfin : dans la fosse d'orchestre, éclata une fanfare joyeuse, annonçant le départ pour la chasse. Après les trois coups rituels, frappés par le fidèle Féron, le rideau manœuvré par une forte manivelle se leva, la représentation commençait.

Je pus me réjouir en constatant que la salle était

bondée. Les Chimaciens avaient répondu à mon appel, ils étaient venus apporter leur écot à cette fête, donnée au profit des pauvres.

La soirée fut fort réussie. Il y eut peut-être quelques fausses notes, mais chacun y mettait tellement de cœur que ces petits inconvénients passèrent inaperçus.

Un tonnerre d'applaudissements salua la chute du rideau.

La collation qui suivit permit aux acteurs et aux spectateurs d'échanger leurs impressions. Chacun de s'exclamer : « Quand recommençons-nous ? »

Pour m'être agréable, Auber décida de composer un opéra ; ce fut *Le Séjour militaire* ; il fut suivi d'un second, intitulé *Jean de Chimay*.

Une vieille légende lui servit d'inspiration. Une ancienne histoire où l'on voit le sire de Chimay braconner sur les terres de ses voisins. Surpris, emprisonné dans la tour de Couvin, il y demeura sept années à la fin desquelles un jeune pâtre, nommé Baselaire, le découvre. Ses gens accourus pour le délivrer le reconduisent en triomphe à Chimay où la dame l'accueille avec bonheur.

L'œuvre serait exécutée sur la scène du théâtre ; les décors brossés par Ciceri en étaient originaux. Lemercier avait écrit le texte.

Nous eûmes également la visite du grand violoniste Charles de Bériot désireux d'organiser un concert auquel nous invitâmes nos voisins et amis. Maria Malibran me promit d'être des nôtres, mais je ne pouvais imaginer qu'à la fin du récital elle déclarerait sa passion au violoniste. Leur mariage s'ensuivit. Une fois encore, Chimay avait présidé à la naissance d'amours heureuses.

L'archiduchesse Marie-Louise d'Autriche avait remplacé mon amie Rose dans le cœur de l'Empereur, elle ne me tint pas rigueur de ma fidèle amitié envers la première impératrice. Bien que je ne fusse pas plus reçue à sa cour qu'à la précédente : ce qui à vrai dire me laissait à présent totalement indifférente. Elle me fit remettre certaines distinctions et me désigna comme dame de société de la Charité maternelle à Mons, ce qui eut le don de surprendre certains, de déplaire à beaucoup.

Le 5 juin 1810, je donnai le jour à notre second fils, Alphonse.

Trois ans plus tard, je mis au monde une petite fille à la grande joie de ses frères aînés. Nous la baptisâmes Marie-Louise. Ce prénom était très en vogue : l'idée de donner à mes filles le prénom des deux impératrices me parut amusant.

Cette appellation ne porta pas bonheur à la pauvre enfant qui mourut en bas âge.

10

Après les fulgurants succès du début de son règne, Bonaparte voyait diminuer sa popularité. Ses amis se séparaient de lui. Fouché, Bernadotte me faisaient part de leur inquiétude devant la mégalomanie de l'Empereur, redoutant que les guerres successives ne saignent la France à blanc. Le pape Pie VII, craignant de se voir déposséder de ses États, l'excommunia. Mais, n'écoutant que son ambition, il s'engagea dans la guerre contre l'Empire russe puis contre l'Allemagne. Toujours vainqueur, il voyait cependant la coalition formée par tous les peuples d'Europe contre lui. Après quelques brillantes victoires, il dut céder : Paris à son tour ouvrait ses portes aux alliés et ce furent les adieux de Fontainebleau. Les Bourbons remontaient sur leur trône. Le vol de l'Aigle se terminait, l'Empereur devenait roi d'une île minuscule, Elbe.

Rose, mon amie, n'était plus. Elle qui avait partagé avec moi les heures angoissantes de la Révolution, vécu les mêmes orages, assisté aux mêmes fêtes, avait quitté le monde. Rien n'était plus gracieux que son entrée dans un salon : je la revois vêtue de ses mousselines flottantes, ondulant des hanches, suivie des regards des hommes, émerveillés par cette séduisante créole. Elle était le charme en personne; jusqu'à la fin, elle garda la certitude de son pouvoir de séduction. Elle souriait la bouche close, et ceci lui donnait une expression mystérieuse qui ajoutait à la beauté de son visage. Pendant tout un temps, Napoléon nous avait séparées, mais notre affection était demeurée vivace. Peut-être fut-elle la meilleure de mes amies, je ne sais, mais sa disparition fit naître en moi une souffrance qui me permit d'apprécier combien je tenais à elle.

C'est à la Malmaison, chère à son cœur, que la mort l'avait surprise brusquement. Elle reposait à présent à l'ombre des grisailles, évoquant la vie de Psyché qui ornait les murs de sa chambre, dans ce grand lit drapé de pourpre où Napoléon l'avait aimée autrefois.

Les allées du parc ne verraient plus sa silhouette menue évoluer entre les massifs fleuris, mais les gens superstitieux du pays prétendent avoir aperçu une forme blanche assise au bord de l'étang qui ressemblait étrangement à celle de la première impératrice.

Marie-Louise, à laquelle Napoléon l'avait sacrifiée, quittait la France avec le petit « roi de Rome ». Abandonnant son mari vaincu, elle rentrait chez son père l'empereur d'Autriche, à Vienne.

Monsieur de Caraman devenu prince de Chimay par la mort de son oncle Philippe Gabriel d'Alsace, frère de sa mère, se trouvait dans une situation délicate. Il était entré en possession de son héritage mais la principauté du Saint Empire s'était trouvée rattachée à la France à la suite des guerres de Napoléon. Les terres faisaient partie du département de Jemmapes ayant pour chef-lieu Charleroi. Tenant à défendre les intérêts de Chimay, il devint conseiller général et s'occupa activement de la région qui était la sienne.

Comme une bombe, la nouvelle éclata dans Paris : Bonaparte avait quitté l'île d'Elbe. Les vieux hochaient la tête. Son retour ne pouvait être un événement bénéfique pour la France : les guerres allaient recommencer.

C'est alors qu'une nouvelle alarmante concernant la santé de mon fils Théodore me parvint. De tous mes enfants, c'était celui qui avait certainement le moins profité de ma tendresse.

Il était à vingt-cinq ans lieutenant-colonel, brillante réussite qu'il devait non seulement à l'appui de Junot mais surtout au courage manifesté sur les champs de bataille. De plus, il avait une parfaite connaissance de la langue anglaise, qui lui valut d'accompagner le général Thiébault en qualité d'interprète.

Il paya cher ses vertus militaires, atteint d'une

blessure aux poumons. Une grande fragilité s'ensuivit, se soldant par une maladie de poitrine inguérissable.

La naissance de Théodore survenue au début de la Révolution, alors que j'étais encore une enfant, avait été pour moi une joie immense, toutefois je n'avais pu m'en occuper suffisamment, étant donné les circonstances.

L'enfant abandonné à Bordeaux, puis confié aux Choisel, enfin repris par monsieur de Fontenay, éprouvait à mon égard des sentiments mitigés. Sans vouloir tenir compte des raisons de mon attitude, il m'en voulait.

Il avait mené une vie agitée lui aussi, dépensant trop, faisant des dettes, entretenant une liaison tapageuse avec mademoiselle Marchento de Milan.

Ce superbe garçon, froid et réservé, ne me manifesta jamais une grande tendresse, se contentant de garder à mon endroit un respect distant.

Monsieur de Fontenay, son grand-père, et moi-même entretenions une correspondance suivie à son sujet, inquiets tous deux pour son avenir.

Lorsque je le sus en danger, j'accourus à Paris à son chevet, confiant mes autres enfants aux bons soins de monsieur de Caraman demeuré sur ses terres.

J'étais grosse de ma dernière fille, ce qui ne m'empêcha pas d'arriver sans encombres rue de Babylone. De là, je me rendis rue Saint-Louis-en-l'Isle. Théodore occupait l'appartement qui avait été le mien dans l'hôtel de sa famille. Sans prendre le temps de déposer capeline et châle dans l'antichambre, je pénétrai dans la pièce. Les persiennes fermées laissaient filtrer un pâle rayon de soleil ; une odeur de tisane mêlée à celle de la maladie emplissait la chambre. Le grand corps gisait sur le lit, secoué d'une toux rauque.

Mon Dieu, était-ce là mon pauvre enfant ? Les larmes me montaient aux yeux. Pâle, décharné, d'une maigreur affreuse ! Seul brillait dans ce visage jaunâtre un regard bleu fixé sur moi. Il parut me reconnaître, la main crispée sur le drap esquissa un geste. Je ne sus jamais si c'était pour m'accueillir ou pour me repousser.

Je m'assis au bord du lit, pris ses doigts osseux dans les miens :

« Je suis là, mon enfant, pour te soigner et te guérir. »

Il sourit tristement :

« Il est trop tard, Maman, et c'est très bien ainsi.

– Comment oses-tu dire une chose pareille ? Il n'est jamais trop tard, mais tu vas devoir lutter. Je t'y aiderai, ensemble nous réussirons.

– Vous êtes toujours la même, intrépide devant la mort, mais cette fois-ci vous devrez lui céder. Je suis tellement peu votre fils. La vie ne m'intéresse pas, seulement c'est sur le champ de bataille que je voulais mourir. »

Je courus ouvrir la fenêtre afin de laisser pénétrer l'air et chasser les relents, les miasmes.

Le soleil entra à flots, me rendant mon courage, la volonté de vaincre.

« Tu vas commencer par prendre un bon repas, il faut te nourrir, et lorsque tes forces seront revenues, nous partirons pour un pays où le climat aura tôt fait de te remettre de tes fatigues. »

Il n'ajouta rien, sourit, il n'était déjà plus présent.

Pendant des semaines, je m'évertuai à le maintenir en vie, et lui témoignai la plus grande tendresse. Il en parut heureux. Peut-être en agissant de la sorte, essayai-je de compenser ce dont ma vie agitée l'avait privé, lorsqu'il était petit.

En dépit de mes efforts, la toux devenait de jour en jour plus sèche, le pouls plus faible. Le 19 février 1815 il mourut, me tenant la main.

Accablée de chagrin, je vis les souvenirs affluer.

Pendant les campagnes impériales, il avait été gravement blessé. Se souvenant alors de mon amour pour lui, c'est vers moi qu'il était accouru pantelant.

Pendant des mois je l'avais alors soigné jusqu'à sa guérison et puis l'oiseau avait repris son vol : rallié à la cause royale il avait rapidement conquis ses galons, colonel du régiment de Sa Majesté, officier de la Légion d'honneur, son avenir s'annonçait brillant.

Ce soir, tous les espoirs étaient anéantis.

Regardant mon garçon étendu sur ce lit, dans son bel uniforme de parade, je revoyais le petit enfant dont j'avais été si fière lorsque, pour la première fois, je l'avais pris dans mes bras, vingt-cinq ans auparavant.

Monsieur de Fontenay, son grand-père, ne m'avait pas quittée pendant la longue agonie du pauvre enfant. Écroulé au pied du lit, il sanglotait. Ce garçon était le sien, il lui appartenait bien plus qu'à ses parents, sa disparition emportait avec elle les espoirs du malheureux vieillard.

Déçu par la conduite d'un fils indigne, il avait reporté sur Théodore tout son amour, retrouvant grâce à lui la fierté de son sang.

Rien à présent ne le rattachait plus à la vie. J'aurais voulu le réconforter car sa souffrance égalait la mienne, mais j'étais totalement impuissante devant ce désespoir.

Je coupai une mèche des cheveux blonds, quittai cette demeure de l'île Saint-Louis à laquelle trop de souvenirs douloureux me rattachaient.

En rentrant rue de Babylone, je dus à mon tour m'aliter à bout de forces.

Huit jours plus tard, ma fille Louise venait au monde. Cette arrivée providentielle adoucit ma peine. Cette fois-ci, l'homme que j'aimais était auprès de moi. Je me promis de consacrer mes efforts à rendre ma petite Louise heureuse, espérant ainsi me faire pardonner ma négligence funeste, à l'endroit de Théodore.

Dans l'obligation de rentrer à Chimay, monsieur de Caraman dut me quitter. Je lui promis de lui écrire chaque jour pour le tenir au courant du climat parisien et de numéroter toutes mes lettres pour être sûre qu'il n'y en aurait pas d'égarées.

Une vive agitation régnait en ville.

Louis XVIII inquiet accordait des récompenses nationales sur la proposition des ministres aux généraux et soldats fidèles au roi.

La Chambre des députés déclarait que le dépôt de la charte constitutionnelle et de la liberté publique était confié à la fidélité, au courage de l'armée, des gardes nationales et de tous les citoyens.

Je vis ma chambre se remplir de visites, chacun courait aux nouvelles.

Cependant on s'armait de tous côtés. Les bruits circulaient en ville : un camp serait à Montmartre, un à Vincennes, un à Melun, un à Fontainebleau.

La générale Pajol vint en personne m'annoncer que son mari avait un très grand commandement. Je me réjouissais plus que jamais de savoir monsieur de Caraman à Mézières, à l'abri de ce tumulte. Je n'ai jamais eu de courage pour supporter la crainte des dangers qu'encourent ceux que j'aime ; mon courage est personnel, individuel, aussi ma pensée était-elle toujours dirigée sur le berceau de ma petite fille qui souffrait de tranchées, et me contentais-je de réclamer quelques lignes m'assurant que là-bas tout allait bien.

Mais la séparation amplifie les événements. Le courrier m'apportait des lettres de plus en plus inquiètes. Mon époux, angoissé de me savoir au cœur de l'agitation, me témoignait sa tendresse autant que son inquiétude, menaçant de tout quitter afin de venir me retrouver.

Je m'efforçai de le rassurer, lui affirmant que

Paris était calme, et l'exhortai à se consacrer entièrement au service du roi et de sa patrie, les conseils généraux étant appelés à jouer un rôle honorable.

Pendant ce temps, le Congrès avait déclaré Bonaparte traître.

Ces remous évoquaient pour moi les souvenirs révolutionnaires de ma jeunesse; bientôt nous verrions les clans s'affronter à nouveau, la France livrée au chaos. Le 17 mars, le bruit de l'arrestation de Fouché courut, le roi prononça un discours de trois phrases à la Chambre des députés, il le fit d'une voix ferme, et avec une dignité qui pénétra tous les cœurs d'attendrissement et d'admiration. Il est vrai que les plus vives acclamations l'avaient précédé et suivi. Sa Majesté devait être bien convaincue qu'elle était personnellement, universellement aimée, abstraction faite même de l'esprit de Paris.

Tout le monde se faisait inscrire, plusieurs corps étaient partis la veille et d'autres le jour même.

L'impulsion était tellement donnée que nul n'aurait osé s'y soustraire.

Les femmes s'en mêlaient, les notaires étaient chargés de recevoir leurs dons pour les volontaires royaux.

Le duc de Bourbon était parti prendre le commandement de la Vendée, ses troupes étaient attendues d'un jour à l'autre.

D'après les « on dit », la région s'était soulevée en masse. Le 18 mars, je devinai monsieur de Caraman fou d'inquiétude et tentai à nouveau de le rassurer. Ma lettre adressée à Chimay l'adjurait de rester à son poste : « Sois sans inquiétude pour nous et Paris, il est parfaitement tranquille, le ciel m'a accordé un courage moral que les dangers les plus imminents n'ont pas altéré. »

Toutefois, les événements se précipitaient.

Malgré mon calme apparent, je commençais à m'inquiéter sérieusement.

Le 19 mars, je constatai avec angoisse que tout Paris partait. Joseph savait que je ne m'alarmais pas facilement et que, par conséquent, je conservais mes facultés. Je décidai de rester à soigner ma petite famille et à lui en donner des nouvelles. Pour rien au monde, je n'aurais voulu ajouter à son désarroi, mais je fus bien obligée de lui communiquer des faits graves dans une lettre du 20 mars.

Le roi était parti pour Villejuif, sa maison l'y avait précédé.

Gressard arrivé des Tuileries m'avait confirmé cette nouvelle.

Le duc de Choiseul m'avait dit la veille que lorsqu'on était à son poste, il fallait y rester ; je lui enjoignis : « Restes-y donc. »

Le 21, Napoléon était de retour. L'Empereur était arrivé à Paris à neuf heures du soir sur un cheval blanc, suivi de sa voiture, escorté de quelques officiers et quelques troupes.

Toute la journée, elles étaient rentrées par petits détachements de cinq ou six hommes. Rien n'était aussi étrange que ce mélange de gens dont les uns portaient la cocarde blanche, les autres la cocarde tricolore.

Sans se parler, sans paraître étonnés ni choqués de ce signe de ralliement, de bannières différentes, fatigués des cris de la veille, les Parisiens gardaient le silence; des touffes de violettes indiquaient seulement le vœu des personnes qui les portaient.

La garde nationale faisait seule et partout le service, aux barrières et aux Tuileries même. Pour m'en assurer, je décidai de sortir; les spectacles étaient ouverts comme à l'ordinaire, les boutiques remplies et le départ du roi, enfin, n'avait pas produit plus de sensation que l'arrivée de l'Empereur.

Il semblait que les Parisiens assistaient à un grand drame, dont le dénouement était prévu et dont la représentation ne devait rien coûter à personne.

Au moment où j'arrivai rue de Babylone, on tirait le canon.

Les ministres étaient nommés, à ce que la rumeur publique laissait entendre.

On citait les noms des ducs de Rovigo, de Gaete et le comte Carnot pour la Guerre.

Monsieur de Lavalette était rentré aux postes, on disait que le roi était à Lille.

Le courrier n'arrivait plus à destination, monsieur de Caraman s'en plaignit pensant que mon silence était responsable de son ignorance de ce qui se passait à Paris.

Je m'insurgeai contre cette accusation injustifiée. Le numéro de ma lettre lui prouverait combien peu je méritais ce reproche.

Comment pouvait-il croire que je manquerais à ma promesse de lui écrire chaque jour ?

J'étais désolée de l'ennui et de l'inquiétude qu'il avait ressentis, mais j'étais certaine de lui avoir donné un bon conseil et je rendis grâces à Dieu de ce qu'il l'avait suivi à temps.

Le 25 mars, tout était rentré dans l'ordre. Tout ce qui avait été fait depuis un an était regardé comme non advenu. Sans perdre un instant, l'Empereur remaniait son gouvernement. Le général Carnot créé comte était nommé ministre de l'Intérieur.

Paris était dans un calme parfait comme si cette révolution ne le concernait pas.

Pour ma part, je restais chez moi, et m'intéressais à la santé de ma fille. Ma belle-sœur venait me voir, m'apportant les dernières nouvelles. Même madame Duchambge se faisait rare ; je n'avais guère envie de sortir, bien que les journaux aient annoncé les solennités du Champ-de-Mai et que les spectacles fussent gratis.

Assise à mon bureau, j'écrivais fébrilement à monsieur de Chimay, près de moi Louise gazouillait. Mademoiselle Clarisse, grimpée sur mes genoux, s'efforçait de me faire renverser de l'encre et sa joie devant un pâté était telle que je n'avais pas le courage de la réprimander.

Ma petite Clarisse devenait ravissante. Son

caractère malicieux et enjoué lui valaient la tendresse d'Ouvrard qui la retenait chez lui le plus souvent possible; elle me faisait penser à ma mère et sa présence rue de Babylone éveillait en moi d'anciens souvenirs.

Au cours des journées qui suivirent le retour à Paris de Napoléon, tout le monde fut enrôlé, de dix-huit à soixante ans, c'est-à-dire les gens de bonne volonté : les rues étaient encombrées de troupes, de fédérés qui buvaient et chantaient, et se promenaient en riant : « Vive l'Empereur. »

Des cris me parvenaient rue de Babylone; ceux de la fête. Les illuminations étaient superbes, au dire de mes amis, et la foule excessive partout. J'eus soudain le sentiment que ce déploiement était uniquement destiné à dissimuler l'horreur des journées qui allaient suivre.

Ma maison chérie me parut soudain d'une tristesse infinie. Je n'avais plus le courage de lire, ni d'écrire, ni même de peindre. Une étrange lassitude m'avait envahie, je me couchais à dix heures et me levais à dix heures car ma santé florissante s'était altérée depuis la naissance de Louise. Le chagrin de la mort de Théodore m'avait épuisée, la séparation d'avec monsieur de Caraman m'était devenue insupportable.

Il fallait cependant réagir. Le 9 juin, j'acceptai un dîner chez mon amie Sophie Gay où j'eus le plaisir de retrouver mesdames Pajol et Beaumont. Le 10, je devais me rendre chez l'ami par excellence, Tallien, mais une terrible migraine m'obligea à me décommander.

En ville, la panique exerçait des ravages. De nombreuses amies, effrayées par les fortifications de Paris, avaient quitté la capitale pour Versailles, s'y croyant plus en sûreté, aussi leur désespoir fut-il immense lorsqu'elles apprirent que Versailles, Meudon, et Mantes allaient être fortifiés également.

Messieurs de Metford et Auber étaient sans cesse commandés pour les fortifications, les gardes, les troupes étant parties.

L'Empereur à son tour quitta Paris le 12 juin à 4 heures du matin après avoir nommé le prince d'Eckmülh gouverneur de la capitale.

Indifférente à l'agitation ambiante, Louise se fortifiait de jour en jour, ses dents la tracassaient. Le soleil qui éclairait sa chambre inondait de ses rayons le berceau à col de cygne qui avait abrité ses frères et sœurs, les draps garnis de dentelle mettaient en valeur son teint de porcelaine. J'éprouvais en la berçant un apaisement bien nécessaire à mon équilibre, aussi demeurai-je avec elle enfermée dans ce havre de paix.

Nous attendions à chaque instant des nouvelles. Depuis un jour le bruit courait : Mons avait ouvert ses portes.

Ce qui paraissait certain, c'est que lord Wellington rétrogradait. La division Van Damme était concentrée autour de Chimay, où se trouvait le quartier général.

Je me rendais chaque jour chez la sœur de Joseph avec Louise. Nous parlions de lui car j'en recherchais chaque occasion.

Nous partagions ma belle-bœur et moi les mêmes inquiétudes. L'excellente femme, dont je savais les sentiments tendrement affectueux envers son frère, réussissait à calmer un instant le tourment qui m'animait.

Mes enfants Caraman et leur père étaient arrivés à Barrèges où le docteur leur avait prescrit une cure. Je me réjouissais de plus en plus de les savoir à l'abri dans les montagnes, au reste les nouvelles qui me parvenaient de Chimay étaient satisfaisantes.

Je respirais, ayant redouté le pire car j'étais extrêmement attachée à la vieille demeure et à son environnement.

Avant de partir, l'Empereur avait annoncé qu'il célébrerait, le 14, l'anniversaire de Marengo ; il attaquerait les Prussiens, ce qui me laissait présumer que l'on entendait bien le canon de Chimay.

Jouniaux avait assuré : « Tous les jeunes gens feront partie de cette bataille. »

Mon cœur saignait à la pensée des morts et des blessés. Sans relâche, les préparatifs s'organisaient. Un camp s'installait de Vaugirard à la Salpêtrière. Paris serait approvisionné ; en ville, les tambours se faisaient entendre partout, enfin tout était prévu pour une longue résistance, si cela devenait nécessaire.

Je ne pouvais plus dissimuler mon angoisse.

J'adressai à Joseph une lettre, redoutant qu'elle ne soit la dernière à passer :

« Nous sommes, bon et cher ami, dans une situation très critique. Cette semaine doit amener de grands résultats. »

Paris prenait un aspect imposant. Toutes les hauteurs qui le dominent étaient hérissées de pièces de trente-six et de quarante-huit.

L'esplanade des Invalides était maintenant un parc d'artillerie. On avait nommé les généraux qui devaient nous défendre, sous les ordres du prince d'Eckmülh. Enfin, on assurait que Paris ne se rendrait pas comme l'année dernière, s'il était encore attaqué.

Le 18 juin, il fut question de Beaumont dans les gazettes. La terre et le château appartenaient aux Caraman, la ville elle-même se trouvant à quelques lieues de Chimay, mon cœur battit un peu plus vite. Les journaux nous avaient appris la chute de Charleroi, les milles cinq cents prisonniers, les six pièces de canon, enfin les brillants succès des armées.

Ce matin-là, je fus réveillée par cent coups de canon annonçant que l'Empereur avait remporté une victoire complète sur les armées prussienne et anglaise, réunies sous les ordres de lord Wellington et du maréchal Blucher, le 16 juin.

L'armée, à huit heures et demie du soir, débouchait du village de Ligny en avant de Fleurus pour poursuivre l'ennemi.

Les télégraphes s'agitaient en tous sens, ainsi aurions-nous des nouvelles dans le courant de la journée.

Le duc de Richelieu, président de la Chambre, fit dire qu'il viendrait me voir à trois heures, il était vivement affecté de la défection de deux ou trois généraux.

L'Empereur avait harangué ses troupes du balcon du château de Beaumont.

J'errai, angoissée, dans le jardin qui embaumait la rose ; quand reverrais-je les miens ? Paris était tranquille, mais sinistre, tout le monde était sur le qui-vive, on travaillait aux fortifications, on montait la garde, on assistait aux séances des Chambres, et moi je gardais la mienne avec Louise à faire des vœux pour que la France se porte mieux, ainsi que nos enfants.

L'absence de monsieur de Caraman me semblait de plus en plus difficile à supporter, je trépignais d'impatience ; retenue loin de lui à Paris par la santé de la petite Louise pour laquelle un voyage en pleine tempête de Paris à Barrèges eût été préjudiciable. J'avais même envisagé de la confier à ma belle-sœur et de prendre la route pour le rejoindre. Cinq lettres de lui reçues le même jour me réconfortèrent. Les nouvelles devenant de plus en plus alarmantes, je décidai de rester près de l'enfant.

Je lui adressai un courrier espérant apaiser son inquiétude. Je lui racontai les derniers échos tout en les minimisant, sachant combien les dangers sont toujours amplifiés dans les journaux : « N'oublie pas, mon ami, la peur exagère, comme l'enthousiasme, et il faut se méfier de tous les deux. »

La veille, le petit roi de Rome avait été proclamé Napoléon II. Messieurs Otto et La Ferté étaient partis dans la nuit pour le quartier général des alliés.

Le comte Caffarelli parti pour Vienne, le maréchal Masséna était nommé commandant de la garde nationale. Du 29 au 30, je vécus dans l'angoisse.

Les Parisiens pris de panique essayaient de fuir la capitale mais les voitures chargées s'étaient mises en route fort inutilement car elles avaient dû rentrer la veille par nos barrières. Pour prendre le vent, j'allai rendre visite à monsieur de Choiseul, à mesdames Gay, Beaumont et Pajol afin d'apprendre quelque intéressante nouvelle; malheureusement, je n'entendis comme à l'ordinaire que des bavardages.

Je fus indignée de savoir que Versailles avait été livré au pillage pendant deux heures, mais je pris le parti de ne rien croire, sauf aux coups de canon parce que je les entendais et encore peut-être était-ce l'annonce des feux d'artifice de Tivoli et Ruggieri. Je ne dis rien mais dus constater la présence des gens affolés qui encombraient les rues et les promenades.

Le 3 juillet, tout était joué, l'ennemi était arrivé si promptement que lorsque cela fut connu on ne délivra plus de passeports.

J'avais consulté mon avocat Ador et « l'ami par excellence », comme moi ils pensaient qu'il y aurait eu de l'imprudence, cernés comme nous l'avions été, à se mettre en route. Il fallait rester chez soi.

Les canons étaient tirés pour garder les positions. Pendant ce temps, on négociait.

Le lendemain nous respirions enfin, les négociations se prolongeaient mais il n'y avait aucun doute, celles-ci se traduiraient par la paix et la sécurité.

Cependant, la garde impériale campait au Champ-de-Mars, les faubourgs de Sèvres et de Vaugirard avaient été évacués et je me préparais à m'installer avec Louise chez monsieur Ador, lorsque le bruit de la suspension d'armes se répandit. Nous n'entendions plus ni canon ni fusillade.

Tout était redevenu calme. Désormais, seuls les canons des réjouissances se feraient entendre.

Le 7 juillet, les Prussiens et les Anglais occupaient Paris, la rumeur publique prévoyait l'imminent retour du roi.

Le 8, j'écrivis une longue lettre à monsieur de Caraman lui décrivant le retour du souverain. Assise à mon bureau devant la fenêtre aux persiennes closes pour protéger la pièce contre les rayons du soleil de juillet, je pensai soudain à mon passé : quelle étrange destinée était la mienne ! Depuis ma jeunesse je n'avais cessé d'assister, plus encore, de participer aux troubles les plus violents que peut endurer une nation. La Révolution de 1789 m'avait enthousiasmée. Dans mon innocence, j'avais réellement cru qu'elle mettrait fin aux injustices, j'avais mis tout mon cœur et ma fougue à son service.

Petit à petit, j'étais revenue de mes illusions; j'avais vu périr sur l'échafaud les hommes les plus sincères, remplacés par d'autres qui ne les valaient pas. J'avais failli payer de ma vie mon manque de lucidité, j'avais vu défiler le Directoire, l'Empire, revenir la monarchie et maintenant j'assistais en spectatrice à ce ballet insensé : le retour de Bonaparte, sa chute, suivis du retour du roi.

Quel roman que ma vie!

Combien d'hommes m'avaient aimée, m'avaient déçue!

Je songeai : « Je ne regrette rien, tout cela valait d'être vécu. »

Louise dans son berceau me regardait, rêveuse. Ma lettre devait partir par le prochain courrier. Je pensai au bonheur qu'il y aurait à retrouver les miens dans le cadre paisible de Chimay et apposai le cachet de cire sur l'enveloppe.

Le roi fit son entrée dans Paris à quatre heures au milieu d'une foule innombrable et des plus bruyantes acclamations. Son arrivée s'était effectuée par le faubourg Saint-Denis. Il parcourut les boulevards, précédé, exhorté et suivi par sa maison militaire, les troupes qui l'avaient suivi à Gand, la garde nationale et les fédérés qui criaient : « A bas les Jacobins, vive le roi! »

Les gens chantaient, dansaient et paraissaient ivres de joie. Jamais je n'avais rien vu de semblable, je croyais rêver en pensant qu'hier c'était encore un crime de porter la cocarde blanche. Le roi était seul dans sa voiture, son frère et son neveu le duc de Béry étaient à cheval aux portières, entourés d'un nombreux état-major. Je vis les généraux De Sol et Dupont et une foule de personnes dont on n'entendait plus parler.

J'étais seule dans ma voiture, j'allais chez Ador pour le prier d'aller à la mairie afin d'éviter les logements. Ce qui serait, je crois, impossible. Arrivée sur les boulevards, je ne pus résister au désir de revoir le roi; il me parut un peu maigri et assez sérieux.

Le soir, tout Paris fut illuminé sans qu'on en eût donné l'ordre, et Charles Ador, qui arrivait des Tuileries, m'apprit qu'elles étaient remplies d'une cohue qui chantait, dansait et criait : « Vive le roi! »

Il s'était montré plusieurs fois et paraissait profondément ému.

J'entendais de chez moi pendant que je décrivais le brouhaha. Il était dix heures. Les troupes prussiennes bivouaquaient sur le Carrousel; le spectacle était extraordinaire. Il y avait à peine un passage pour les voitures. Les canons, les caissons, les chevaux, les marmites, les feux, les hommes couchés sur la paille, tout cela était confondu et présentait l'aspect d'un camp. Il en allait de même aux Champs-Élysées et sur les différentes places, mais j'imaginais que toutes ces troupes seraient logées le lendemain.

Notre faubourg en était obstrué, il y avait des

maisons qui en avaient dix ou douze à nourrir. Je priai Dieu que nous n'en ayons pas. Si je ne pouvais l'éviter, je les logerais dans la petite maison, en prévenant qu'elle était ordinairement habitée par mes enfants. Il serait aussi bien fâcheux d'être forcée de les nourrir. Au surplus, je ne ferais que l'indispensable.

Il était temps que la paix nous fût rendue. Nous avions eu des moments bien orageux et cette dernière quinzaine ne s'effacerait jamais de ma pensée. Paris avait été réellement effrayant et lorsque je le dis, il fallait que cela soit, car je ne manque pas de courage et je ne m'effraie pas aisément. J'aurais été trop malheureuse si j'avais eu à craindre pour mon mari et nos enfants, et il y avait des moments où toutes les craintes pouvaient être fondées. Tout était fini, et il fallait en rendre grâces à Dieu et au duc d'Otrante car tout ce qui s'était fait depuis un mois tenait du prodige. Monsieur de Choiseul m'avait chargée de dire mille choses aimables à François. Il m'avait constamment rassurée et je lui avais dû des attentions très aimables dans nos jours d'effroi.

C'est alors que je touchai du doigt les conséquences de la défaite des armées françaises.

J'avais eu tort l'année passée d'en vouloir à mon frère d'avoir donné l'appartement de mon mari. Aujourd'hui, j'étais forcée d'en faire autant. Malgré mes prières et mes observations, un général prussien qui comprenait à peine le français s'était installé dans sa chambre. Son aide de camp n'ayant pas trouvé la petite maison convenable, il considérait que le général était bien bon de ne pas prendre mon appartement. Il avait un aide de camp, un secrétaire, seize chevaux et huit domestiques qui demandaient à manger et à boire du vin.

J'envoyai chercher Ador pour qu'il règle cela le moins onéreusement possible. Je fus bouleversée d'avoir si nombreuse compagnie chez moi et très inquiète de savoir si elle y resterait longtemps.

Pendant ce temps, il n'était rien arrivé de grave à Chimay en dépit de la présence des troupes et la proximité des combats.

Les généraux français avaient été discrets, les dégâts du parc peu considérables, nous n'avions été contraints à aucune imposition. Après être demeurés chez moi trois jours, le général prussien et ses soldats partirent. Je fus donc pleinement rassurée.

Mon cher professeur et ami Isabey vint me rendre visite. Optimiste, il préparait les réjouissances de l'hiver. Il me chargea de dire à monsieur de Caraman qu'il espérait bien que ce dernier comptait sur lui pour jouer les proverbes.

Je fus heureuse de voir ce fidèle et charmant ami. Sa gaieté, sa joie de vivre m'encouragèrent. Bien sûr, la menace des durs combats à venir avait disparu, mais les alliés campaient dans Paris, rien n'était encore joué définitivement. Par ailleurs, les lettres de monsieur de Caraman n'étaient pas faites pour me réjouir le cœur. Son tempérament anxieux, pessimiste, lui faisait voir les choses en noir ; cette propension était décuplée par l'éloignement. Il me fallait continuellement lui prouver que rien dans les rapports de monsieur Durieux concernant Chimay n'indiquait une catastrophe prévisible, il se tourmentait sans cesse. Je devais lui remonter le moral alors que de mon côté je n'étais pas vraiment rassurée sur l'avenir de ma maison.

Si mon général prussien s'était éloigné, rien cependant ne prouvait qu'un autre militaire ne viendrait pas le remplacer.

Je m'en ouvris à monsieur Ador qui partageait hélas mon sentiment.

Le 14 juillet, un major prussien s'installa avec trois domestiques et six chevaux.

Cette fois-ci, je les logeai dans la petite maison au fond du jardin, bien décidée à ne pas donner nos appartements, dussé-je tenir tête à Blücher lui-même.

Mon colonel prussien était un homme bien né, qui n'entendait pas du tout le français, ses aides de camp ne le parlaient guère non plus. Le colonel, marié et père de famille, s'était pris d'amitié pour Louise, il s'attendrissait en la regardant. Elle lui arrachait ses grosses moustaches rousses en riant, il mangeait ses petites mains de baisers.

Je bénissais le ciel d'avoir été contrainte par les circonstances d'avoir dû rester à Paris, sans cela ma pauvre maison eût été transformée en état-major, comme celle de la duchesse d'Arenberg qui avait trois cents personnes à nourrir tous les jours.

Le calme apparent qui régnait chez moi ne m'empêchait pas de suivre attentivement l'évolution de la situation extérieure. Paris courait de très grands dangers, dans ses murs et hors ses murs.

Ce matin-là, je m'étais éveillée avec une impression d'angoisse. L'enfant se portait bien, tout était paisible, pourquoi s'inquiéter plus qu'à l'ordinaire ? Et pourtant... Je m'habillai à la hâte. Ce signal, je le reconnaissais ! Combien de fois pendant la Terreur un pressentiment de ce genre m'avait permis d'échapper au danger menaçant !

Je quittai Louise après l'avoir confiée à Annette, ma fidèle servante, et traversai le jardin.

Je perçus alors le son du canon, mon instinct ne m'avait pas trompée.

Je sortis dans la rue, rencontrai l'aimable femme qui occupait la maison en face de la nôtre. Elle m'invita à monter dans son grenier d'où l'on apercevait la plaine de Grenelle à Issy. Les troupes s'affrontaient à nos portes : à travers le brouillard de fumée on voyait la fusillade, la couleur des régiments ; le soleil faisait briller les armes ; je pouvais même distinguer les différentes armées. Les cavaliers chargèrent. Je voyais tomber les hommes amis et ennemis, de malheureux enfants qui se prenaient pour des héros et n'étaient que des victimes.

Jamais je n'oublierai cet affreux spectacle, auquel j'avais été entraînée par le besoin de connaître notre position réelle et de prendre des arrangements dans le cas où l'évacuation de notre faubourg serait ordonnée.

Ce qui se produisit le lendemain à cinq heures du matin, pour les rues de Sèvres et de Vaugirard.

J'entendis le roulement des caissons de l'artillerie de la garde impériale. Elle était déjà installée sur nos boulevards lorsqu'un ordre d'armistice suivi par un ordre de capitulation arrivèrent.

D'autres craintes succédèrent alors à celles de la veille. Les négociations allaient-elles reprendre ? Qu'adviendrait-il ?

Le roi pourrait-il se maintenir sur son trône tellement ébranlé ? La République allait-elle succéder à l'Empire ? Je pensais à monsieur de Caraman et à son angoisse concernant le sort de Chimay.

Le 28 juillet, le calme succédait à la tempête. Les salons s'ouvrirent à nouveau devant une société heureuse de s'en être sortie à si bon compte.

Il fallait renouer avec le monde. J'acceptai de me rendre dans un grand cercle chez madame Crawford dont c'était la fête.

A ma surprise, altesses royales et altesses sérénissimes s'y trouvaient.

On avait imaginé pour les charmer de faire chanter le vieux Rovedinau et sa fille. Ce concert, qui n'était écouté de personne, était composé de quatre morceaux de chant dont deux furent répétés sous prétexte que c'étaient les morceaux choisis par la belle Anne Crawford. Celle-ci, pendant qu'on ennuyait la compagnie, était dans un autre salon, avec le prince de Talleyrand, la duchesse d'Aumont, la princesse de Monaco, les de l'Aigle.

Très profondément pénétrée de tristesse et de chagrin, j'ai jugé peut-être trop sévèrement tout ce qui m'entourait mais le fait est que je suis sortie de là mécontente et plus triste que je n'y étais entrée.

Cependant, j'avais été l'objet de mille attentions ! Mais comment rire quand tant de gens pleurent ?

Monsieur de Caraman briguait la place de député. Je lui conseillai d'accepter cette marque d'estime considérant qu'il ne pouvait préférer son indépendance à la confiance de ses concitoyens :

« Dans les temps de malheur, il n'est pas permis d'en refuser l'honorable témoignage. »

Pour ma part, je ne fis pas un seul pas pour obtenir sa nomination, estimant que « l'ambition sollicite, le dévouement accepte ».

Le 23 août, je m'empressai de faire part à monsieur de Caraman de l'importante nouvelle apprise la veille, au cours de la soirée. Je m'étais rendue à l'invitation de madame Crawford, où le baron Braukausen m'avait annoncé que Chimay serait positivement hollandais et que je pouvais le lui écrire comme chose certaine et sans appel.

L'horizon me paraissait bien noir, Paris n'était pas gai quoique très calme, mais les conjectures des salons, les ordres du jour prussiens, la haine des Prussiens envers les Français, les bruits qui circulaient, mille choses enfin contribuaient à entretenir en ville une tristesse générale.

Monsieur de Caraman m'écrivit qu'il désirait se rendre à Florence, m'invitant à l'y accompagner. Je lui fis observer le danger qu'il y aurait à quitter Paris.

Ne profiterait-on pas de notre absence pour nous nuire, transformer notre maison en caserne ? Je lui conseillai plutôt de se rendre à Chimay afin de prouver à ses habitants qu'il pouvait et voulait leur être utile par ses soins, son influence, ses démarches s'ils les réclamaient.

J'étais bien éloignée de lui conseiller l'ambition, qui serait une longue maladie funeste, mais je lui recommandais de se conduire en bon père de famille, en propriétaire, en bon citoyen, en sujet fidèle, car c'est la seule ambition qui permette le sommeil et la paix avec sa conscience.

Une nouvelle surprenante alimentait la chronique mondaine ; aussi m'empressai-je de lui en faire part.

Fouché n'était pas mon ami, mais celui de Tallien, j'étais restée en relation avec lui, l'ayant connu pendant la Révolution. J'appris avec stupéfaction la nouvelle de ses fiançailles.

Si j'avais eu l'esprit de madame de Sévigné, j'aurais écrit une longue lettre pour faire part à Joseph du mariage de mademoiselle Alphonse de Castellane, mais, comme je n'étais qu'une sotte, je lui écrivis simplement qu'elle épousait (les journaux le lui auraient peut-être appris déjà) le duc d'Otrante.

Les amis du duc, et ceux de la demoiselle, s'en

étonnèrent également. Il restait aux époux à s'aimer et se bien conduire afin que l'étonnement soit éternel. Ainsi soit-il.

A Paris comme à Barrèges, tout le monde était inquiet, incertain, on ne savait que croire ni que faire. Les projets de la veille n'étaient plus ceux du lendemain parce que les espérances se trouvaient déçues.

11

Je fus distraite de ces préoccupations par le mariage de ma fille Rose. J'adorais cette enfant. Elle avait fait la conquête d'un officier, Félix de Narbonne-Pelet. Je me réjouissais à la pensée de la savoir heureuse. Le jeune homme présentait toutes les qualités de sérieux possible. Sa famille était honorable. Seule ombre au tableau, sa fortune était inexistante.

Tallien et moi-même constituâmes une petite dot à notre fille et la cérémonie eut lieu.

Après la messe, j'offris à Tallien de le raccompagner chez lui. Il habitait 31, allée des Veuves, non loin de la charmante Chaumière qui avait été notre premier refuge. Au passage, je dis au cocher de me déposer chez moi. Monsieur de Caraman attendait mon retour. Voyant descendre Tallien qui me laissait le passage, il l'invita à souper chez lui avec cette exquise courtoisie qui lui est propre.

Je m'ingéniai à égayer l'atmosphère en racontant

les anecdotes du mariage, décrivant les toilettes, nommant les invités. Je m'étendis sur le succès remporté par Édouard, Clarisse et Clémence aux épousailles de leur demi-sœur. Au risque de paraître vaniteuse, je me dois de reconnaître que j'étais très fière de ma famille. L'ami par excellence, embarrassé de la situation, nous quitta rapidement. Une visite l'attendait chez lui. Monsieur de Caraman donna l'ordre de le reconduire à son domicile. Pour le remercier de sa délicatesse, je lui exprimai une fois de plus ma reconnaissance et mon admiration.

Le père de Rose s'était du reste fort bien comporté au moment où ces fiançailles prenaient corps; il s'était rendu auprès de Joséphine à la Malmaison afin de la tenir au courant des projets concernant le mariage de notre fille. Sa Majesté était malade dans son lit, aussi ne put-elle le recevoir ce jour-là; il lui écrivit pour la prévenir de tout ce qui se passait afin que d'autres n'arrivassent pas avec l'intention de tout dénaturer, ce que nous pouvions présumer. Joséphine eut la bonté de lui faire répondre qu'elle verrait toujours avec grand plaisir ce qui pourrait contribuer au bonheur de sa filleule, et qu'elle le priait de repasser la semaine suivante pour en causer plus amplement avec elle. En agissant ainsi, Tallien nous mettait à l'abri des propos étrangers, très probablement malveillants.

Notre gendre venait d'être nommé major d'un régiment, ce qui prouvait que le prince lui voulait du bien et le considérait. Il fallut de la patience, sans oublier un peu d'aide, et nous vînmes à bout de cette affaire, qui nous paraissait, à lui comme à moi, garante du bonheur de notre fille chérie.

Sachant combien j'aimais l'enfant, il n'accomplit aucune démarche sans me consulter et se fit un devoir de suivre en tout mes volontés, ce dont je lui sus un gré infini.

Monsieur de Caraman prenait ses fonctions aux Pays-Bas. Le roi l'avait nommé son chambellan. Je demeurai seule à Paris pendant qu'il s'installait à la Cour.

Je lui écrivis pendant que les salves d'artillerie annonçaient que le roi et la duchesse de Béry partaient pour Notre-Dame. Pour me permettre d'assister à la cérémonie, le duc de Mouchy avait eu la grâce de m'envoyer les meilleures places de nef et de travée où j'aurais été assise avec la Cour. Toutefois, je trouvai plus convenable de ne pas m'y rendre, redoutant de ne pas être bien placée. Je fus sotte et me privai d'un spectacle intéressant. Ce sacrifice m'avait coûté, car je suis follement curieuse.

Les années passant, monsieur de Caraman changeait. La passion folle qui nous avait poussés l'un vers l'autre s'était émoussée avec le temps. Sans me le dire, il souffrait, persuadé d'être victime de la malveillance des gens à mon endroit.

Son humeur s'était assombrie, de plus, les difficultés rencontrées dans sa carrière, en raison des événements politiques, avaient développé chez lui une tendance dépressive. Il s'exagérait les difficultés, transformait en catastrophe ce qui, à vrai dire, était peu de chose.

Le roi de Hollande l'avait en grande estime.

Pour ma part, ma présence à la Cour n'était pas requise, ce dont je me fus aisément consolée si je n'avais craint que cette exclusion ne nuise à la carrière future de mon mari et de mes enfants.

A Paris, ma vie était charmante. En dépit de débuts difficiles, j'entretenais des relations d'amitié avec ma belle-famille, prenant part à leurs joies, à leurs peines.

Monsieur de Fontenay, mon premier mari, qui avait joué un rôle si néfaste dans ma vie, mourut.

Son père fut le seul à en concevoir un violent chagrin. Pour ma part, je perdais de ce fait mes droits dotaux. Ils se montaient à six cent quatre-vingt-quinze mille francs. Ma situation s'en trouva définitivement obérée. Je ne voulus pas heurter la famille Devin. J'avais toujours éprouvé la plus grande tendresse pour mon beau-père et sa seconde femme. Ils m'avaient en toutes circonstances témoigné leur affection; lors de mes difficultés, ils avaient pris mon parti contre leur propre fils. C'étaient d'honnêtes gens dont la plus grande douleur fut certainement de voir mourir mon Théodore, mais cette succession d'émotions eut raison de la santé de monsieur Devin et quelque temps plus tard le père alla rejoindre le fils. La page était définitivement tournée pour moi. J'étais ruinée.

12

L'assassinat du duc de Béry à la sortie de l'Opéra par un fou nommé Louvel vint endeuiller la Cour. Je ne paraissais pas au palais, mais j'évoquais avec émotion la journée où la petite duchesse m'était apparue aux côtés du roi, se rendant à Notre-Dame. Lors du crime, elle était grosse : la France attendait le cœur battant la naissance de l'enfant du miracle. Ce fut un garçon, l'héritier du trône : le duc de Bordeaux. Je fus heureuse de voir l'enfant porter le nom d'une ville que j'aimais, ce qui la mettait à l'honneur.

Le prince fut baptisé à Notre-Dame de Paris. L'on pleura ce jour-là devant ce petit être qui ne connaîtrait jamais son père. L'on remit aux pairs de France de jolis bols dorés en porcelaine, décorés de fleurs de lys. Au fond de la soucoupe et de la tasse se trouvaient des armoiries différentes, celles du destinataire.

Une étrange similitude avait marqué les princes héritiers, baptisés à Notre-Dame.

La tragédie leur tint lieu de marraine. Le Dauphin étant le cadet avait été baptisé à Paris, alors que son aîné l'avait été dans la Chapelle-Royale de Versailles. Le roi de Rome avait connu le même sort, ainsi que le duc de Bordeaux.

La Restauration avait solidement remplacé l'Empire. Toutefois, les Pays-Bas occupaient une place prépondérante dans mes pensées, monsieur de Caraman et mes enfants Chimay étant sujets du roi de Hollande. Je restais cependant attachée à ma maison de Paris.

C'est rue de Babylone que j'appris la mort de l'ami par excellence.

Un billet me parvint un matin, m'annonçant la nouvelle de sa fin.

Rêveuse, je contemplai mon jardin, la pluie tombant à verse sur le tapis de feuilles mortes résonnait dans mon cœur attristé par la nouvelle; les arbres dépouillés de leur frondaison ajoutaient une note sinistre au paysage en deuil.

Ainsi Tallien n'était plus; je l'avais vu diminuer de jour en jour.

La maladie contractée à Alicante l'avait rendu borgne; ne pouvant plus lire, il s'était décidé à vendre ses derniers livres. Il était devenu impressionnant à voir.

A plusieurs reprises, je lui étais venue en aide, le sachant dans une situation difficile, mais ce fut peine perdue, mes moyens financiers avaient fondu. J'éprouvais par ailleurs bien du mal à secourir Rose, la fille née de notre union. Mes secours furent insuffisants à lui assurer une fin de vie paisible. Il me manifesta une reconnaissance touchante pour le peu que je fis pour lui.

L'annonce de sa mort éveillait en moi les souvenirs du passé. Pourquoi le nier, j'avais aimé Tallien, je revoyais le grand garçon, si jeune dans son uniforme chamarré, sa jolie figure d'autrefois, bel homme et séduisant; il avait mis Bordeaux à mes pieds, il m'avait adorée, sauvée, il avait risqué sa vie pour moi.

Je revivais les soirées de Pessac, les fêtes au Grand Théâtre de Louis, le retour à Fontenay persécutée par les hommes de Robespierre, enfin nos retrouvailles bouleversantes, sublimées par l'angoisse, la crainte de la mort.

Je me revoyais prisonnière à Paris, puisant dans la certitude de son amour la force de survivre, l'ovation des Parisiens lorsque, sans cheveux, en haillons, je sortis de mon tombeau cramponnée à son bras.

Subrepticement, ces images s'étaient effacées de mon souvenir : depuis de nombreuses années, il était devenu pour moi l'ami le meilleur, le plus fidèle; et soudain, en un éclair, mon passé m'assaillait, il était là devant moi, jeune, triomphant, terrifiant parfois; l'homme que le destin, la Providence peut-être avaient mis sur mon chemin pour me protéger au plus fort de mes malheurs.

Doucement, les larmes inondaient mes joues. Certes, je l'avais fait souffrir, je l'avais trompé, j'avais porté des enfants qui n'étaient pas les siens, je l'avais par ma conduite décidé à accepter les postes où il avait perdu la santé.

Il m'avait tout pardonné.

Je remettais en question l'adage :

« L'amour qui n'est plus partagé ne dure pas longtemps. »

Je fis parvenir un message à Rose, qui ne put accourir aussitôt.

La page était tournée mais j'éprouvais soudain une étrange sensation. Il avait eu raison, lorsqu'il avait prononcé tristement une phrase qui me fut répétée : « Elle aura beau se faire appeler “ princesse des Chimères ”, pour l'Histoire elle sera toujours “ madame Tallien ”. »

L'année 1821 me vit beaucoup à Chimay. Si je me décidais à quitter Paris, il me faudrait rendre au vieux château sinon son lustre d'antan au moins un confort nécessaire. Cette occupation prit tout mon temps. Elle m'enchantait. Loin de me sentir reléguée dans la maison par la surveillance des travaux, je profitai des instants de repos pour participer activement à la vie de ma petite ville. M'intéressant aux traditions, j'étudiai les usages des archers, des arbalétriers, heureuse de fréquenter cette population accueillante. Mes enfants grandissaient. Ils adoraient la vie à la campagne, partageaient, autant que leur jeune âge le leur permettait, les distractions locales. Monsieur de Caraman extrêmement tenu par ses obligations officielles, je songeai de plus en plus sérieusement à louer ou à vendre la rue de Babylone. Ma fortune très obérée ne me permettait pas de tenir à la fois deux hôtels particuliers, l'un en France, l'autre aux Pays-Bas. Je dus envisager de sacrifier ma résidence parisienne afin de mieux suivre monsieur de Caraman. Nous étions rarement séparés. Pendant les courts séjours passés loin de lui, je continuais à le tenir au courant des événements nous concernant tous deux.

Je me souviens lui avoir écrit :

« Il est des actions, cher ami, qui portent avec elles leurs récompenses, mais si Dieu exauce mes prières, il ajoutera encore à ta satisfaction intérieure tout le bonheur que tu mérites, et je ne veux pas perdre un moment mon ange tutélaire pour te remercier de ton dévouement à mon endroit. Il y a un bal à la Cour jeudi prochain, et tu es prié vendredi chez l'ambassadeur d'Autriche ; ainsi ne prolonge pas ton séjour à Chimay, je t'en prie. Adieu mon excellent et bien cher Joseph. Je te remercie du fond de l'âme de tout le bonheur que je te dois et je te promets de m'en rendre digne par une tendresse et un dévouement sans bornes. »

En écrivant ces lignes, j'éprouvais un pincement au cœur. Oui, il y aurait un bal à la Cour et Joseph se devait d'y figurer ! Je ne serais bien sûr pas conviée, pas plus du reste qu'à la réception de l'ambassadeur d'Autriche. Il me faudrait, le sourire aux lèvres et la tristesse au cœur, assister au départ de la voiture. Joseph se pencherait à la portière, me saluant de sa main gantée de blanc, et les chevaux s'éloigneraient au petit trot vers une destination qui m'était interdite. Lentement, je laisserais retomber le rideau de la fenêtre du salon et regagnerais le boudoir où la musique mettrait du baume sur ma tristesse.

Méritais-je vraiment cette punition ? Ne pas pouvoir partager avec l'homme que j'aimais les soirées mondaines. En imagination, je le voyais pénétrer dans la salle éclatante de dorures, s'inclinant devant les souverains, souriant à ses pairs, admiré, convoité par les jeunes femmes, toujours attirées par un bel homme solitaire. Ce monde que je connaissais trop bien ne me laissait pas de regrets mais comment ne pas souffrir de savoir François Joseph loin de moi en butte aux flatteries comme à la médisance ? Je préluderais sur mon clavecin. Ces notes apporteraient quelque apaisement à mon esprit tourmenté. Un enfant forçant la consigne et comprenant ma peine viendrait poser sa tête sur mes genoux. Le chien de ses bons yeux fixés sur moi implorerait une caresse.

A quoi bon laisser la mélancolie m'emporter ? Peut-être avais-je la meilleure part. Chaque âge a ses plaisirs. Mieux que personne, j'avais triomphé dans les salons, à présent je serai la vieille dame rangée qui contemple en souriant lever le blé en herbe.

Ma consolation, je la devais à Chimay. Ici, j'étais aimée.

Ma santé n'était pas excellente. Je commençais à me ressentir des premières atteintes d'une maladie de foie qui m'avait fait prendre du poids. Le climat du Nord est incertain, j'eus du mal à m'y accoutumer, je me sentais fatiguée et plus souvent qu'à mon tour je demeurais au château. Je n'étais point pour autant privée du spectacle amusant des fêtes locales. Les danseurs, les danseuses avaient pour habitude de se réunir dans la cour du château les jours de fête. La musique précédait le cortège, la famille lui emboîtait le pas, et nous nous dirigions ainsi vers la place. Les enfants ouvraient le bal qui invariablement commençait par la contredanse d'honneur, puis l'on revenait en musique, l'on déposait les instruments dans la salle de spectacle.

Pour ma part, j'assistais à l'arrivée de la procession de la chambre jaune.

On buvait à la santé du prince de Chimay, puis à la mienne.

Quand le temps était au beau et que mes douleurs me laissaient en paix, je faisais le tour du domaine avec monsieur Prudhomme.

La nouvelle de la mort de l'Empereur me parvint à Chimay. Quelle destinée! Quelle agonie! Quelles réflexions me faisaient-elles faire sur les grandeurs de ce monde! Je revivais les soirées chez Barras, je revoyais le jeune officier à l'œil perçant, au nez busqué et fin, au menton volontaire, qui m'avait aimée, dont je n'avais pas accepté les hommages; il m'en avait tenu une rancune tenace, ce qui m'avait valu d'être repoussée à mon tour. Dieu seul le sait, mais peut-être le sort du monde eût-il été changé si comme Rose j'avais écouté son propos.

Je méditais sur son ascension stupéfiante. A quoi bon tant de gloire, tant de victoires, tant de conquêtes, se terminant par la désastreuse présence des alliés sur le Champ-de-Mars, les adieux déchirants à ses fidèles soldats, une fin pathétique et solitaire sur un rocher au milieu des mers, abandonné par sa femme et loin de l'enfant qu'il avait follement désiré ?

Au fond peu m'importait, ma vie était ici.

A quelques lieues de Chimay, se trouve un petit village nommé Salles. Tous les sept ans se passe à promixité de ce lieu-dit une cérémonie attachante par le souvenir et la légende qui s'y rapportent.

Au milieu des champs s'élève une chapelle. Elle est dédiée à Notre-Dame del Pilar. Dans le pays, on la nomme la chapelle de l'Arbrisseau.

Au cours de la bataille de Rocroi, l'armée espagnole en déroute s'étant repliée sur Chimay et Salles, un malheureux soldat blessé fit un vœu. Si la Vierge le sauvait il lui ferait bâtir une chapelle à cet emplacement même. Sa prière fut entendue et, le lendemain, l'homme secouru et soigné put rejoindre son pays. Puis les années passèrent. Le bon curé de Salles décida un beau matin de faire construire le fameux édifice. Avec quel argent ? me direz-vous, mais celui du soldat reconnaissant, bien sûr. Sur la façade, il se trouve une niche dans laquelle est déposée une statue de Notre-Dame del Pilar rapportée d'Espagne par un cousin du curé. Où commence la légende, où finit l'histoire, peu importe, mais tous les sept ans, bannières déployées, clergé en tête, les Chimaciens vont à Notre-Dame de l'Arbrisseau en procession remercier celle qui réconforte et console les malheureux.

Ce matin-là, nous nous préparâmes dans l'effervescence. Je ressentais la présence de cette tradition comme un signe du destin qui m'était adressé. En effet, l'Espagne, avec les actions du duc d'Albe, n'avait pas laissé dans le pays des souvenirs trop plaisants et je me sentais en quelque sorte destinée à effacer de mauvais souvenirs par une action charitable et efficace

Les enfants vêtus comme un jour de fête furent chargés de la mission délicate de tenir les cordons des bannières ; flattés de cette marque de confiance, ils se redressaient de toute leur taille. Autour d'eux les petites filles du pays coiffées de couronnes de fleurs blanches portaient suspendus à leur cou par des rubans rouges et bleus des paniers de vannerie dans lesquels elles puisaient des pétales de roses qui formaient en tombant un tapis odoriférant.

J'avais décidé de précéder la procession en voiture ; il faisait un temps superbe, le soleil point trop brûlant inondait de ses rayons la campagne environnante. Au bord de la route les carottes sauvages formaient une haie d'honneur ; toute la nature semblait s'être donné le mot pour faire de notre voyage une réussite parfaite.

Au moment où ma voiture s'arrêtait devant la chapelle, une jeune gitane s'élança vers moi :

« Bonne princesse, mes petits meurent de faim,

mon mari devient fou s'il manque de tabac et il menace de nous tuer. Nous vivons dans une cabane au bord de l'eau noire et nous manquons de tout. Je sais quelle est votre charité. Aidez-nous. »

Je remarquai alors un malheureux nourrisson qu'elle portait dans les plis de son vêtement : sa pâleur me fit de la peine.

Au loin, je percevais les accents de la musique qui selon l'usage escorte le clergé les jours de fête. Sans les voir je devinais les bonnes joues roses de mes enfants, celles aussi rebondies des autres participants et mon cœur comprit mieux toute l'étendue de la tragédie qui se jouait sous mes yeux; l'enfant de la pauvre femme allait mourir faute de soins, je me devais de lui porter secours.

Je lui promis de me rendre chez elle le lendemain avec de la nourriture et des vêtements. Agissant par mon intermédiaire, Notre-Dame de l'Arbrisseau venait d'exercer sa protection en faveur de la malheureuse mère; il existe des déshérités dans le monde entier, j'avais eu hélas l'occasion d'en rencontrer des quantités pendant la terrible période de la Révolution. Mais le calme étant revenu, je me penchai avec une intense émotion sur le cas des enfants souvent victimes de la misère et de l'égoïsme de leurs parents.

Au cours de l'hiver qui suivit, j'eus recours à différentes reprises à la générosité de monsieur de Caraman, lui expliquant que mes pauvres m'avaient laissée bien démunie cette année-là. Il se contenta de sourire en signe d'approbation et me remit une somme importante, que je consacrai à l'achat de couvertures et de médicaments destinés aux nombreux indigents découverts dans la région.

Je m'occupais avec monsieur Durieux de monter la maison ; je lui fit observer qu'il serait indispensable d'aménager une cave, de s'inquiéter de la lingerie, de réparer les fenêtres.

Ces détails ennuyaient monsieur de Caraman, plus soucieux de voir construire un premier étage sur son pavillon de Virelles, idée dangereuse s'il en fut à mon avis, car rien ne prouvait que les fondations pourraient supporter un tel poids.

Je partis pour Paris au mois d'avril et fus stupéfaite de constater que l'on ne voyageait pas sans obstacle. On me prit mon passeport à Cambrai, pour l'échanger contre un autre enregistré au Bourget.

L'on me fit savoir qu'il devait être remis en arrivant à Paris à la police générale.

Mes occupations furent multiples, les courses occupèrent tout mon temps, je choisis les rosiers destinés à embellir le jardin. Il fallut trouver des cordes, une nouvelle boîte à violon, et rapporter un alto pour monsieur de Caraman. A peine eus-je le temps de faire quelques visites. J'aperçus toutefois le duc de Gaete quelques minutes. Il était marié de la veille. Il était tout étonné, tout stupéfait, tout fatigué de son exploit, et forcé de l'apprendre à une personne qu'il avait tant ennuyée de ses sentences contre le mariage :

Je le trouvai très vieilli et très froid sur des intérêts qu'il portait très à cœur autrefois. Disant tous les lieux communs usités en pareil cas, par les indifférents et les égoïstes du grand monde.

Enfin, je me consacrai à mes enfants.

Ma fille Clémence, mariée à vingt-deux ans à monsieur de Vaux, avait mon caractère. Elle trouva le moyen de se brouiller avec sa belle-famille. Je lui fis la morale, sachant qu'elle s'en repentirait un jour. En revanche, j'éprouvais un vif plaisir à retrouver mon fils Édouard de Cabarrus et sa jeune femme Adèle de Lesseps. Ils m'avaient fait le plaisir de venir me voir, me demandèrent l'hospitalité durant deux ou trois jours avant de s'installer à Versailles où la mère de ma belle-fille, madame de Lesseps, préparait leur logement.

Édouard m'amusait énormément. Je l'appelais « le fils cher à mon cœur ». Mon attachement pour lui était tout particulier. Il m'aida à préparer ma maison destinée à être louée. Être à Paris sans me rendre aux spectacles me paraissait insensé. Je m'y rendis trois fois seulement car mes occupations ne me permirent de prendre ni repos ni récréation. J'apercevais parfois monsieur Ouvrard. Il s'occupait avec beaucoup de soin d'Édouard et de ses sœurs. Il avait veillé à leur éducation et à leur établissement avec un zèle paternel. Il vouait à Clarisse une affection toute particulière et l'avait prise comme secrétaire.

J'étais tellement tourmentée que je pouvais à peine faire le tour de mon ravissant jardin en pleine floraison, et bien que je me levasse à six ou sept heures du matin, je réalisais plus que jamais à quel point tout me déplaisait loin de monsieur de Caraman et de mes enfants. Sans eux, je ne jouissais de rien, pas même des embellissements de Paris ni des fleurs de mon jardin.

Hélas, ma maison chérie ne se louait pas. Je dus sérieusement envisager de la vendre; cette idée me causa une peine extrême. Fatiguée par mon séjour parisien, je décidai de partir me reposer à Chimay.

Je devais aménager les combles du château. Il nous fallait beaucoup de place pour ranger les costumes de scène. J'avais par ailleurs conservé avec amour les robes de ma jeunesse, les regardant parfois afin de m'assurer de leur bon état de conservation : chacune évoquait pour moi un souvenir, les fêtes du Luxembourg, de Grosbois, ma première rencontre avec Rose, et enfin mon mariage avec monsieur de Caraman.

Je fis construire autour de l'immense salle que formait le grenier des placards destinés à ces rangements. Quelle ne fut pas ma surprise en découvrant derrière une vieille tapisserie mangée aux mites une grande malle en osier. Soulevant le couvercle avec difficulté, j'aperçus une merveilleuse soierie brochée; avec les plus grandes précautions, je la retirai de son coffre improvisé. Mes cris émerveillés attirèrent l'attention de Joseph.

« C'est une robe de la reine », me dit-il.

La princesse de Chimay née Fitz-James avait conservé dans un coin du grenier plusieurs tenues de cérémonie de l'infortunée Marie-Antoinette, les robes de la souveraine lui ayant été remises au cours de son service au palais.

La beauté de la broderie serait difficile à dépeindre ; je m'assis pour mieux examiner l'admirable vêtement, puis je songeai à la destinée de celle qui l'avait porté à Versailles. D'autres surprises m'attendaient ; des bas, des fichus, des dentelles, des éventails ; émouvantes reliques d'un passé révolu.

Dans les placards, telles les femmes de Barbe-Bleue, nous suspendîmes les costumes de ceux qui se produisaient sur la scène de la salle de spectacle.

Après le grenier, je fis la visite des caves. Le château est bâti sur une véritable toile d'araignée de souterrains, des corridors se dirigent vers la ville et la campagne.

Accompagnée de Ferron, une torche à la main, je parcourais ce labyrinthe qui servit un temps d'écuries à Charles de Croÿ. Lorsque au Moyen Age la bataille faisait rage dans le Hainaut, entre puissants seigneurs du voisinage, la population des campagnes venait se réfugier dans le sous-sol.

J'avançais prudemment dans le dédale de couloirs, redoutant l'éboulement d'une pierre, le vol d'une chauve-souris.

Il fut un temps où le château possédait quatre tours supplémentaires.

Lors d'une attaque, la troupe envahit les refuges et y mit le feu, les pierres en croulant murèrent une partie des issues. Des six tours, trois seulement demeurèrent.

En essayant de dégager les ouvertures, nous mîmes à jour des salles souterraines, et nous y découvrîmes des pierres tombales, mais le temps nous manquait pour faire exécuter des fouilles sérieuses. Toutefois, une porte découverte lors de mes investigations m'intrigua vivement. Que pouvait-il y avoir de dissimulé derrière cette ouverture ?

Monsieur de Caraman, d'un naturel inquiet, mit un terme à mes recherches, redoutant un accident.

Les générations futures réussiront-elles là où j'ai échoué ? Il leur faudra recréer le passé du château, inscrit dans les grimoires, et dont le mystère reste à élucider.

J'étais sans cesse interrompue dans mes recherches par mes enfants, par des visiteurs ; mais le rêve, partie inhérente de ma vie au château, auquel ma vie mouvementée n'avait guère laissé le temps de se dérouler, vint bientôt occuper une place prépondérante dans mon existence et la rendre aussi douce et passionnante que possible.

Mes enfants avaient une prédilection pour la chasse. Joseph et Alphonse partaient le matin avec monsieur Moine, leur précepteur, le fusil sous le bras, dans le parc où les gardes étaient heureux de les voir s'intéresser à leur travail. Ils rentraient triomphants, portant leur trophée, des renards la plupart du temps. Ils allaient à Pleumont, hauteur dominant la ville. De là, on découvre une vue superbe sur la campagne environnante. Ce lieu, très ancien, serait un oppidum romain. Une maisonnette habitée par la femme du garde était leur point de ralliement. Ils y prenaient un repas frugal puis repartaient pour Virelles se baigner dans l'étang où j'allais les retrouver.

Pendant ce temps, les parquets du château étaient peints à l'huile. L'on installait des baignoires, les cheminées du rez-de-chaussée étaient réparées, l'on transforma complètement le décor, remplaçant les peintures sombres par des couleurs claires. Quant aux meubles, monsieur de Caraman et moi-même les choisirions à Bruxelles. Avant toute chose, il fallait des lits. Pour ce qui est de l'ameublement, je ferais venir mes meubles de Paris. Nous fîmes des découvertes intéressantes. Une chambre pavée, remplie de colonnes, décorées de chapiteaux très bien sculptés. Ma distraction préférée consistait à me rendre à l'étang afin de m'y baigner. Les soirées étant magnifiques, j'y parvenais vers huit heures du soir. J'eus la surprise d'entendre du côté de la Forge et de l'île plus de quatre-vingts personnes qui chantaient. C'était charmant. A l'abri, sous mon berceau, ce concert champêtre me faisait du bien.

Les fouilles continuaient. Une cheminée de marbre fut découverte au milieu d'un tas de ferrailles, sans oublier deux petites pièces de monnaie décorées de trois personnages. D'un côté, elles portaient Minerve, Junon, Vénus se tenant par la main, comme les trois Grâces, ayant échangé leurs attributs entre elles. Sur le revers, un caducée symbole du commerce, des cornes d'abondance, tenues par deux mains l'une dans l'autre, symbole de bonne foi. Pour légende, la paix et la félicité des temps, pour millésime 1589.

J'avais envoyé les proportions et les dessins des pilastres à monsieur Demanne pour la bibliothèque que nous lui avions commandée. Elle serait en acajou massif. Quant aux sonnettes, elles remplaçaient les anneaux inutiles.

Au mois de septembre, je me rendis à Paris pour signer la vente de la rue de Babylone et organiser le transfert de mon mobilier.

Je m'inquiétai de la situation. Mon fils Joseph, qui réussissait dans la carrière diplomatique, se montrait hostile aux décisions du palais. J'écrivis immédiatement à monsieur de Caraman :

« Je t'en supplie, cher ami, corrige-le par ton bon exemple. Il doit apprendre de toi que la reconnaissance est pour nous tous un sentiment et un devoir sacrés. »

Je voulais que monsieur de Chimay raisonne son fils ; et, s'il ne le comprenait point, qu'il lui impose au moins le silence que la reconnaissance, le respect, sa tendresse pour lui et son âge devaient lui prescrire.

Il lui faudrait éviter les faux amis, les fâcheux avis de gens qui croient être quelque chose et se font rechercher parce qu'ils disent toujours non.

Pendant ce temps, l'on s'activait à Chimay.

Je demandai que l'on mît le lit de Louise à côté du mien, s'il n'était pas possible de rouvrir l'alcôve et la refermer avec des portes. Cela ne gâcherait pas ma chambre. Je placerais mon piano dans la pièce où se trouvait mon lit, nous y serions très bien pour y recevoir nos visites du matin.

J'avais fait emballer tout le linge. On ne pouvait en avoir trop.

Je passais ma vie rue de Babylone et me couchais à neuf heures tant ma fatigue était grande.

J'avais fait expédier à Paris mon beau portrait peint par Gérard et celui de monsieur de Caraman, ainsi que mes vues de Naples au nombre de soixante-quatre. Elles serviraient à orner les chambres.

Monsieur de Chimay possédait un buste de Haydn. Je lui conseillai de l'offrir à monsieur Auber qui donnait des leçons de musique à Louise et envoyait des partitions de musique à ses frères. Il s'en montra très reconnaissant.

La veille de mon retour à Chimay, ne parvenant pas à trouver le sommeil, je descendis à l'aube dans le jardin. Assise sur le banc où Barras aimait à se reposer, je pouvais contempler à loisir la maison que j'aimais tant.

Une fois encore, je devais dire adieu à mes souvenirs. La brume qui se levait prenait des allures fantomatiques. Cette ombre légère au détour de l'allée, mais n'était-ce pas mon amie Rose ? Le vent dans les arbres prenait la voix de mon Théodore. En une farandole brumeuse accouraient vers moi Méréville, Tallien, Ouvrard, Barras, Le Peletier de Saint-Fargeau. Je crus entendre l'orchestre interprétant la dernière œuvre d'Auber, alors que la voix cristalline de la Malibran me parvenait avec une netteté bouleversante.

J'avais tant désiré ce havre de douceur. J'y avais aussi mis mes enfants au monde. Cette demeure avait abrité mes douleurs, j'avais trouvé entre ses murs l'apaisement à mon désenchantement. Demain, elle serait le cadre d'autres amours, d'autres joies, d'autres peines. Je serais partie à tout jamais.

13

Le départ définitif de Paris s'était effectué mieux que je ne le pensais. Bien sûr, il avait fallu abandonner la rue de Babylone, mon groupe d'amis fidèles ; mais je me consolais, sachant que je pourrais les accueillir à Chimay. Je me consacrais avec un plaisir presque enfantin à la décoration de ma nouvelle demeure. Nous y avions campé auparavant, mais je tenais à ce que cette vieille maison familiale retrouve sinon son luxe d'antan, tout au moins un confort suffisant à rendre le séjour agréable à ceux que j'aimais.

Je convoquai alors peintres et menuisiers et nous transformâmes en une charmante habitation ces bâtiments plus semblables à une caserne qu'à une résidence princière. J'avais emporté de Paris quelques meubles à la mode d'autrefois et tenté de recréer le décor qui avait présidé aux heureux moments de ma vie. Ma chambre située au rez-de-chaussée donnait sur le parc. Le travail à accomplir pour remettre celui-ci en ordre s'avérait sérieux. Monsieur Durieux avait protégé les bois, mais les murs construits à l'entour par Charles de Croÿ menaçaient ruine. Il faudrait bientôt s'attacher à cette restauration. Pour le moment, le château avait priorité. Monsieur de Caraman avait un faible pour les nouvelles tendances, il me laissa cependant libre de mes décisions, me recommandant la plus grande économie, ce qui limita fatalement l'ampleur des travaux.

L'immense façade de pierre grise me semblait austère : à la suggestion d'un jeune architecte, je fis construire devant le château une de ces galeries ouvragées qui, tout en nous mettant à l'abri des regards indiscrets, permit l'aménagement d'un jardin d'hiver, bien appréciable dans ce pays où le climat est souvent rude.

J'ouvris de grandes croisées au premier étage qui donnaient accès à un balcon. La lumière ainsi pénétrait à flots dans le bastion, le rendant plus aimable.

Avant toute chose, je décidai d'installer ma chapelle dans la grande tour. Celle-ci était en réalité le vestige du donjon. Ce donjon dont les chroniques font état en l'an 1000 annonçant à tous les échos qu'un petit enfant venait d'y naître. Les voûtes y sont surbaissées et le recoin du confessionnal est aménagé sur l'emplacement de l'escalier en colimaçon qui desservait la tour dans le passé.

La cheminée où l'on fumait les jambons occupait le fond de cette salle. Je la dissimulai derrière un autel, les bancs recouverts de velours rouge se trouvaient en nombre suffisant pour accueillir ma maisonnée, mes amis. Combien de fois me suis-je réfugiée dans cette chapelle, afin de demander à Dieu d'alléger mes souffrances. Tous les matins, depuis cette époque, un bon père vient y dire la messe et ce service me donne le courage nécessaire pour assumer ma lourde tâche.

Le corps de bâtiment qui s'étend entre le donjon, la grosse tour et l'escalier extérieur est celui que Charles de Croÿ occupait avec sa famille. Nous nous y installâmes, ce qui nous permit de recueillir abondamment, grâce à sa remarquable exposition, les rayons du soleil, jouissant ainsi de la double vue qui donne sur le parc et sur le jardin.

L'extraordinaire invention qu'est le calorifère venait de faire son apparition; je manifestai le désir de le faire installer et, à partir de ce moment-là, une température presque supportable régna dans le château.

L'humidité, qui est le propre des Fagnes, cause des ravages chez les personnes rhumatisantes; j'étais de celles-là, et bientôt mes pauvres doigts s'incurvèrent de façon inquiétante, en dépit de l'utilisation accélérée du fameux chauffage.

Le boudoir attenant à ma chambre s'ouvrait à la fois sur le jardin et sur la ville. L'appartement de monsieur de Caraman se trouvait alors dans l'autre corps de bâtiment donnant sur la façade.

Je repris la décoration de la rue de Babylone.

Pour mon cabinet de toilette, une baignoire,

dont les robinets aux cols de cygne dorés évoquaient l'Empire. Pour ma chambre, des rideaux de satin blanc frangés d'or, un lit d'ébène et de bronze qu'agrémentaient des rideaux de tulle point d'esprit. La psyché m'avait suivie de la Chaumière à ma maison de la rue de Babylone. J'y tenais énormément et il me semblait en m'y contemplant revivre les soirs de fête où j'essayais avec délice mes robes du Directoire et de l'Empire.

Tout ceci bien sûr appartenait au passé. La maladie de foie qui me fait tant souffrir exerçait déjà ses ravages et ma taille naguère si fine avait cédé la place à un embonpoint qui pour ne pas être monstrueux s'avérait excessif.

Au second étage du château, j'avais aménagé deux pièces très lumineuses auxquelles personne n'avait accès. Je dominais la ville; c'est là que j'installai mon atelier.

Combien de dessins, combien de miniatures ai-je exécutés au cours des longues journées d'hiver où le temps glacial s'opposait à une promenade! Ma harpe se trouvait dans la pièce attenante. Il y faisait plus chaud. Les cordes des instruments supportaient difficilement un climat aussi cruel. Mes romances, particulièrement celles de la reine Hortense, les recueils de vers que les Chimaciens m'offrirent en hommage, les dessins de mes enfants, quelques cartes et jeux divinatoires faisaient avec le mobilier simple mais confortable de ces deux pièces un appartement charmant.

Les travaux continuaient : quatre chambres

avaient été aménagées à l'intention de mes enfants, de leur bonne et de leur précepteur. Trois autres attendaient la venue de Laure, fille de Tallien, d'Édouard et de sa femme, de Clémence et de Clarisse que monsieur de Caraman, avec une bonté admirable, réunissait à Chimay en un bouquet de tendresse.

Le château devenait accueillant et beaucoup plus confortable. Le temps était venu de s'intéresser à la passion de mon époux pour la musique.

J'éprouvais l'envie de posséder une véritable salle de spectacle. J'avais déjà rencontré messieurs Cicéry et Gineste. Ils étaient passés maîtres dans l'art de la décoration des théâtres.

Au début de mon mariage, on avait construit une salle de spectacle dans la cour du château. C'était une salle spacieuse, circulaire, qui pouvait contenir quatre cents personnes. Elle était équipée des dernières techniques. La galerie et les colonnes qui la décoraient si agréablement en faisaient un charmant petit théâtre. Une maison des décors la flanquait à l'est. Le tout était situé près de la grille d'entrée afin d'en faciliter l'accès aux gens du pays. Monsieur de Caraman avait un joli talent de violoniste. Pendant la Révolution française, il avait suivi sa famille en émigration; se trouvant alors sans moyens, son talent lui avait permis de survivre en donnant des leçons de violon. Lorsqu'on a vécu dans l'opulence les premières années de sa vie, la gêne découverte brusquement surprend plus qu'elle n'accable. Il importe alors de lutter et d'exploiter les dons dont la nature vous a doté. A la condition qu'une éducation bien conçue vous ait permis de les développer.

Les Caraman étaient doués pour les arts. Le marquis de Caraman lui-même était un fort bon musicien. Il dessinait à ravir. Sa passion était la décoration des jardins. Il avait orné les parterres qui entouraient son hôtel de la rue Saint-Dominique à la façon des jardins à l'anglaise. Cette demeure construite par le Camus des Touches était entourée d'un grand terrain. Par la suite, il fut la propriété de ma belle-famille. Monsieur de Caraman en profita pour le transformer de telle sorte qu'il excitait l'admiration de ses contemporains. La reine rendit visite à monsieur de Caraman avec sa dame d'honneur. La souveraine se pâma devant cet élégant ensemble, et lui demanda de faire un projet pour le Petit Trianon.

François Joseph de Caraman, son fils, dessinait fort bien. Mais il préférait la musique. Chacun se plut à reconnaître la dignité et le courage avec lesquels il subvint à ses besoins et à ceux des siens durant leur exil pendant la Révolution.

Il tint dès notre installation définitive dans la principauté à faire partager sa passion par les habitants de Chimay. Il se plaisait à me répéter :

« La musique m'a sauvé la vie. Je voudrais l'enseigner à ces jeunes ; qui sait si, un jour, ils ne seront pas heureux de la maîtriser à leur tour ? »

Connaissant le côté mélancolique de sa nature, j'applaudis à cette idée. Il n'est rien de plus heureux pour un homme que d'assouvir ce genre de passion. Celle-ci, tout en rendant service aux Chimaciens, lui apporterait un délassement nécessaire lors des activités qui étaient les siennes. On mit le projet d'école de musique à l'étude ; il faudrait trouver des professeurs, le local. Le bon monsieur Durieux se montra comme toujours par ses conseils un appui précieux et averti.

Joseph, lui, s'intéressa particulièrement à l'école de chant de Bruxelles, et décida de lui donner de l'extension. Il lui adjoignit alors une classe de violon, une classe de vocalisation et de solfège. Le Conservatoire était né et prit le titre d'École royale de musique.

Lors de la première distribution des prix, je demandai à Maria Malibran de bien vouloir se produire, ce qu'elle fit avec sa grâce habituelle.

Toutefois, le temps n'avait pas adouci les sentiments de la cour de Hollande à mon endroit, je n'y étais toujours pas reçue. Madame Tallien, bien qu'elle fût devenue princesse de Chimay, n'était pas digne des honneurs de La Haye ou de Bruxelles. J'en éprouvai de la peine. Cependant, cet ostracisme ne me faisait nullement regretter les actes de ma vie passée, car ma conscience ne m'adressait aucun reproche.

Ma liaison avec Barras, les années vécues auprès d'Ouvrard effrayaient moins une société dont les histoires sentimentales alimentaient la chronique que ce manque de respect envers la règle établie. J'avais pour sauver ma vie accepté de porter le nom d'un révolutionnaire régicide, j'avais enfreint les tabous, cela ne me serait jamais pardonné. La cour des Pays-Bas ne brillait ni par son éclat ni par l'esprit des personnes qui la fréquentaient. En ce qui me concernait personnellement, j'organisais fort bien ma vie à Chimay, trouvant mille occasions de m'en féliciter. Tout dans ce pays est prétexte à réjouissances. Mes enfants semblaient parfaitement heureux. Je partageais leur joie et m'attachais à cette sympathique population.

L'architecte avait reçu comme instruction de construire une porte majestueuse à l'entrée du fameux chemin de Mons. Les pavillons ressemblaient, n'étant que de quinze pieds, à de véritables guérites. Le chemin serait bientôt gazonné, le fossé destiné à conduire les eaux resterait seul à faire. L'ensemble de ces travaux feraient de cette modeste allée une avenue digne de donner accès à la rampe du château.

Au mois de juillet la chaleur et la sécheresse furent excessives et l'on dut arroser du matin au soir. La plupart des rhododendrons étaient couverts de nouvelles feuilles, mais il faudrait songer à remplacer les arbres verts et à multiplier les magnolias, les caelicanthis pompaduras et les rosiers mousseux. Il nous faudrait aussi des hortensias et des roses de Bengale pour faire de grands massifs près des barrières.

J'allais voir les ouvriers tous les jours à six heures du matin, à pied. A deux heures, j'allais au bain dans la petite voiture et je recommençais mon inspection, toujours seule. Je me consolais de l'absence de monsieur de Caraman en m'occupant au jardin.

J'allais avec mes enfants pêcher à la Forge de Virelles et me félicitais des progrès accomplis par Joseph au violon. Il remplaçait son père à l'église : je fus la première étonnée de la façon dont il jouait.

J'avais repris, aux premiers jours de l'hiver, mes visites aux plus nécessiteux. Un jour, il advint que le froid me faisant souffrir, je dus m'arrêter car mes pieds étaient douloureux. La bonne vieille chez qui je m'étais arrêtée me proposa alors de me chauffer près de son feu.

Elle poussa une exclamation lorsque j'ôtai mes bottines car les plaies de mes pieds avaient laissé des empreintes sur mes bas :

« Mon Dieu, madame la Princesse, qu'est-ce donc là ?

– Le souvenir des rats, ma bonne Noémie. »

Je revois sa figure ridée se pencher vers moi. Dans son regard, je pus lire une expression tellement affectueuse :

« Que la Sainte Vierge vous bénisse pour toute votre bonté et guérisse ces plaies. Je prierai bien pour vous. »

Je ne sais si les prières de ma vieille amie m'obtinrent cette amélioration mais, depuis ce jour, mes « souvenirs de prison » me parurent moins douloureux et se cicatrisèrent.

Mon fils Joseph atteignait ses vingt ans.

Il continuait une brillante carrière de diplomate à l'image de celle de son père. Il était d'une exceptionnelle beauté. Sa taille au-dessus de la moyenne (deux mètres et deux centimètres), son beau visage, ses yeux bleus lui valaient de grands succès féminins.

Je lui adressai une lettre afin de lui souhaiter un heureux anniversaire :

« Il y a vingt ans, mon bien-aimé Joseph, que je fus à pareille heure la plus heureuse des mères. Mon Joseph, je te bénis, ton père en fait autant. Soigne-toi, pour notre bonheur, car n'en doute pas, celui de ton père et le mien dépendent du tien. »

Il ne pouvait comprendre la joie immense que j'éprouvai, lorsque pour la première fois je l'avais serré dans mes bras ; mon vœu le plus cher était exaucé ; ce petit être scellait mon union parfaite avec monsieur de Caraman ; après tant de souffrances, d'échecs, de luttes, j'avais réussi à parvenir à un bonheur tant espéré, tant de fois déçu.

Son anniversaire fut célébré par de nombreuses réjouissances.

Dans la cour, on avait dressé une tente éblouissante de lumières, sous laquelle se trouvait la musique. Nous étions demeurés dans le vestibule, à l'abri du vent et de la pluie que l'on redoutait.

Le lendemain, on célébra une messe en musique, l'église était très parée, des deux côtés du maître autel on avait attaché des draperies amarante, avec des franges ; puis un concert fut exécuté dans le salon d'une manière inconcevable.

L'ouverture de *La Muette* était au programme ainsi que l'ouverture de *La Bergère châtelaine* et un morceau de Kalbrenner. Sophie Wood chanta un duo de Tancredi avec Osborn. Le tout fut suivi d'un bal qui dura jusqu'à minuit.

La famille partit pour aller à la fête de Baileux et moi, je restai pour répondre à la lettre de mon fils qui, comme toutes celles que Joseph m'écrivait, me causait le plus grand plaisir.

Il était enfin obligé de travailler. J'en rendis grâces à Dieu, comme d'un bienfait. C'en était un réel, l'oisiveté étant, comme chacun sait, la mère de tous les vices, et souvent la cause de beaucoup de maladies.

Monsieur de Falck se conduisait en ami, en père. Son indulgence, en encourageant ses efforts, devait exciter son zèle, sa reconnaissance et son cœur. J'en étais bien sûre, Joseph devait apprécier comme moi ce que nous lui devons.

J'étais enchantée de ses progrès dans la langue hollandaise. C'est un grand bonheur d'avoir pu apprécier une langue si difficile sans l'avoir beaucoup étudiée, mais je lui conseillai de ne pas trop se fier aux éloges qui n'étaient peut-être que des encouragements et le priai de travailler assez sérieusement pour pouvoir s'en passer. C'est ainsi qu'il changerait la bienveillance en considération et en un profond attachement. Il se devait de tenir à l'honneur de mériter les sentiments d'un homme tel que Falck.

L'Espagne se déclarait en faveur de don Miguel. Que devenait donc la légitimité ? Que feraient les puissances ? Et particulièrement l'Angleterre ? J'avais lu que déjà, dans le Parlement, on avait écouté sans défaveur qu'elle n'avait point le droit de s'immiscer dans les affaires du Portugal, mais si ce point était décidé, pourquoi était-elle intervenue une fois et comment souffrirait-elle que l'on s'immisce dans celles de l'Espagne, de la Grèce, de la Turquie ? C'est pour le coup que l'on pouvait dire : « Le présent est gros de l'avenir. »

A nouveau, les honneurs pleuvaient sur la famille. Les cousines de Pange étaient désignées pour présenter des fleurs au roi à son passage à Metz et mon beau-frère Caraman partait pour recevoir la duchesse de Béry sur le canal.

Recluse dans ma campagne, j'organisais des fêtes de charité. Nous eûmes un très beau concert où la haute noblesse de Chimay ne parut point. Aussi, mécontente, j'avais fait rayer de la liste des invités mesdames Desprets, Polché et Lelièvre. Les Polché fils ne s'étant point excusés, l'impertinence était trop bien articulée pour la regarder comme non advenue, et il avait bien fallu me fâcher bon gré mal gré. On en redonnerait un second au retour d'Alphonse, exprès pour qu'ils aient la preuve qu'on ne voulait plus les recevoir. Ainsi, adieu les bouquets de sainte Thérèse. En dépit de mon éloignement de la capitale, je ne renonçais pas à toute coquetterie.

La mode actuelle étant de porter des grandes chaînes gothiques qui descendent jusqu'aux genoux, je voulais avoir de grands anneaux ou cachets avec nos armes. Je répétais à mon fils que l'élégance des manières, du langage, de la tenue et le mépris des extravagances de quelque genre qu'elles soient attirent l'attention, la captivent et font naître les sentiments qui assurent le bonheur de la vie.

« Vends tes cheveux pour en avoir de plus sages. Renvoie-moi mon album de musique et mon prélude de Beethoven car j'y tiens beaucoup. »

Mon second fils, Alphonse, me comblait de fierté mais je ne cessai de lui prodiguer conseils et encouragements. Je demandai à Joseph de veiller sur lui :

« Je vois que tu sens l'absolue nécessité de travailler sérieusement et de mériter par toi-même tout ce que la faveur pourrait obtenir ou faire obtenir à tant d'autres. Il n'est plus permis d'être ignorant, surtout lorsque l'on appartient à une classe privilégiée, lorsque l'on porte un grand titre qui attire l'attention et fixe les regards des envieux bien plus que des bienveillants. »

Je savais par expérience combien les premiers pas dans le monde peuvent avoir de funestes conséquences pour l'avenir.

« On ne saurait trop répéter aux jeunes gens de se garantir de la mauvaise compagnie en hommes et en femmes, d'éviter les lieux ou les mauvais exemples, les mauvais livres et enfin tout ce qui peut corrompre l'esprit et le cœur. Les avis d'un frère sont ceux d'un ami et peuvent faire plus d'impression que ceux d'un père ou d'une mère, que l'on considère toujours comme les censeurs obligés d'une tenue et d'amusements qui ne sont plus les leurs. On nomme la prudence faiblesse, la réserve hauteur, les égards, la politesse envers la vieillesse et les femmes singeries, et enfin on se croit supérieur sous tous les rapports aux auteurs de ses jours parce qu'on s'est affranchi envers eux du respect dû à leur âge. Respect que la tendresse et la reconnaissance devraient inspirer si on écoutait son cœur et sa conscience avant d'agir. »

Ce n'était assurément pas pour mon Joseph que je laissais aller ma plume sur ce sujet mais pour lui fournir un thème lorsqu'il écrirait dorénavant à son frère. Son cœur était parfait comme le sien mais il s'ouvrait trop facilement aux impressions et se laisserait entraîner par elles. Je voulais lui éviter si possible cet irréparable malheur.

« Je suis enchantée de l'accueil que tu reçois toujours de ta tante et de tes cousines. Continue à le mériter et tu seras heureux, mon ami, car il est très vrai que le bonheur naît des vertus ou des qualités acquises, et dépend absolument d'elles. Ainsi, en soumettant vos opinions par conviction ou par déférence à celles des personnes plus âgées que soi, on obtient et on mérite réellement leur amitié et leur estime. »

Pour mieux lui expliquer ma pensée, je lui disais que les vieilles gens sont les architectes et les maçons des bâtiments que nous devons habiter, que nous devons leur présenter de bons matériaux pour qu'ils puissent nous construire un édifice solide et que les jeunes gens ne sont que les peintres, décorateurs, les fleuristes, artificiers, etc., qui ne peuvent que vous ruiner si l'on se laisse entraîner par leurs conseils. Un homme n'est rien quand il n'a pas de caractère, il ne peut être ni heureux, ni estimé, ni considéré. A charge de lui-même, il le devient aux autres après en avoir été le jouet et la victime. On acquiert du caractère par la réflexion, par l'étude de soi-même, en s'imposant des tâches, des devoirs à remplir ; l'étude de soi-même est d'autant plus essentielle qu'elle nous rend indulgent pour les autres. Les manques d'égards dont Joseph se plaignait amèrement étaient des épreuves utiles et dont il devrait être reconnaissant s'il savait les supporter en homme :

« Dîner trois jours avec des poires et du fromage ! Quel malheur ! Et les gens qui comme moi pendant deux mois vécurent de pain noir et à moitié moisi, que doivent-ils donc dire des poires et du fromage ? Mais n'as-tu donc pas l'argent nécessaire pour bien te nourrir lorsque tu en as assez pour acheter, vendre et racheter des chevaux ? Mon Joseph, mon bien cher ami, réfléchis. Compare ton sort à celui de tes cousins dans le début de leur carrière et sûrement tu ne nous affligeras plus par ces boutades d'humeur qui sont sans excuse, parce qu'elles ne sont fondées sur rien. »

Mes efforts portèrent leurs fruits : mon fils Alphonse à son tour entrait dans la Carrière. Il partait pour la Russie, chargé des compliments et des condoléances pour la cour impériale, de la part de la nôtre. Le colonel de Posson était avec lui.

Pas en simple voyageur, s'il vous plaît, mais « avec l'agrément du roi, du prince Frédéric, muni des lettres de recommandation du comte de Gourief ».

Je crus rêver en lisant ces lignes, car je crois rêver en les traçant, mais rien n'était cependant plus vrai.

Le voyage, qui ne pouvait que lui être utile, l'enchantait, en dépit des vingt-sept degrés de glace dont monsieur O'Sullivan parlait à François. Henri partait avec son maître, le colonel l'ayant préféré à son vieux domestique. Alphonse, occupé de son bonheur de ses apprêts de voyage, me priait de lui écrire sous le couvert de monsieur O'Sullivan à Pétersbourg.

Après le départ de mon fils, je me consacrai de plus en plus aux habitants de Chimay.

La politique étant le cadet des soucis des Chimaciens, je réunissais autour de moi les bonnes volontés désireuses de venir au secours des malheureux.

L'hiver s'annonçait rude : il fallut s'occuper de chemises, de jupes, de couvertures pour les pauvres. Nous ne faisions pas autre chose depuis le lendemain de notre arrivée.

Monsieur de Chimay ne pouvait s'habituer à être séparé de ses deux fils.

Plus que jamais, j'appréciais le havre de paix qu'était pour moi la petite ville. Parfois, il m'arrivait de me rendre à Paris afin d'y retrouver l'un ou l'autre de mes enfants.

Lors d'un voyage à Paris, j'avais été conviée par Barras à souper. Mon fils Édouard se rendait fréquemment chez lui en compagnie d'Alexandre Dumas.

Le soir de la réception à laquelle je me rendis, Dumas était présent. Un incident qui survint alors l'amusa, il le raconta à sa façon.

Nous étions environ vingt convives à table.

Un bruit insolite vint troubler les conversations. Barras s'enquit auprès de son fidèle Courtaud de la raison du vacarme. Courtaud sortit et cinq secondes après il rentra.

« Eh bien ? demanda Barras.

– Oh ! Ce n'est rien, citoyen général.

– Mais enfin, qu'est-ce ?

– Ce sont les domestiques des citoyens qui sont en train de plumer le chasseur de la citoyenne Tallien, et il crie, le pauvre diable, parce qu'en lui arrachant ses plumes on lui pince un peu la peau. »

Barras mourut le 29 janvier 1829. C'était là notre dernière rencontre. Il avait beaucoup changé, son esprit était demeuré vif et précis, sa mémoire étonnante. Son corps portait les stigmates de la vie qui avait été la sienne. Il se faisait soigner par mon fils et avait en lui une confiance absolue que justifiait la réputation d'Édouard dans le monde médical. A son affection, celui-ci répondait par une dévotion touchante; pendant les derniers mois de son existence, il se rendait presque chaque jour à son chevet. Ses visites se multipliaient dans le vain espoir de prolonger une existence qui touchait à son terme et que le corps usé ne désirait pas retenir.

Le 29 janvier, Barras en souriant lui annonça : « Je vais mourir ce soir. »

Effectivement, c'est à onze heures qu'il rendit le dernier soupir, entre les bras de son médecin et ami.

Mon fils, très attristé, me fit parvenir la nouvelle aussitôt. Madame de Barras, respectueuse de ses dernières volontés, le fit enterrer au cimetière de l'Est sans cérémonie religieuse.

Une page venait de se tourner, une de plus.

Pourtant, à la faveur du départ de ce vieil ami, ma jeunesse à nouveau ressurgissait. Son sentiment pour moi avait été loin d'égaler l'amour de Tallien; il collectionnait les conquêtes, sans leur attacher grande importance, mais les souvenirs revenaient en foule : Grosbois, le Luxembourg, les fêtes, le bonheur de vivre.

Bien sûr, l'amitié avait remplacé tout autre sentiment dans mon cœur, envers les hommes qui autrefois l'avaient fait battre. Je songeai alors que j'avais joué dans leur vie un rôle loin d'être négligeable, puisque l'indifférence n'avait pas succédé chez eux à la passion.

Je ne désirais plus que le bonheur des miens.

Il est venu avec l'annonce du mariage de mon bien-aimé fils Joseph avec la plus jolie, la plus jeune et la plus riche veuve de France, l'exquise Émilie de Brigode. Il m'annonçait la nouvelle en ces termes :

« Ma chère maman,

« Papa t'aura sans doute communiqué ma lettre au sujet de mon adorable petite veuve, mais je n'ose pas me flatter du succès et je crois que c'est autant dans votre intérêt que dans le mien que je le désire.

« Sa position à la cour de France me donne un moyen sûr de vous délivrer de notre insoutenable position à celle de Bruxelles. Elle a quatre mois de moins que moi, et elle joint à tous les talents et à l'esprit le plus aimable une tenue que l'on ne puise que dans l'école du malheur.

« Mais elle paraît difficile pour son choix, assaillie par toute la jeunesse de Paris qui encombre chaque jour son hôtel, elle n'a cédé jusqu'ici ni aux prières de la Cour, ni à celles d'autres personnes.

« Il serait singulier que j'emporte la palme, ma foi, je le désire du plus profond de mon cœur, car jamais femme ne m'a tant séduit.

« Émilie possède le château de Ménars près de Blois.

« Ce château a conquis son cœur et celui de Joseph mais un jour viendra où, renonçant à la douceur du climat, ils reviendront je l'espère se consacrer à leur tour à la vieille maison familiale. »

Un an plus tard, en 1831, une heureuse nouvelle nous parvint : Émilie attendait un enfant.

Cet enfant nous paraissait un don du ciel. Je témoignai ma joie à la femme de mon fils, lui prodiguant quelques conseils maternels :

« Songez, ma fille, que de votre régime doivent dépendre la santé et la force du cher enfant que nous chérissons déjà, habituez-vous à faire une longue promenade avant le déjeuner, une petite après, ne lisez que des ouvrages gais, habitez la campagne s'il est possible jusqu'au dernier moment ; cela vous sera sans doute agréable puisque vous y êtes établie. »

Ainsi, c'était donc vrai, j'aurais le bonheur de tenir dans mes bras un enfant de mon bien-aimé Joseph. Combien j'en serais orgueilleuse, combien j'aurais voulu être près d'elle dans ce moment que mes vœux, mes prières, avaient si ardemment demandé à Dieu ! Comme je l'en remerciais en relisant leurs lettres dans lesquelles transparaissait le bonheur, comme j'allais prier tous les jours de leur préserver ce bonheur si réel, si profond ! Je les adjurais de le conserver en vivant beaucoup chez eux, de n'aller dans le monde « que comme on va au spectacle, de temps en temps ». Je savais, ô combien, qu'il est rare qu'on n'en sorte pas mécontent des autres, et souvent de soi-même. Le bonheur que l'on cherche hors de chez soi ne se trouve nulle part, et les plaisirs même ne nous laissent d'autres souvenirs que les soins ou la fatigue qu'ils nous ont occasionnés ou coûtés.

Émilie avait pris en affection ma pauvre Rose qui avait été, disait-elle, la première institutrice de Joseph. Celle-ci, affublée de sept enfants, avait trouvé auprès d'elle une amie délicate, et pour cette raison une fois encore je la bénissais.

Nous attendions un garçon, ce fut une fille.

Je félicitai ma belle-fille de son heureuse délivrance, espérant que ma déception ne se devinerait pas entre les lignes :

« Ainsi donc, princesse, de votre propre aveu vous nous avez gratifiés d'une brune piquante aux grands yeux de son père et au nez retroussé et ridicule de sa grand-mère paternelle. Vous auriez pu, ce me semble, choisir mieux vos modèles, sans sortir de chez vous ; et je ne m'explique pas pourquoi vous avez voulu donner une teinte toute méridionale à cette princesse des forêts du Nord, c'est bien là ce qu'on peut nommer une seconde bizarrerie.

« La première ayant été de nous donner une fille au lieu d'un garçon que nous avions bien le droit d'attendre de vos bons sentiments, et sur lequel nous comptions. Confiez-la à ma tendresse et bientôt elle aura l'éclatante blancheur de Louise qui, à l'exemple de ses frères, naquit passablement laide et noire. »

L'heureuse nouvelle fut suivie d'un incident qui me causa du mécontentement. Mes enfants avaient décidé de baptiser l'enfant à Ménars. Psychologiquement c'était une erreur, je fis part de mon impression en termes mesurés mais fermes :

« J'aurais bien voulu, ma chère Émilie, dans l'intérêt de tous, que vous soyez venus passer quelque temps à Chimay, vous y étiez attendue. Joseph avait promis, et nous l'avions répété, que sa fille y serait baptisée. Connaissant les antiques usages du pays, il aurait dû tenir cette promesse. Vous auriez été reçus avec tous les honneurs consacrés par d'anciennes traditions. La jeunesse du pays s'y était préparée, avait fait des dépenses et dans les circonstances actuelles il ne peut être indifférent de plaire ou de blesser la jeunesse d'un pays où on possède de grandes propriétés.

« Joseph aurait dû vous dire quelle importance représentent de petites attentions pour ceux qui vous estiment et vous aiment. »

Mais ma contrariété se dissipa avec la venue d'une autre bonne nouvelle. En 1834 mon fils Alphonse épousait sa cousine Rosalie de Caraman. La réconciliation de nos deux familles avait été scellée par cette union.

A part ces moments de bonheur, ma vie était devenue une longue agonie, mais j'étais obligée de cacher à tous mes souffrances.

Mon ami monsieur de Pougens m'avait demandé de rédiger mes mémoires. Tant d'autres de mes contemporaines l'avaient déjà fait avant moi. Pendant l'époque terrible de la Révolution, elles étaient parties au loin, cependant elles prétendaient qu'elles avaient tout vécu, tout vu.

Connaissant la malveillance pour en avoir trop souffert, je savais que mes souvenirs ne seraient pas crus. Sans exagérer, je ne pourrais pas raconter tout ce qui m'était arrivé, alors à quoi bon. Ma vie avait été un tel roman que bien plus tard seulement je trouverais le courage de coucher ces lignes dans mon cahier mais pour rien au monde je ne publierais certaines lettres qui me furent adressées en un temps qui n'est plus et qui, révélées à présent, me vengeraient trop cruellement. J'aspirais avant toute chose à la paix.

Je dus pourtant sortir une fois encore de ma retraite pour présenter Louise dans le monde.

Les médecins, inquiets de l'évolution de ma maladie, m'avaient prescrit un séjour prolongé dans le Midi. Ma fille Louise s'en montra ravie, la société de cette ville étant composée de gens fortunés et de personnes désireuses comme moi de passer un hiver au soleil.

Elle eut l'occasion de faire des rencontres agréables, il fut même question pour elle de mariage avec le fils de lady Montgomery.

Le carnaval était prétexte à de nombreuses fêtes. En dépit de mon âge et de ma santé, je dus m'y rendre pour lui faire plaisir. Louise était en Cauchoise, Alphonse en Écossais, et moi en Josabet, robe de mousseline, turban démesuré avec une espèce de guimpe de mousseline qui prend sous le menton et s'attache dessous le turban juif, au-dessus une longue écharpe bleu de ciel, en crêpe, avec des glands en or, comme la bande du bas de la robe et le diadème placé dessous le turban.

Joseph qui me vit coiffée ainsi constata que c'était le seul costume qui puisse convenir à mon âge.

Mais le temps avait coulé. Monsieur de Chimay devait retourner à Chimay et à Bruxelles. J'écourtai mon séjour bien que nous ayons au soleil trente-deux degrés et que l'air fût parfumé par les violettes de Parme, l'héliotrope d'hiver, les jonquilles et la fleur d'oranger.

Mes enfants assoiffés de vie mondaine, comblés d'honneurs, menaient loin de moi une vie que j'aurais vivement appréciée dans ma jeunesse mais, l'âge venant, je n'aspirais qu'à la tranquillité trouvée à Chimay parmi sa population.

J'avais appris à tout aimer dans ce pays, même le climat rude. J'éprouvais quelques difficultés à faire partager cet engouement à ma famille.

Joseph, toujours à la pointe du progrès et curieux des nouveautés, avait rapporté d'Angleterre les inventions les plus spectaculaires. Ainsi, je me souviens du jour où, après m'être rendue à la chapelle prier pour les miens, je le rejoignis dans le parc car je grillais d'impatience d'essayer une « voiture qui marchait toute seule ». La vapeur s'échappant de cette « voiture » dotée de quatre roues me donna envie de sourire. Et le bruit qui en résultait faisait regretter les bons attelages classiques.

Il ne se consolait pas de me voir mener une vie recluse, à l'écart des cours et d'une société qui l'accueillait à bras ouverts.

Il était découragé pour un refus que je lui avais annoncé dans mes lettres et dans nos conversations.

Comment avait-il pu croire aux espérances qui lui étaient données à Paris lorsque je lui disais : « Non, tu ne réussiras pas. »

J'avais eu la faiblesse de consentir enfin (ce qui ne fut pas un de mes moindres sacrifices) à ce qu'il fasse connaître son amour pour sa mère, et l'élévation de son caractère, car je savais bien que ce dernier refus aggraverait ma position. Il avait essayé de me faire recevoir au palais. Je lui souhaitais de ne pas être connu de cette noblesse, si ingrate envers son souverain et qui n'adoptait de ses décisions que celles qui blessent et outragent un de leurs membres.

Il me fallait bien le persuader que je ne pouvais être malheureuse que de ses chagrins. Peut-être aurait-il bien fait d'ouvrir son cœur au roi, mais le mieux était de ne plus penser à cet inexplicable refus et de se contenter de jouir comme moi de son honorable conduite en cette occasion.

Au surplus peu m'importait, puisque je ne vivais plus qu'en eux, mes enfants chéris, surtout en mon Joseph qui s'était si bien identifié à sa mère. Il était, je dois l'avouer, la consolation de ma vie.

Monsieur de Chimay, fidèle à son souverain, avait quitté la carrière politique. Mon fils, épousant le sort de la terre, avait suivi son nouveau roi, Léopold de Saxe-Cobourg, veuf de la princesse Charlotte d'Angleterre : ce dernier l'avait chargé du redoutable honneur de le représenter auprès du roi de Hollande. Il était le premier ambassadeur depuis la Révolution de 1830 à occuper ce poste.

Les intrigues politiques me laissaient à présent indifférente : je sentais mes forces diminuer. Désormais mon univers se limitait à Chimay et Beaumont.

Seuls des amis fidèles me témoignaient encore quelque reconnaissance, qui se traduisait par une correspondance touchante. Les témoignages de leur attachement me rendaient heureuse et suffisaient à réchauffer mon cœur.

Je n'avais pas totalement renoncé à la coquetterie. Les années m'avaient privée du charme de la jeunesse mais je tenais à paraître aussi fraîche que possible pour monsieur de Chimay et pour mes enfants.

J'avais grand besoin du talent de monsieur Thomas pour m'embellir. J'avais vingt ans de plus depuis mon départ de Paris. Mes cheveux étaient tellement tombés et blanchis que je redoutais de devoir porter une perruque. Je ne me regardais dans une glace que pour me faire la grimace.

Lubin, qui me fournissait depuis plus de vingt-cinq ans, m'envoyait ce qu'il y avait de mieux pour sauvegarder ma coiffure : des pots de pommade de moelle de bœuf à l'huile, quelques fines poudres de riz ; bien entendu, tous ces subterfuges ne suffisaient pas à me rendre belle mais je considérais ces efforts comme un devoir, désireuse de laisser à mes enfants en mourant le souvenir d'une femme soignée et plaisante à regarder.

Espérant qu'ils liraient dans mes yeux tout l'amour que j'éprouvais pour eux.

La neige tombe sur Chimay ! Comme un blanc linceul, elle a recouvert la terrasse du château.

Pas un bruit, pas un oiseau ; j'irai bientôt rejoindre ceux qui dorment là-bas sous le pavement bleu, dans un silence bienfaisant et oppressant tout à la fois. Dans ton infinie bonté, ô mon Dieu, reprends-moi auprès de Toi. J'étouffe ici-bas et j'aspire à ce repos que je ne puis trouver. Mes enfants me pressent de continuer d'écrire mes souvenirs. En aurai-je la force, le courage, le temps ? Je suis arrivée dans cette petite cité hennuyère il y aura bientôt trente ans ; ce pays est devenu le mien : il est bien loin le soleil de mon Espagne natale. Glace, pluie, vent, brumes sont mon lot quotidien, et cependant je l'aime. Il m'arrive parfois d'évoquer avec nostalgie ma jeunesse vagabonde, ma maison de Bordeaux, la douceur des soirées au bord de la Garonne ; le raisin mûrissant sous le soleil brûlant, le printemps à Paris inondant de sa douce lumière mon bel hôtel de la rue de Babylone ou la délicieuse Chaumière dorée par le coucher de soleil de l'Ile-de-France.

Comme vous me semblez loin, fêtes de ma jeunesse, amours des hommes, griserie du pouvoir, tout ce qui me fut dévolu à satiété m'a quittée aujourd'hui. Les douleurs ont déformé mes doigts, ma vue elle-même me prive de la joie de peindre mes chères miniatures.

Tout en moi est engourdi.

A travers les petits carreaux plombés de ma fenêtre, je regarde tomber la neige. Les parterres, la maison du jardinier, les communs ont disparu sous le tapis blanc. L'austère château où je vis à présent est recouvert d'une calotte immaculée qui fait ressortir le ton bleuté de ses murailles.

Symphonie blanche et grise, couleur de mes pensées; bientôt c'est moi que l'on emportera, toute de blanc vêtue, vers la collégiale Saint-Pierre-et-Paul sur les épaules de mes gens.

Les gardes auront parcouru la ville, s'arrêtant à chaque maison pour annoncer que Dieu m'a enfin rappelée à Lui. Le joyeux carillon se sera tu pour laisser place au glas. Nous quitterons le château précédés par la musique. Les instruments voilés de crêpe seront suivis des différentes confréries, les sociétés charitables, les corporations, les notables. Derrière moi, viendront les miens.

Mon vieil ami le doyen, qui perd un peu la tête, m'attendra fort ému. Lorsque la messe des funérailles aura été célébrée, il m'accompagnera au bas des dix marches qui mènent à ma dernière demeure. Là, mon cercueil sera déposé avec soin sur des tréteaux.

Quelques prières, quelques larmes, un bouquet de fleurs blanches, ces roses que j'aime tant, la porte se refermera en grondant. J'attendrai dans ma crypte les visites de plus en plus espacées de ceux que j'aime.

S'il m'est permis au royaume des ombres de percevoir les activités des vivants, chaque jour, j'entendrai au-dessus de ma tête les pas du prêtre se rendant au Saint-Office. Le sifflement du vent dans les longs corridors accompagne ma rêverie. Les fenêtres craquent sous l'effet de la tempête qui agite les grands arbres. Les flocons s'accumulent sur le sol glacé. Sous mes pieds, j'ai dû faire étendre de la paille pour me protéger des tourbillons, mes vieilles mains déformées par les douleurs ont bien du mal à tenir la plume. J'ai essayé de confier au papier mes souvenirs en dépit de la tourmente, Dieu qui sonde les cœurs pourra témoigner que mes actions passées furent inspirées par une immense volonté d'aider les victimes de ces temps troublés, par moi vécus.

Je le sais, j'ai bien rempli ma mission. On m'a reproché les hommes qui se succédèrent dans ma vie. Vainement, j'ai cherché une épaule où reposer ma tête. Par eux, je fus adorée, trahie, déçue. Par eux, j'ai connu la griserie du pouvoir. Ils m'ont appris ce qu'un sourire, un geste de la main désarme. Là est leur faiblesse, là fut ma force. Qui peut m'en vouloir ?

La lumière se glisse à travers mes persiennes closes. Les ombres du passé vont laisser la place aux soucis du présent, la glace s'est formée sur mes carreaux, mon souffle projette devant moi un petit nuage de fumée. Le carillon sonne sept heures au clocher de la Collégiale.

Féron est venu dans le boudoir attenant à ma chambre remettre du bois sur le feu. J'entends le pas léger du petit enfant de chœur. Il a déjà enfilé son aube plissée sur sa robe rouge. Son nez rond souffle bruyamment dans le grand mouchoir que je lui ai brodé l'an dernier. Monsieur le doyen ne saurait tarder. Aussi ne vais-je point les faire attendre.

L'office du matin m'a semblé plus long qu'à l'ordinaire. Était-ce parce que le petit enfant frileux remuait sans cesse pour se réchauffer ? Le bon doyen mécontent en oubliait son latin pour le chapitrer, je ne sais, mais j'ai dû les faire taire tous les deux à diverses reprises. Ou bien est-ce un sentiment qui m'anime trop souvent maintenant ?

Il me semble que chaque minute m'est comptée. Mon souffle devient court ; la douleur de mon côté revient fréquemment. Je me déplace avec lourdeur et mes pauvres pieds peuvent à peine supporter les grossières pantoufles fabriquées en Charente.

Mes gens ont défilé pour recevoir leurs instructions de la journée. Comme à l'accoutumée, le travail de la maison ouvre la marche : composition des bouquets, menu des repas. Il faut agir comme si monsieur de Caraman était là, sinon le cuisinier perdrait la main, le défilé obligatoire des plats sera commandé et ordonnancé avec le plus grand soin.

Adèle viendra ensuite me proposer quelques

beaux modèles de broderie à faire exécuter par les jeunes filles de l'ouvroir. Je suis certaine qu'elle se lamentera sur l'état de mes draps, fustigera Céleste, la petite-fille de Féron qui ne repasse jamais les tuyautés à sa convenance. Nous choisirons les lingeries les plus fines, les plus usagées pour en faire de la charpie pour les malades. Nous garnirons les grandes corbeilles destinées à transporter les mets que j'offre aux indigents. J'y ajouterai une pommade de mon fils Édouard qui fit merveille pour mes douleurs. La matinée étant avancée, j'irai faire une promenade au potager, enseveli sous la neige. Il est bien situé sous le rempart, en un lieu dénommé « saillie », abrité des vents, il reçoit les timides rayons d'un soleil nordique. Le château s'y alimente à la belle saison en légumes et en fruits.

Le prince Charles de Croÿ avait fait dessiner le sien de l'autre côté de la rivière. Il recouvrait un espace de terrain considérable, hors les murs d'enceinte. Ses carrés, dessinés selon une parfaite symétrie, formaient un ensemble d'un classicisme parfait. Chaque herbe médicinale y trouvait une place immuable, les herbes potagères alignées dans un ordre impeccable étaient encadrées par des haies de buissons à fleurs décoratives. Dans les archives du château, j'ai pu en prendre connaissance tout en admirant la belle ordonnance de ces lieux, je ne puis m'empêcher de pencher pour une plus grande fantaisie, en cela je rejoignis pour une fois les goûts de monsieur de Caraman, mon beau-père. J'ai fait planter des fleurs. Bien entendu, il fallut tenir compte du climat si rude. A la suite de quelques expériences fâcheuses, je trouvai enfin ce qui convenait le mieux et par de nombreux apports de terre destinés à lutter contre quelques veines calcaires, j'obtins de superbes massifs de rhododendrons.

Si Dieu me prête vie jusqu'à la belle saison, je verrai à nouveau fleurir mes buissons préférés. Les bourgeons éclateront sur le gros marronnier de la terrasse, le tilleul plusieurs fois centenaire qui trône immense dans la cour d'honneur viendra rappeler aux bonnes gens de la ville qu'il fut planté le jour du baptême de Charles Quint dont le prince de Chimay fut le parrain. Remontant la rampe bien doucement, j'admirerai les cotonéasters couverts de flocons blancs, les barrières grises qui enchantèrent Madoux amuseront par leur contraste avec le reste du paysage. Contournant le château, j'irai soucieuse me pencher sur le puits toujours ensablé, témoin de l'époque héroïque où la garnison venait y puiser à une folle profondeur l'eau si nécessaire à sa survie. Une grande balustrade a remplacé les murailles crénelées, elle est du plus bel effet. Que diable, il faut bien céder à la mode du jour! Cette agréable guirlande de bois cerne la terrasse, surplombe le rocher, elle a ce je ne sais quoi de romantique qui plaît à la jeunesse.

Pénétrant à l'intérieur du bâtiment, je franchirai les six degrés qui conduisent à la bibliothèque, là je rédigerai quelques billets pour les forestiers.

A mes amis, je n'écris plus, ceux qui m'étaient chers m'ont précédée dans la tombe, les autres m'ont oubliée. Jusqu'à la fin pourtant, j'adresserai des messages à mes enfants, surtout à Joseph, il a encore bien besoin de moi en dépit des hautes fonctions qu'il exerce. Alphonse vient souvent me voir, il vit tout près d'ici; sa tendresse constante, fidèle, les attentions de sa femme Rosalie me réchauffent le cœur.

Loin de moi vit Rose, la fille de Tallien. Son mari se débat, aux prises avec des difficultés financières que le nombre vertigineux de ses enfants ne facilite en rien. Ma fille Louise, si coquette, s'est enflammée pour un vieux garçon, auquel elle a trouvé je ne sais quels attraits. Quant à monsieur de Caraman, il voit en moi un obstacle à sa carrière; je souffre cruellement d'une indifférence que sa parfaite courtoisie n'arrive pas à dissimuler à mes yeux.

Par la fenêtre, je vois la neige, elle s'est remise à tomber.

C'en est fait pour aujourd'hui, je ne sortirai plus. L'humidité me glace, le moment est venu de mettre mes papiers en ordre car la mort peut survenir d'un moment à l'autre, et je veux être prête. Aujourd'hui, je suis lasse. La maladie qui me ronge m'ôte toutes mes forces. La beauté m'a fuie avec la fortune. La misère m'entoure, mes finances ne me permettent plus d'y remédier comme autrefois.

Le temps est venu de rédiger mon testament.

Ce soir je vais m'y employer.

Je léguerai à monsieur de Chimay la jouissance pleine et entière pendant quinze années d'un capital de cent cinquante mille francs ; j'aurais voulu faire plus pour prouver à monsieur de Chimay l'attachement sincère que je n'ai cessé de lui porter pendant le cours de notre union, et pour lui donner une marque de ma reconnaissance pour les sacrifices qu'il a faits pour moi. Je lui remettrai aussi mon portrait par Gérard ;

mes bijoux à ma fille Louise, excepté une bague composée d'un brillant à la femme de mon fils Joseph ;

un bracelet composé d'une bague, qui m'a été offerte par Sa Majesté l'empereur de Russie, et une guirlande de lauriers en brillants à remettre à mon fils Alphonse ;

une somme d'argent pour les enfants de ma fille madame de Narbonne-Pelet ;

ainsi que différents legs, à monsieur Durieux et aux pauvres de Chimay.

Ce qui restera sera partagé entre tous mes enfants que je recommande à monsieur de Chimay, sachant qu'il s'emploiera à faire respecter mes dernières volontés.

La Quotidienne, numéro du 20 janvier 1835.

« Madame la princesse de Chimay, née mademoiselle de Cabarrus, célèbre par sa beauté et par le rôle qu'elle a joué dans la Révolution française comme épouse du conventionnel Tallien, est morte jeudi 15 de ce mois, dans son château de Chimay.

« Sa fin a été aussi chrétienne qu'édifiante et pendant la longue maladie qui l'a précédée, les habitants de la petite ville de Chimay lui ont prodigué les marques d'affection les plus touchantes. On sait généralement le courage qu'elle montra dans la journée du 9 thermidor, mais on ignore combien, dans les dernières années de sa vie, les idées religieuses et monarchiques étaient devenues les sentiments dominants de son âme. Ceux que les souvenirs de cette époque avaient pu éloigner d'elle s'en rapprochaient, attirés par le charme de ses manières, par son active bienfaisance et l'inépuisable bonté de son cœur. C'est un témoignage de justice que nous ne pouvons refuser à une femme, dont le nom ne saurait être oublié de tous ceux qui lui ont dû peut-être, un parent ou un ami, échappé aux fureurs de la Révolution.

« Les obsèques ont eu lieu avec une magnificence digne de son rang. Les habitants de Chimay pleurent amèrement celle dont la douceur et l'affabilité exerçaient un irrésistible empire sur tous ceux qui l'approchaient.

« Une foule immense, accourue de tous les villages voisins, a voulu payer le tribut de ses larmes à celle qui était désignée généralement sous le nom de " mère des pauvres " et les pleurs qui ont arrosé les parois de l'église témoignent assez que sa mort est une calamité publique. »

CONCLUSION

J'ai déposé le manuscrit, rangé soigneusement les lettres dans leur tiroir.

Chère Theresia, tu t'es arrêtée au moment où tu atteins à la sérénité. Ton fils chéri Joseph a choisi celle qui te succédera à Chimay et perpétuera ton rôle dans ce pays. Comme toi, elle invitera les grands musiciens au château. Ta salle de spectacle sera remplacée par une autre, plus ouvragée, plus somptueuse, et c'est à Cambon, l'élève de Cicéry, qu'incomberont le soin et la responsabilité de construire ce que les générations futures s'obstineront à appeler « le Théâtre de madame Tallien ».

Émilie n'aimera pas cette région autant que tu l'as aimée, car son cœur tout entier appartient à Ménars, son beau château des bords de la Loire. Elle ne trouvera pas comme toi le mot juste qui touche. Mais ceci n'a pas d'importance.

J'ai parcouru sur tes traces les allées du parc. J'ai souri en constatant que les pavillons de la porte de Mons étaient en effet trop mièvres. Mais que de changements au château! Le terrible incendie de 1835 a dévoré la galerie de bois, ce dont je me console aisément. Hélas, les beaux meubles de la rue de Babylone ont subi le même sort.

Échappés au désastre, la boîte de jetons gravée à ton chiffre, la table de peinture anglaise en acajou sont dans ma chambre, ainsi que l'éventail aux trois Grâces.

La table d'Auber, le piano de Cherubini, tous ces souvenirs évoqués par toi demeurent présents et m'émeuvent profondément. Je regrette les grandes malles en osier dans lesquelles tu rangeais tes belles robes d'apparat, mais le service de table en porcelaine de Paris a pu être sauvé ainsi que les candélabres de Thomyre.

« Objets inanimés », vous demeurez là, témoins du passé. Vous avez connu notre-dame de thermidor, devenue reine du Directoire; vous avez vécu les heures de gloire à Bordeaux, les réceptions de la Chaumière allée des Veuves, l'hôtel de la rue de Babylone, et vous voici enfin arrivés à Chimay pour m'émouvoir, puisqu'elle vous a aimés.

Le bureau à cylindre où tu écrivis est toujours là, dans le salon orange, ainsi que le beau cendrier en cristal. Le tableau de La Neuville qui te représente tenant tes cheveux coupés à la main, celui de Gérard en pied, la tête légèrement penchée, portant ta robe blanche et le fameux châle rouge, le cou orné des perles que tu aimais tant, excitent l'admiration des visiteurs.

Il m'arrive parfois de promener des groupes dans la maison qui fut la tienne.

En pénétrant dans cette grande salle où naguère Cherubini composa le *Kyrie* de sa *Messe en fa*, le visiteur s'arrête, saisi devant cette superbe femme. Gérard, ton ami, t'a représentée ainsi, et dans ton testament, tu as laissé ce tableau à monsieur de Caraman, ton mari.

Oui ! Les visiteurs t'admirent.

« Qui est-elle ? me demandent-ils.

– C'est la princesse de Chimay qui est plus connue dans l'Histoire sous le nom de " madame Tallien ".

– Ah oui ! En effet, c'est cette femme qui a eu tant d'amants ! »

Comme tu avais raison, ma Theresia, lorsque tu écrivais :

« La malveillance a une mémoire que la reconnaissance n'a pas. »

Tu ne peux cependant pas accuser les gens de Chimay d'une telle ingratitude, car eux t'ont réellement aimée.

Lorsque jeune mariée je rendais visite aux personnes âgées, elles me contaient des anecdotes charmantes et touchantes à la fois.

Ah ! leur aïeule l'avait bien connue, la princesse Thérèse. Elle allait porter des secours avec Féron dans les foyers défavorisés, elle leur avait montré ses pieds abîmés qui portaient encore les cicatrices laissées par les rats :

« Ah oui, on l'aimait bien ; du reste, dans l'ancien cimetière où on avait tout d'abord transporté son corps avant de le déposer dans la crypte de la Collégiale, une pierre portait une inscription en souvenir d'elle : " Secourir, consoler, charmer, voilà ce que fut toute sa vie. " »

Je n'ai pas retrouvé la pierre, elle a disparu, emportant avec elle le nom de celui qui pieusement l'avait gravée.

A une époque aussi tourmentée que la nôtre, où la morale stricte de ma jeunesse n'est plus de mise, comment ne pas s'étonner devant la sévérité de certains à ton endroit.

Eh bien oui, tu as eu trois maris, la belle affaire! des amants, cela est parfaitement exact; à quoi bon le nier. Mais tout compte fait, cela a-t-il tellement d'importance, en comparaison des services fabuleux, rendus parfois au péril de ta vie, à tous ceux qui en appelaient à ton grand cœur ?

Ma tante Marthe Bibesco écrivait à ton sujet :

« Chaque époque a l'héroïne qu'elle mérite, le Moyen Age a eu une pucelle, la Révolution une merveilleuse. »

Et merveilleuse tu le fus. Belle, bonne, courageuse, féminine jusqu'au bout des ongles, tu séduisis les hommes les plus en vue de ton époque; nul ne pouvait résister à ton charme, à ton intelligence. Sophie Gay nous dit dans ses *Mémoires* : « Elle était irrésistible. »

Ta vie entière confirme cette assertion.

Aux détracteurs qui t'accusent d'avoir manqué à tes devoirs de mère, je répondrai :

« Lisez ses lettres à son fils Joseph! »

Aucun sacrifice ne t'a coûté pour aider tes enfants ! Tes bijoux, tes éventails furent vendus pour madame de Narbonne-Pelet, toujours en difficulté.

Oui, Theresia, tu as connu des moments de grand triomphe, mais de quelles souffrances et de quelle amertume as-tu payé ces pauvres heures de gloire !

Ce n'est pas la reine du Directoire que j'aime en toi, la femme adulée par tous ces hommes, glorifiée par ses contemporains.

C'est une vieille femme désespérée par la calomnie, l'ingratitude et la sottise ; celle qui à toutes les époques de sa vie a couru au secours des malheureux. Les exemples de ton courage, de ta générosité sont trop connus pour y revenir, les mémoires de l'époque en regorgent. Tout cela est spectaculaire. Je leur préfère de loin des témoignages de mes bons Chimaciens, moins célèbres que les premiers, mais tellement plus vrais, plus touchants.

Mieux que personne, j'ai appris à te connaître et à t'estimer. Le lecteur n'aura pas comme moi la chance de vivre parmi tes souvenirs, mais j'aimerais que, évoquant ta mémoire, ce soit à la petite fille très seule, à la vieille dame très triste qu'iront une pensée amicale, un sourire indulgent, et non à la radieuse, la belle, la triomphante, la conquérante notre-dame de thermidor.

Chimay,
hiver 1992.

Je remercie tous ceux qui se sont intéressés à mon héroïne.

J'ai consulté les biographies suivantes :

La Révolution française, Octave Aubry.
La Belle Tallien, Noir Wilson.
Notre-dame de thermidor, A. Houssaye.
La Véritable Madame Tallien, A. de Maricourt.
Madame Tallien à Bordeaux, Maurice Ferrus.
Trop belle madame Tallien, Jean Burnat.
La Belle Tallien, Gastinne.
Madame Tallien, Castelnau.
Une merveilleuse, madame Tallien, P. Reboux.
Teresa Cabarrus, Escobotodo.
Madame Tallien, Jules Bertaud.
Monsieur et madame Tallien, Mme Bourquin.
Madame Tallien, royaliste et révolutionnaire, Princesse de Chimay.
Tel fut Ouvrard, Éric Le Nabour.
Mémoires de Barras, Barras.
Cherubini, Frederic et J. Crowest.
Life of Cherubini, Ballasis.
Mémoires de Sophie Gay, Sophie Gay.
Les Amoureux de l'impératrice Joséphine, A. Gavoty.
Une fille de madame Tallien, la baronne de Vaux, Jehanne Aubry.
Histoire des Français, Pierre Gaxotte.

Sans oublier la légende orale à Chimay et toutes les lettres d'archives du château de Chimay.

INDEX

Cet ouvrage a été composé et réalisé par la
SOCIÉTÉ NOUVELLE FIRMIN-DIDOT (Mesnil-sur-l'Estrée)
pour le compte de LA LIBRAIRIE PLON
76, rue Bonaparte, 75006 Paris

Achevé d'imprimer le 8 avril 1993

Imprimé en France
N° d'impression : 23397 – N° d'édition : 12275
Dépôt légal : avril 1993